S 15

Klaus Oberrauner

Morendo

Ein Fin-de-Siècle-Schicksal

Memoiren-Verlag
Bauschke

Klaus Oberrauner ist freier Kulturjournalist, Autor und Kulturvermittler. Absolvent der Musik- und Tanzwissenschaft in Salzburg, Kunst- und Kulturvermittlung in Wien. Erfahrungsstationen bei Rundfunk, Zeitung und Theater in Österreich und Deutschland. Zunächst Redakteur für eine österreichische Tageszeitung, danach für ein Wirtschafts- und Kulturmagazin. Verfasst vor allem Beiträge aus dem Kulturbereich für diverse Print- und Online-Medien und regelmäßig Konzerteinführungen. Seit 2014 Mitgestalter für TV-Dokus (ORF III, ARD alpha).

Als Autor widmet er sich in erster Linie der kleinen literarischen Form mit Kurzprosa und Gedichten, aber auch dem Roman im historischen Kontext. Immer wieder Brückenschlag zwischen den Disziplinen. So Text-Bild-Projekte mit dem innovativen Künstler Lorenz Bögle. Für ein Blog-Projekt „Art connected" lesen junge, ambitionierte Schauspieler lyrische Texte ein. Mit dem Leipziger Literaturvermittler Jan Zänker formt sich ein literarischer Salon als Ort des Austausches und der Begegnung. Lebt derzeit in Wien.

ISBN 978-3-903303-19-5

© 2020 Memoiren-Verlag Bauschke
Trattenweg 5, A-9346 Glödnitz
www.memoiren-verlag.at
memoiren-verlag@aon.at
Alle Rechte vorbehalten.
Ein Nachdruck oder eine andere Verwertung ist nur mit ausdrücklicher schriftlicher Genehmigung des Verlages gestattet.

Bild: Lorenz Bögle

*„Man ist sozusagen selbst nur ein Instrument,
auf dem das Universum spielt."*

Gustav Mahler

Morendo: in der Musik die für „sterbend, hinsterbend" sehr gebräuchliche Bezeichnung. Immer langsamer und leiser, klagend und erbleichend schwinden die Töne, und verklingen und verschwimmen endlich wie mit Geisterhauche.
(Damen Conversations Lexikon, 1836)

I

Talentiert balancierte der Kellner das Wasserglas zum verwaisten Ecktisch. Kurz darauf betrat die Comtessa Giuseppina das heimelige Café, getäfelt in edlem Holz. Er half ihr mit aufgesetzter Sonntagsmiene aus dem modischen Saisonmantel und wünschte ihr trotz des äußerst bescheidenen Wetters den schönsten Tag ihres Lebens.
„Hatten Signora eine angenehme Reise?" Er eskortierte die Giuseppina an den vorbereiteten Platz. Ohne ihre Antwort abzuwarten, fügte er hinzu: „Ich habe mir erlaubt, Signora bereits eine kleine Erfrischung zu kredenzen."
Sie setzte sich, ohne den Mann eines Blickes zu würdigen, und bedankte sich mit gespielter Höflichkeit, aus Ärger darüber, dass er sich nicht merken konnte, ihr das Quellwasser ohne Eiswürfel zu bringen. Ohne es angerührt zu haben, erhob sie sich.
„Bringen Sie mich auf mein Zimmer."
„Sehrwohl, Signora. Das Rosenzimmer in der Kaisersuite."
„Ich präferiere das Balkonzimmer auf der fünften Etage, wie Sie wissen", sagte sie kühl.
Der Kellner schluckte verlegen, als ihn ihre fordernde Strenge traf, die deutlich machte, dass sie keinen Widerspruch zu dulden gewillt war.
„Signora, ein Unglück", stammelte der Kellner.
„Was?", fragte sie unverblümt.
„Ein Herr …"
„Quartieren Sie ihn um!"
„Auf kaiserlichen Amtsstempel wurde das Zimmer für drei Monate gemietet, Signora", entgegnete der Kellner in geheimnisvollem Ton.
„Tatsächlich?" Skeptisch hob sie die Augenbrauen. „Jetzt machen Sie mich neugierig, Mani."
„Setzen Sie sich doch." Der Kellner rückte ihr den Stuhl zurecht, und sie setzte sich wieder kerzengerade vor das Glas hin. Sie wies ihn an, neben sich Platz zu nehmen, was er mit leger gemimter Dezenz tat. Leicht nach vor gebeugt, als verfügte die Comtessa über Gehörmangel, fuhr er in seiner Rede fort: „Ich glaube, der Mann ist von der Geheimpolizei", flüsterte er verstohlen, wie ein Kind, das ein verbotenes Geheimnis ausplaudert und Angst davor hat, dabei ertappt zu werden. „Vor ein paar Tagen ist ein junges Mädchen verschwunden. Die Tochter von Doktor Livadić, die ohnehin als etwas merkwürdig und geistig verwirrt galt. Manche wollen sie nachts gesehen haben, wie sie im Nachthemd an der Mole im Mondschein mit Vögeln sprach, als wären sie Menschen. An dem Tag, an dem sie verschwun-

den sein soll, war das Wetter besonders miserabel. Es stürmte schon am Morgen, und am Abend kamen heftige Regengüsse dazu, die auf die mannshohen Wellen fielen. Miloš, ein Streuner, so sagt man, will beobachtet haben, wie sie auf der Hafenmauer herumturnte und mit ihren Armen Flügelschläge nachahmte. Das war das letzte Mal, dass sie gesehen wurde. Ein paar Tage, vielleicht auch eine gute Woche danach, kam ein fremder Herr in die Stadt. Verdächtig elegant, wahrscheinlich aus der Hauptstadt. Er legte mir ohne viele Worte den Bescheid auf den Tresen und wollte sofort das Balkonzimmer beziehen." Er versuchte sich in einem entschuldigenden Lächeln. „Was sollte ich also anderes tun, als ihm das angewiesene Zimmer zur Verfügung zu stellen?"

Vom Nachsatz unbeeindruckt griff die Giuseppina, die den Ausführungen Manis gelauscht hatte, zum Wasserglas und nippte daran. „Diese besonders eiskalte Erfrischung wird mir bestimmt den Hals verderben", sagte sie verächtlich. Der Kellner zuckte resignierend mit den Schultern.

„Ich bedaure es zutiefst, Signora."

„Entschuldigen Sie sich nicht ständig wie ein dressierter Hirtenhund. Das ist doch unerträglich", ließ die Giuseppina ihrer familiär vererbten Arroganz freien Lauf. „Aber", kam es leicht versöhnlich, „Ihre Geschichte, Mani, finde ich außerordentlich spannend. Vielleicht sollte ich mich von diesem Dottore Livadić behandeln lassen. Die lange Fahrt hat meinem Rücken nicht viel Gutes getan."

Fürst Ferdinand Broschenberg war aus Wien angereist, um Ermittlungen im Fall der verschwundenen Ana Livadić, der fast achtzehnjährigen Tochter des kaiserlichen Kurarztes, welcher einige Mitglieder des Hofes bei ihrer Sommerfrische betreut hatte, aufzunehmen. Obgleich erfahrener Kriminalist, redete er sich ein, dass jedes Verschwinden seine Ursache und somit auch eine Spur hat. Er war überrascht, wie mild die Temperaturen trotz des verderblichen Gewitters waren, und öffnete die schmucke Balkonflügeltür, um die Luft hereinströmen zu lassen, die anregend für seine Denkprozesse war. Das Balkonzimmer war ideal, da es einen Ausblick auf die Mole gab, wo das Mädchen zuletzt gesehen worden war. Broschenberg trat hinaus und fixierte die Regenlachen auf dem Stein, in welchen sich die Schiffe spiegelten, die wie menschenverlassene Villen im böigen Wind schaukelten. Wie die Abbilder humaner Abgründe schweigen sie traurig in die Unendlichkeit des Meeres hinaus. Er zwirbelte seinen dünnen Spitzbart und schätzte die Maße der Mole ab. Nachdenklich wandte er sich um. Am Nachbarfenster beobachtete eine edel geschminkte, äußerst modisch gekleidete Dame mittleren Alters mit

eingefrorenem Blick, wie die Himmelstränen das aufgepeitschte Wasser speisten. Dann klopfte es an die Tür.
„Ja, bitte?!"
„Ihr Frühstück, mein Herr, wie Sie es wünschten auf Ihr Zimmer." Der Kellner brachte Broschenberg ein exotisches Frühstück, bestehend aus zwei Spiegeleiern, zwei Fischbrötchen und einem Stück hausgemachten Mohnkuchens mit Hagebuttenmarmelade. Ein Piccolo servierte ein Glas sauerbitteren Grapefruitsafts und eine Kanne des einzigartigen Kaffees, für welchen das Haus seinen guten Ruf hatte. Nachdem der Piccolo, den Manì nur „Bub" nannte, alles fein säuberlich auf einem pultähnlichen Beistellmöbel abgesetzt und wieder aus dem Zimmer gelaufen war, brachte der Kellner das Silbertablett mit den Köstlichkeiten zum nach dem Balkon ausgerichteten Schreibtisch, auf dem Broschenberg in seiner akribischen Ordnungsliebe einige seiner Unterlagen, rechtwinkelig zur Abschlusskante, aufgestapelt hatte.

„Dank' Ihnen recht freundlich", hielt sich Broschenberg knapp. Als der Kellner jedoch keine Anstalten machte zu gehen, entrollte er seinen biederen Charme: „Kann ich noch etwas für Sie tun?"

Manì kramte in seiner Schürzentasche und holte einen Umschlag hervor, den er dem Fürsten übergab. „Der hier ist heute für Sie abgegeben worden", bettete er auf einen Unterton, der ihm deshalb entfleuchte, weil es offenbar Leute gab, und darüber war er verwundert, die schon vor ihm von der Anwesenheit dieses Broschenbergs wussten. Selbiger nickte knapp und wies den Kellner mit einem sanften Lächeln zu gehen. Als Manì, etwas enttäuscht von der unspektakulären Reaktion des eigenartigen Gastes, im Begriffe war die Tür zu schließen, rief ihn der Fürst noch einmal zurück. „Sagen S', Manì. Die Dame daneben, sie schaut aus wie eine Schauspielerin."

„Comtessa Amalia Giuseppina. Heute angereist." Der Bedienstete befürchtete zu knapp und unhöflich geklungen zu haben. Der Ermittler sperrte überrascht die Augen auf.

„Am End' is' das die berühmte Malerin."

Manì nickte mit jenem Lächeln der Selbstzufriedenheit, das man hat, wenn man selbst weiß und der andere nicht.

„Grad die Selbige." Er verbeugte sich, verließ den Raum und schloss die Tür hinter sich.

Broschenberg schüttelte den Kopf ob der aufdringlichen Art des Kellners, dem man, aus welchem Grund auch immer, nicht böse sein konnte. Ein heftiger Windstoß trieb den Regen auf den Balkon und halb ins Zimmer, weshalb Broschenberg Anstalten machte, die Flügeltür wieder zu schließen. Doch nicht rechtzeitig genug. Der Blasius stieß einen Kerzenhalter um, der auf das Grapefruit-Glas fiel, welches zur Hälfte zerbrach und den klebrigen Saft über das Pultgestell laufen und auf den rotschwarzen Teppich tropfen ließ. „Schweinerei!", entfuhr es dem Fürsten, doch er fasste sich schnell wieder, brachte seine Unterlagen so rasch wie möglich in Sicherheit auf die Kommode vis-à-vis des Diwans und zückte eines seiner von Hand bestickten Taschentücher, um zumindest die Pfützchen auf dem Beistelltisch zu trocknen und ein seltsam riechendes klebriges Etwas in seiner Logis zu verhindern. Mit neu gewonnener Ruhe setzte er sich an den Schreibtisch und schenkte sich Kaffee ein.

Doktor Livadić, der ehrenwerte Allgemeinmediziner, hatte sein Haus, ein kleines Stadtpalais, über dem Hafen auf einer kleinen Anhöhe stehen. Wie ein Miniaturbelvedere thronte es im Grün. Die antikbarocke Fassade sehnsüchtig gen Meer gerichtet, war es ein Kleinod, das von der felsigen Bucht aus wie eine Perle im Nebelschein aussah. Der müde Hausherr saß bei der Morgenzeitung, ihm gegenüber seine Gemahlin. Zwischen ihnen langes Schweigen. Bis auf das Ticken einer Uhr, das Rascheln der Zeitung und das Knistern, welches daher rührte, dass die ehrwürdige Frau, die seit dem Verschwinden ihrer Tochter Schwarz trug, Kekse zum indischen Tee zu knabbern beliebte, war es atemberaubend still.
„Du liest die Zeitung schon zum dritten Mal."
Schweigen.
„Und deinen Tee hast du auch nicht angerührt."
Schweigen, bis der Doktor das Morgenblatt senkte und die Gemahlin den Blick seiner tränengeröteten Augen auffing.

Indes jausnete Broschenberg seinen Kuchen fertig, die morgendliche Mehlspeis', ohne die er sich im Kronland wohl ferner der Heimat fühlen würde, als er es ohnehin schon tat. Das Morgenbrot beschließend, wischte er verloren gegangene Brösel vom Tisch auf den Teller. Er wischte und wischte, doch drei Brösel wollten partout nicht abgehen. Er holte sein Monokel aus der Rocktasche und begutachtete die Flecken, die sich als Notenspuren im gemaserten Holz entpuppten.
„Jessas, ein Musikus!" Er strich über die beiden peinlich genau positionierten Achtelnoten. „Schwarze Tinte, feiner Kiel, gestochen feine Knödelköpfe. Keine drei Jahr alt", analysierte er aus dem Stegreif und hüstelte in sein Taschentuch. Etwas gerührt von den Spuren der Kunst schob er das Kaffeegeschirr beiseite, ohne dass es seiner Entdeckung im Wege stand. „Ja mei", seufzte er in der Ahnung, Relikte von etwas Großem vor sich zu haben. Er nahm die Serviette, putzte sich die Reste der Rosenfruchtmarmelade aus den Mundwin-

keln und holte den Brief hervor, den ihm der Kellner zugesteckt hatte. Ein goldgelber Umschlag mit einem blauen Wachsseepferdchen, auf dem die Initialen „M.L." den Absender andeuteten. Der Fürst brach das Siegel vorsichtig, faltete das Papier, bügelte es mit seinen Handflächen glatt und las die Einladung eines verzweifelt Hoffenden.

Comtessa Giuseppina ließ sich aus dem Gefährt hieven und auf dem roten Empfangsteppich vor der Villa absetzen. Sie schwebte die Eingangstreppe hinauf und betätigte die schmiedeeiserne Glocke. Ein kleiner schwarzer Hund umhechelte sie verspielt, ehe aus dem Portal eine hochgewachsene, stangendürre, weißbeschürzte Hausbesorgerin trat, die ein Gesicht zog wie sieben Tage Regenwetter.

„Wie passend", dachte die Comtessa, während ihr das reservierte und knappe „Dan" der Empfangsdame entgegenwehte.

„Sie wünschen?"

„Ich wünsche, mit Doktor Livadić zu sprechen."

Die Empfangsdame zog die Mundwinkel noch tiefer, und ihre fahlen Lippen wurden so schmal, als hätte sie in eine frisch geerntete Zitrone gebissen.

„Doktor beschäftigt. Müssen warten. Ich geh' fragen. Wen darf ich melden?" Der strenge Akzent ihrer schrillen Stimme tat der Giuseppina weh in den Ohren.

„Fürstin Ninetta", log sie frech und gelangweilt vom Gehabe der entgeisterten Gestalt, die im Haus verschwand und wenige Momente später zurückkam, als hätte sie die Comtessa vergessen.

„Bitte warten hier drinnen. Ich geh' schauen. Haben Sie Termin?"

„In Bälde!", kauzte die Gefragte. Durch das Portal fand sie sich im Kuppelfoyer des Hauses, in dem sich zwei ausladende Wendeltreppen nach links und rechts wanden, am Fuße jeweils gesäumt von zwei dorischen Säulen. Steif wie ein Spazierstock, ohne sich nach der Besucherin umzuwenden, nahm die Hausdame den Aufgang zur Linken und stapfte in gemächlichem Andante um die Kurve in die Höhe. Noch lange hörte sie die Schritte. Der Hund wuselte um ihren Rocksaum und blickte bettelnd, eifrig mit dem Schwanz wedelnd zu ihr herauf, um vielleicht doch eine Leckerei zu erhaschen.

„Wie ein verzaubertes Kind", schmunzelte die Comtessa. Ehe sie sich versah, war die Pförtnerin zurückgekehrt, fixierte sie mit ihren leeren Augen und äußerte in die wie inszeniert wirkende Stille: „In den Salon bitte zum Warten. Der Herr kommt alsogleich. Mir nachkommen." Sie ging voraus, die Giuseppina mit Selbstgefälligkeit hinterdrein, über den rechten Treppenlauf in die erste Etage, wo eine mit glänzendem Messing beschlagene Eichentür in ein heimeliges Studio führte, dessen große, von schwerem Brokattuch umrahmte

Fenster in einen üppigen Park voller Rhododendren und Palmen führten. Wie entspannt die Pflanzen waren, darüber staunte die Comtessa. Gleichzeitig nach dem Trinken zu lechzen, dabei die Glieder entspannt von sich zu strecken, das wäre noch keinem Menschen eingefallen. Und wie geduldig sie das Wasser auf ihren Häuptern ertrugen, in ihrer idyllischen Majestät. Ohne Hut hätte sie da draußen nicht einmal so fröhlich ausgesehen wie der kleine, quicklebendige Schwarzhund, sondern wie ein begossener Pudel ohne Würde. Seitlich vor der beeindruckenden Bücherwand und einem Blüthner-Flügel standen mehrere Sofasessel um einen Getränketisch, welche die Hausbediente ansteuerte.

„Bitte sitzen", sagte sie und verließ lautlos den Raum.

Wien, am Weihnachtstag 1892.
Mit Herrn Papa und Frau Mama zum ersten Mal in Wien. Wie schön die Vögel singen können. Alles wissen sie zu erzählen. Im großen Park plaudern sie von Heiterem und weniger Heiterem, vor allem schimpfen sie über den weißkalten Schnee und den Wind, der ihn überall hintrieb. Ich scherze mit ihnen. Ich weiß nicht, ob es hier schön ist. Vieles ist grau im Stadtnebel, aber die Menschen sind sehr freundlich. Als trügen sie Weihnachten im Herzen. In der Kirche auf Ingenieur Armeni gestoßen, den der Herr Papa kennt. Ich kenne ihn nicht. Er mich wohl auch nicht, doch war er von Anbeginn sehr um mein Wohlergehen bemüht. Ein bisschen ein merkwürdiger Mensch mit unheimlichen Augen. Der Herr Papa erlaubte meine Angst nicht und wies mich an, artig neben dem Ingenieur zu sitzen, bis dass der Gottesdienst zu Ende sei.

Wohlwärmende Eleganz umhüllte das beste Alter des Paares durch den gischtgefärbelten Park. Ihr diskretes Nebeneinander knirschte durch die vorgehärteten Sohlentritte weihnachtsemsiger Menschen. Immer diesen nach, hüpfte ihnen ein junges Mädchen voran, das mit seiner unbedarften Fröhlichkeit wie einen dissonanten Kontrapunkt in dieses Bild setzte. Als ihm in den Sinn kam, einer schwarzweißen Taube hinterherzuplappern, ließ peinliche Berührtheit den erhabenen Ausdruck der Frau Livadić brüchig werden. Durch ihre Zähne raunte sie: „Sie hat wieder ihren Wahn."

Doktor Livadić nahm die Hand seiner Frau.
„Sie ist zum ersten Mal in Wien."
Ohne sie ansehen zu müssen, stupfte ihn ihr Rügen. „Ich weiß, ich weiß. Ich konnte mich noch nicht überwinden, in sie hineinzusehen. Aber versprochen hab' ich's, ich hab's nicht vergessen."

„*Gut. Du bist der Kurarzt. Eine Irre kauft uns niemand ab. Gerade nicht der Ingenieur Armeni.*"
„*Sie soll ihn heute sehen. Wir treffen ihn in der Kirche.*"
„*Er wird ein guter Mann sein.*"
Der Doktor steckte seine andere Hand tiefer in die Manteltasche, bis sie sich nach unten hin spitz ausbeulte. „*Der beste*", baute er seine Überzeugung hinterher.
Zufriedenheit im Angeschau ihrer Tochter, die sich zum Füttern vor den wenig scheuen Vogel gehockt, kittete die Furchen der Mutter. „*Gut genug für mein Perlchen.*"
Der Vater fand sich in den Staccati enger gesteckter Absätze. „*Komm, Tochter! Auf, wir müssen weiter! Nicht trödeln!*"
Das Mädchen warf die letzten Krümelchen aus der Hand. Unter dem schroffen Schimmer der Zwillingstürme betrat die Familie die festtagsschwere junge Kirche. Brav schritten sie die Reihen ab, bis der Vater etwas weiter vorne rechts Armeni stehend ausmachte, die Hände vor dem Körper verschränkt. Der Vater drängte die beiden Damen in die Richtung. „*Dort drüben ist er*", flüsterte er seiner Frau.
Sie schaute. „*Stattlicher als die Türme. Wahrlich, ein Edelmann!*"
Im gleichen Dämpfton, seine Tochter vor sich herschiebend, legte er seiner Frau ins Ohr: „*Ich hab' es dir immer gesagt.*"
Sie schlängelten sich zu dem frömmelnden Standbild, dem der Vater entgegenzischelte: „*Zum Gruß, Armeni.*"
Armeni nickte dem Doktor und seiner Frau wie teilnahmslos mit seinen großen Augen zu, als hätte er das Mädchen nicht bemerkt, das schüchtern und etwas ängstlich vor dem ihr fremden Riesen zu stehen kam.
„*Das ist meine Tochter Ana.*" Als er sie sich winden und sich fest an seine Hose krallen bemerkte, drehte er das Mädchen in Richtung des Ingenieurs, der es von oben herab anstarrte.
„*Los, los. Der Gottesdienst fängt gleich an!*", wehte es ihm von Seiten der Mutter in den Nacken. Alle setzten sich, bis auf Ana. Der Doktor stand auch wieder auf und drückte sie sanft auf den Stuhl neben Armeni.
„*Aber Papa, ich ...*", hauchte es ihm entgegen.
„*Setz dich hin und sei brav, bis dass die Messe zu Ende ist.*"
Ana setzte sich, presste die Knie zusammen. „*Ich habe Angst*", verlor sich die hohen Säulen hinauf.
„*Psst!*", rügte die Mutter. Ehe sich der Saal mit schnarrenden Tiefen anfüllte und der Priester feierlich die Arme nach der Gemeinde breitete. Ana schielte, kaum merklich, auf Armeni, dessen Mundwinkel langsam nach oben wanderten.

Gedankenverloren ließ die Giuseppina ihren Blick durch den Raum wandern. Ein Bild über dem Blüthner erregte ihre Aufmerksamkeit. Das pastellene Blau des Meeres bewegte sich in getupften wie geschwungenen Wellen sanft im Schein eines sich darin spiegelnden weißsilbernen, halb wolkenverdeckten Mondes. Davor, mit dem Rücken zum Betrachter, ein blond gelocktes Mädchen in einem fast durchsichtigen Seidengewand, das die Hand in Richtung der Wogen ausstreckte, auf der eine elegante Möwe mit ausgebreiteten Flügeln ruhte.

„Das Mädchen mit der Möwe. So heißt das Bild." Doktor Livadić begrüßte die Comtessa mit einem Handkuss. „Herzlich willkommen in meinem Haus."

Sie ließ es geschehen. „Ein merkwürdiges Gemälde. Eine sehr eigentümliche Stimmung und ein sehr ungewöhnlicher Stil. Wo haben Sie es her?"

„Es ist ein Werk meiner Frau Gemahlin. Ich finde, sie hat Talent."

„Zumindest scheint sie mit einer blühenden Fantasie gesegnet."

„Es ist fast ihre einzige Leidenschaft, die uneingeschränkte Hingabe zur Malerei. Aber bitte, setzen Sie sich doch, Gnädigste, Fürstin, Gräfin, Herrin, Bediente, wer auch immer Sie sind."

Die Giuseppina bedankte sich, etwas enttäuscht darüber, dass Livadić ihre kleine Farce durchschaut hatte.

„Doktor, Sie überraschen mich."

„Glauben Sie mir, ich kenne die Ninetta. Und nur deshalb habe ich Sie hereingelassen. Eine Dame, die zu solch einer List greift, muss ebenso gewitzt wie die Protagonistin und jede Gesellschaft wert sein."

Wien, am 10. Jänner 1893.

„Eine Premiere erwartet uns. Die Fürstin Ninetta vom Compositeur Strauß." Ummengt von samtenem Rot und erlauchtem Güldschimmer drang die Stimme des Kaisers an des Doktors Ohr.

„Erlauchteste Majestät, habt Dank für Eure Invitation."

„Er leistet wahrlich gute Dienste, Doktor. Man sagt auch Wunderwerke."

„Bescheidenster Kurarzt, auch zum Wohle Eurer Gäste, Majestät."

„Ich goutiere Euer Wohltat für mein Kurbad Abbazia."

Livadić strahlte mit dem noch hellen Luster um die Wette. Des Kaisers Bart, im flunserldurchtanzten Schimmer, krummte vor seinem Träger und ward entgegen seinem natürlichen Drange resolut em-

15

porfrisiert. Davon unbedarft amüsiert, neigte sich Ana, zwischen ihre Eltern gesetzt, zu der das Opernglas bemühenden Mutter an ihrer Seite.

„Seine kaiserliche Majestät sieht sehr alt, gediegen, sehr österreichisch aus."

Selbst sie zeigte keine Regung auf Anas Beobachtung und ihr darauf folgendes verhaltenes Gekicher. Allmählich dämpfte sich das Licht, und in den aufkeimenden Applaus hinein wandte sich der Doktor an seine Tochter: „Da kommt dann auch noch der Girardi."

Schlaf ein, schlaf ein, mein liebes Medium. In der Pause, als wieder Licht wurde, strahlte Ana bis über beide Ohren: „Oh, danke, danke Papa! Es ist so wundervoll. Es trägt den Winter fort und holt mir das Meer wieder."

„Ich habe auch eine Überraschung für dich, mein Kind."

„Eine Überraschung?"

Livadić scheuchte seine Tochter vor sich her, ein paar Stiegen hinunter. Beinah stieß sie in den plötzlich aufgetauchten Armeni, der die Verdutzte im Violettblau seines Fracks auffing.

„Hoppla. Meine Ana, so stürmisch."

Livadić nickte ihm zur Begrüßung entgegen. Armeni nahm die sich verstört nach dem breit auseinandergehenden Mund ihres Vaters umwendende Ana bei der Hand.

„Komm nur mit, Liebe."

Das „Überraschen Sie sie!" ihres Vaters im Rücken, ließ sie sich durch die aufgeputzten Menschen in eine etwas entlegenere Nische ziehen. Dort drehte sich ein schwarzhaariger Mann mit sympathischem und freundlichem Ausdruck um. Armeni stellte Ana vor den Mann hin, seine kräftigen Hände auf ihren Schultern, und nuschelte ihr von hinten ins Ohr: „Schau, das ist Alexander Girardi."

Sie staunte ein ehrliches „Oh ... der Herr Girardi", hinter dem ihre Wangen wie Kerzendochte zu glühen begannen, als ihr der freundliche Darsteller die Hand gab. Von irgendwo hörte sie den Vater: „Vergiss nur nicht auf deinen Knicks, Kind."

So wie sie es tat, begannen alle zu lachen. Besonders der Girardi herzhaft, der, sobald wieder bei sich, in Richtung der Garderoben verschwand. Eine Weile stand Ana noch auf der von ihrem Girardi verlassenen Stelle. Zu schnell war es vorbei. Zu schnell drückte sie Armenis grober Griff.

„Komm, Liebe. Jetzt lade ich dich auf eine Sacher oder einen Strudel ein."

Ana sträubte sich. „Nein, danke. Ich will nicht ... Sie sind nicht der Girardi ..."

Schlaf ein, schlaf ein, mein liebes Medium.

„Ein Wunder, dass wir uns bei der Premiere nicht begegnet sind", sprach die Giuseppina überrascht, um sich kurz darauf dem Doktor vorzustellen.
„Aber nicht die berühmte Malerin?"
Die Comtessa nickte, woraufhin Livadićs matter Blick wieder zu glänzen begann. „Was verschafft mir diese besondere Ehre?"
„Mein Rücken, der mich seit meiner Anreise plagt."
„Wenn ich Ihnen helfen kann, so tue ich das mit dem größten Vergnügen", ereiferte sich der Doktor in Gefloskel.
„Ihre Gattin malt, und Sie spielen bestimmt den schönen Blüthner", blümelte sie weiter.
„Ich nicht", sagte der Doktor hohl, der plötzlich aschfahl wurde, wortlos aus dem Raum stürzte und die Giuseppina im Sofasessel mit dem Mädchen und der Möwe alleine ließ.

Abbazia, der erste herrliche Frühlingstag 1901.
„Los, Kind. Mach die Augen zu. Und wehe, du schummelst."
„Ich schummle nicht, Mama."
Sicherheitshalber legte sie die Hände auf die Augen ihrer Tochter. Das süßlich Ledrige des Studios in der Nase, kam Vaters Stimme nahe. Es musste etwas Besonderes sein, geheimnisvoll in den Feiertag geleitet zu werden. Eine bedächtige Schwere kehrte die windleichten Freuden vergangener Tage beiseite. Bevor sie zu blass würden, schluckte sie die Farbtöne in sich hinunter.
„Siebzehn Malvenblüten ist es her, als die letzten Kisten deiner Mutter aus Mali Lošinj hierher kamen. Sie waren eine Vorhut, die gewiss machte: Jetzt kommt sie endlich. Ich saß auf der Kiste im Garten. Weißt du noch, wir sagten: Der Schrein der alten Tanten?"
„Du hast es noch nie erzählt, Papa."
Die Mutter kicherte verhalten an ihrem Ohr vorbei. „Aber zu genau! Es war die angemeckte blaue Kiste. Und da drinnen der Muhme schwarzes Kleid!"
Wie ein leichter Schwindel wirbelte Vaters Echo: „Genau, das schwarze Kleid!"
Ana grub ihre Zehen in die harten Sohlen. Das junge Türkis, in dem sie vor Jahren die sich berührenden Lippen von Hauch und Wogen erkannte, schien ihr zwischen den Brüsten steckengeblieben und sich zu einem rostigen Klumpen zusammenzuziehen. Sie hörte die grimmige Grimasse aus Mutters verstellter Stimme: „Das zum Unterpfand,

als dass ihr stete Mahnung habt an den Schlund des bösen Zwilling der Liebe!"
Sie hörte das Amüsement aus Vaters hüpfenden Wangen: „Genauso. Genauso klang sie. Als wäre sie in dich hineingefahren und würde deine Zunge bewegen!"
Sie hörte das Zittern von Mutters Nachbeben, als der Vater fortfuhr: „Auf dieser Kiste saß ich also, an jenem Augusttage und hatte irgendetwas an meinem Ärmel zu reiben."
Sie hörte Mutters ausgesprochenen Zeigefinger: „Es war das Ausgespei des dürren Hofrats."
Sie hörte Vaters hochwandernde Braue: „Achherrja, er vertrug die neuartigen Öle nicht."
Sie hörte ihre eigene Ungeduld, als die Mutter im fremden Dialekt nachäffte: „Gnä' Frau, ich sag's Ihnen, wie's is'. Das Öl putzt verkehrt, die veredelte Schnitzelfett'n."
Sie hörte Vaters Verblüffung über die Stirn herunterkommen: „Ja genau, aber genauso, das ist er! Als stünde er da!"
Stumm ließ Ana das schwelgende Lachen über sich zusammenschlagen, ehe den Vater das Feuer der Erinnerung einholte. „Ich saß also auf dieser Kiste, rieb an dem, was mir vom Hofrat am Ärmel haftete, und da kam sie daher, deine Frau Mutter. Damals wusste man noch, was bildschön heißt. Sie grüßte höflich, legte sich vor mich ins Gras, wie eine abtrünnige Nonne. Sie loderte und ich schwitzte wie ein Schwein. Von jetzt auf gleich waren wir die ersten Menschen im Paradies, doch die Scham versengte gleich unter den klarsten Lustern, die mich tiefer hin in den Eden verschleppten. Je tiefer ich kam, desto größer wurde das Leuchten. Und dieses Leuchten, so kann ich dir sagen, Kind, dieses Leuchten zeugt von dem Moment, an dem wir dich machten."
„Und der Muhme Pechkleid musste es stumm ertragen."
Der Doktor trat an seine Tochter heran und berührte sie väterlich an den Armen: „Siebzehn Malvenblüten, mein Kind. Und du kamst in unsere Welt als unbeschreibliches Wunder der Freude."
„Der Freude!", war die Mutter der Nachhall. Ana hörte ihren Vater vor sich knien: „Was hast du denn am Liebsten, mein Kind?"
Von unten kam's, durchbrach den Zwinger und setzte die Farbe in ihr frei: „Ich mag die Musik, Papa. Die Musik. Ja, die Musik."
„Wolltest du sie nicht auch selbst machen können?"
„Ohja, Papa, das ist mein Wunsch. Ich möchte tönen."
„Dann sollst du meine Überraschung sehen."
Sie hörte den Kopfdeut des Vaters, woraufhin die Mutter langsam ihre strengen Hände von den Augen nahm. Ana blinzelte in den Raum. Im Eck formte sich ein Klavier. Ihre sprachlose Freude

schimmerte im eingefrorenen Lächeln der Mutter und in der wonnigen Signatur des Vaters: „Es ist deines. Zur Feier des wunderbaren Tages deiner Geburt."

Außer sich vor Freude halste sie den Vater und die wie erstarrte Mutter.

„Du wirst spielen lernen."

Ana eiste sich los, lief zum Instrument, betrachtete es nach allen Seiten und fuhr mit den Fingerspitzen zart über den Lack. „Wie schön schwarz es ist." Sie machte den Deckel des Instruments auf und wischte über die Tasten, ohne eine einzige herunterzudrücken. „Darf ich es ausprobieren?"

Sie hörte der Mutter kalte Hände auf ihren Schultern. „Noch besser. Du wirst deinen Lehrer kennenlernen."

Sie hörte Vaters Strahlen: „Er wird mit uns zu Mittag essen."

Im aufgedeckten Speisezimmer stand die dorrige Bedienerin, die sich, wie ein Gesteckstrohhalm über die Jahre gehalten, die Schürze stramm um ihre geraden Hüften gepeinigt, diskret in einer Ecke hielt. Doktor Livadić stellte seine Damen hinter die Stühle und rieb sich die Hände: „Sehr schön angerichtet. So ist's recht." Und auf sein „Wo ist denn unser Gast?", hob die Randfigur ihre Schultern.

Ana hielt artig ihre Lehne: „Wer denn, Mama? Wer kommt denn da? Ich komme noch um vor Neugier. So ein Geheimnis macht der Papa ..." Sie wippte von den Zehenspitzen auf ihre Fersen und wieder zurück, bis es aus der Mutter schoss: „Halt dich still und gerade. Er soll doch nicht glauben, hier auf gewöhnliche Menschen zu stoßen. Dein Vater ist wer. Sei kein kleines Mädchen mehr! Wir wollen uns doch nicht für dich schämen!"

Es nickte ihr trocken hinterm Rücken und sie suchte den Boden.

„So ist's artig, Kind!"

Und der Vater entfernte sich raschen Schrittes.

Der Hausdiener führte Livadić vor sein Büro, wo der Gast saß, die Tasche zwischen den Beinen eingeklemmt, den Hut am Schoß. Alswie er den Doktor kommen sah, erhob er sich. Livadić schnippte, woraufhin Viktor die Tür aufschloss und sie in sandiges Zwielicht wogten, das sich durch die Jalousien zwängte. Viktor durchhauchte das Heimliche wie der Drachenkopf seine Untiefen und rückte den lederbezogenen Stuhl vor dem nüchternen Schreibtisch zurecht. Zaghaft und Kleinklein folgte ihm der Besucher, der den bereiteten Platz angewiesen bekam, während sich der Hausherr in seinem wohlgepolsterten Thron ausbreitete. Auf sein abermaliges Schnippen hin verneigte sich Viktor und aalte sich rücklings von dannen. Kurz nachdem das

Schloss geklackt, reichte der Doktor dem Gast über den Schreibtisch hinweg die Hand.

„Herr Hofoperndirektor, welch Ehre, Sie in meinem Hause willkommen heißen zu dürfen."

„Ganz meinerseits, Herr Doktor." Der Gast bemühte ein leichtes Lächeln auf seine Lippen. „Und Mahler genügt vollauf."

Livadić verschränkte die Hände vor sich auf dem Tisch und musterte Mahler von oben bis unten, dem die gedämpften Mittagsstrahlen das Gesicht gelblich machten.

„Es entgeht mir nicht gänzlich, was mir zu Ohren kam."

„Die aufreibendsten und tiefsten Klänge, wie ich hoffe", erwiderte er und schickte ein zwinkerndes Schmunzeln. Der Doktor schaute ihn ideen- und regungslos an.

„Am Hofe teilte man sich ob Ihnen die größte Sorge."

„Ich hab' es wohl zu sehr mit Mozart genommen. Ich stürzte mich in der Härte des Winters in ein Ausmaß und Tempo, worüber ich mich selbst vergaß."

Der Doktor legte das Kinn auf den Daumen und nickte verständnisvoll. „Das ist unserer Zeit größtes Übel."

Mahler, als hätte er es überhört, fuhr fort: „Und dann noch ein Mozart. Seine letzten zu Ende gesprochenen Sentenzen. Ich kniete mich hinein. Ich stampfte und trat jedes Gestrüpp zur Seite. Ich umwackelte und trat die steilen Steine. Wie besessen kreiste in mir bereits während der Ouvertüre die Königin der Nacht." Mahler schaute in Unverständnis.

„Warum die verwunschene Flöte, wenn Sie es als Musiker nicht vertragen?"

„Die Zauberflöte."

„Das sagte ich."

„Wie Luzifer soll ich ausgesehen haben." Livadić fuhr sich mit der Hand über die Wangen. „Gischtweißes Gesicht."

Mahler pflichtete bei und zog die Wangen ein. „Und wohl etwas hohl. Nicht mehr Herr über mich, merkte ich meine Kraftlosigkeit nicht." Mahler holte aus seiner Tasche einen Befundzettel und legte ihn vor dem Doktor hin. Der ließ seine Augen über das Papier wandern, danach, prüfend, über Mahlers Gestalt.

„Ich wäre beinah verblutet."

Livadić legte das Kinn auf seinen Daumen und murmelte gedankenverloren: „Luzifer ..."

„Dann kam die Erschöpfung mit ihrer argen Strafe der Gnadenlosigkeit."

„*Wie sich die Musizisten von dem ausmergeln lassen, was sie angeblich stets erfüllt. Das werden Sie mir als Doktor niemalen erklären können.*"
„*Man ist sozusagen selbst nur ein Instrument, auf dem das Universum spielt.*"
Der Kurarzt bemühte noch einmal den Befundzettel, dann warf er dem Komponisten einen aufmunternden Blick zu: „*Ich werde Sie schon wieder unter die Lebenden bringen, Mahler.*"
Er lehnte sich in seinem Sessel zurück, während sich der besondere Gast die Brille richtete. „*Wissen Sie was?*", *Mahler schaute auf.*
„*Meine Tochter hat ein Klavier.*"
Mahlers Mund füllte sich mit Freude.

Sie schlürften genussvoll eine würzige Steinsuppe. In dem Moment, da Mahler den Teller schräg hielt, um die Reste herauszulöffeln, erschien die Bedienerin mit der vollen Schüssel hinter ihm.
„*Wie schön, dass es Ihnen schmeckt. Für unseren Gast noch Suppe!*", *orderte Frau Livadić.* „*Es ist ein altes Rezept aus Dalmatien. Unsere Fischer sind erfinderisch*", *erklärte sie.*
„*Ausgezeichnet, wirklich*", *versicherte Mahler,* „*aber für mich nichts mehr.*"
„*Er lässt Platz fürs Delikate*", *beschloss der Doktor den Gang.*
„*Sie sehen schon erholt aus*", *diagnostizierte seine Frau, den Künstler im Visier.*
„*Ich fühle mich sehr wohl hier. Sogar Arbeit habe ich mitgebracht.*" *Ein rügender Blick des Livadić bremste den Hofoperndirektor zunächst ein, ehe er schelmisch entgegnete:* „*Nur ein bisschen. Wissen Sie, Doktor, eine durchaus positive Sache, die sich Eingebung schimpft.*"
„*Aber mit Gemach, Mahler. Mit Gemach*", *unterstrich der Gastgeber seinen mahnend erhobenen Finger.*
„*Seien Sie sich des versichert, seit ich wieder Ideen habe, getragen vom unaufhaltsamen Duft des Meeres, bin ich von jedwedem Druck frei.*"
„*Auch hat Ihre Frau Schwester eine wirklich gute Wahl getroffen.*"
„*Pudelwohl ist's mir hier in der Jeanette.*"
Der Doktor seufzte: „*Leider, mein Haus ist's nicht.*"
„*Vier Zimmer in der obersten Etage geben mir Raum zum Denken und zum Atmen. Und wenn ich die Fenster aufmache, so höre ich wieder, was stetig und immer lauter in mir rauscht. Was sich formt und herausdrängt.*"
„*Es klingt wie eine Schwangerschaft.*"
„*Sagen wir es so, gnädige Frau, ich wiege mich in der Geburt.*"

Ana schob ihren noch halbvollen Teller etwas von sich weg und warf Mahler einen bewundernden Blick hinüber.
„Schmeckt es Ihnen nicht, Fräulein Ana?", fragte selbiger etwas besorgt. Ohne auf Mahlers Frage einzugehen, versuchte sie mit Mühe, die in sich aufkeimende Freude zu bändigen.
„Es ist so wunderbar, was Sie sagen ... über das Meer, das Sie in sich tragen. Das wogt und Ihnen flüstert ..."
„Es singt, Fräulein Ana, es singt ..."
„Es singt, ohja, es singt. Ich verstehe genau, was Sie meinen."
„Im Grunde hat sie keine Ahnung", raunte Frau Livadić. „Und hier kommen Sie ins Spiel, Mahler", eröffnete ihr Mann. Er erhob sein Glas in Richtung des fragend schauenden Mahler. „Würden Sie mit uns auf den Geburtstag unserer Tochter anstoßen und ihr ein paar Sachen auf dem Klavier zeigen?"
„Aber mit dem größten Vergnügen."
„Das ist's, was meiner Schwangerschaft entsprang", schielte Frau Livadić auf ihr Kind. Ana war von Mahler hypnotisiert.
„Heute ist mein Geburtstag, und Sie, Herr Direktor, sind mein erster Besucher." Livadić stieß mit Mahler an, und in den ersten Schluck, den Abklang des Kristalls hinein, verlautete er: „Das Klavier ist heute gekommen."

Ana saß vor dem Klavier, und Mahler richtete ihr den Rücken. „Aufrecht und entspannt, so fängt es an." Mahler machte den Deckel des Instruments auf und weckte Anas Ungeduld.
„Darf ich endlich spielen?"
„Nur zu, Fräulein Ana, probieren Sie."
Ana suchte die Töne einer kleinen aber feinen Melodie zusammen. Zu steif und zu fest wählte sie die Tasten.
„Warten Sie, ich zeig' es Ihnen." Mahler schnappte sich einen Schemel, setzte sich neben sie, legte seine Finger auf die Ihren und begann mit ihr die Melodie nachzuspielen. Sie kam fein. Zunächst mit zarter Stimme, dann bestärkt. Es war kein behäbiges Radebrechen mehr.
„Das Instrument mag nicht immer schreien. Es mag auch sprechen. Es mag flüstern. Es mag sich zeigen und es möchte geheimnisvoll sein."
„Wie lieblich es klingt."
„Nun schließen Sie die Augen."
Ana öffnete ihre Träume, während Mahler bedächtig seine Finger von den Ihren nahm.
„Nun erzählen Sie mir. In jeder Nuance. Wie das Licht, das sich in den Wellen bricht." Ana erwiderte, fast lautlos, in sich gekehrt: „Oja,

ich werde es versuchen." Mit soviel mehr Bedacht und Finesse sprach sie, dass Mahler, vom Resultat gänzlich angetan, zunächst erstaunt auf Ana, dann auf ihre Hände, dann auf ihre Eltern im Hintergrund schaute, um danach auszurufen: *„Welch eine musikalische Artikulation! Eine Seele will ans Licht!"*
„Ich hab's schon immer gewusst", schwellte Vaters Brust.
„Tja!", apostrophierte Mutters Kehle.
Mahler kniete sich neben Ana hin. *„Alles Gute zum Geburtstag!"*

Beide gingen nebeneinander her.
„Oh, sehen Sie nur, Herr Direktor, wie schön es hierum gedeiht und in Blüte kommt. Stundenlang könnte ich vor dieser Blume stehen. Es ist alles so schön gemacht. So himmlisch." Sie schnupperte an der weißen Flor. *„Und ihren Atem einsaugen. Dass der Frühling tief in mich dringt. Riechen Sie nur."* Sie hielt ihm den Blütenkelch hin. Er schnupperte und machte einen Laut des wohligen Genusses. *„Das ist wahre majestätische Dezenz."* Er schaute auf die Anmut, die sie noch immer zwischen den Fingern hielt.
„Wenn einer das Paradies sucht, das ist es."
Sie gingen weiter durch das Grün.
„Ich liebe die Natur mindestens genauso sehr. Sie gibt uns und sie lehrt uns. Aus ihr kommt alles, was wir wissen. Und sie weiß alles, was wir fühlen."
Sie legte ihre Hände aufs Herz.
„Singet nicht, sag ich!", klang sie.
„Blühet nicht, sag ich!", klang er.
„Alles Singen ist nun aus!", klangen beide.
Er blieb stehen und schaute ihr gerührt direkt in die Augen. „Sie kennen mein Lied."
„Ja, Herr Direktor. Ich kenne sie, ich kenne sie alle. Jeden Ton fühle ich, als wäre er meiner. Den Schmerz, die leere Wut und die Liebe. Die Liebe ..." Eine Bedrückung beschwerte ihren Blick. Er nahm ihre Hände und versuchte sich im Trost. *„Nenn mich beim Namen. Nenn mich Gustav."*
„Gustav...", war ihr Echo. Er hielt lauschend inne und deutete in den Himmel.
„Da ..." Innehalten. *„Hörst du das auch?"* Lauschen. *„Die Vögel singen uns etwas vor."*
Er tastete im Innern seines Jacketts, zog ein Blatt Papier und einen Stift heraus, strichelte eilige Notenlinien. Horchen. Schreiben. Dann überreichte er ihr den Zettel.
„Das ist das Gedicht der Vögel. Du kannst es später auf dem Klavier erzählen." Er zeigte es ihr, pfiff vor und deutete das Notierte

nach. Sie versuchte, es ihm gleich zu tun, dann musste er auf einmal lachen. „Vögelchen."
Sie fiel mit ihrem Strahlen in sein Lachen ein. „Wie sehr genieße ich die Tage. Die milde Sonne wärmt auch mein kleines Ich. Die Bäume, die Steine, das Meer. Überhaupt alles duftet und die lieben Vögel tirilieren Lieder, die den Duft zu Gehör bringen und mich so wohlstimmen." Sie setzte sich auf eine Gartenschaukel und deutete dem Amüsierten, neben sich Platz an. Dieser ließ sich nicht lange bitten und scherzte noch einmal „Vögelchen ...", da just eine Möwe in den Garten geflogen kam und ihn in Staunen versetzte. „Sogar die vom Meer ziehst du an. Und wie du es machst, ich weiß es nicht. Es scheint, als hätte sie sogar Eifersucht in den Augen."
Sie hielt die Schaukel an und stand auf. „Gustav, das ist mein lieber Freund Krudić. Krudić, der schöne Mann an meiner Seite ist Gustav."
Die Möwe legte den Kopf schief.
„Ja, damit du ja Grund zur Eifersucht hast!"
Er kicherte.
„Und das, lieber Herr Tag, das ist das Mädchen mit der Möwe."

Das Zimmer ruhte in mattem Nachmittagslicht.
„Er erlaubte mir, ihn im Balkonzimmer besuchen zu dürfen. Als mein Freund solltest du dich mit mir freuen und nicht giftig zu mir herübersteigen ... Noch dazu an meinem Geburtstag ..."
Ana, auf ihrem Bett, ließ ihre Verträumtheit bis an die Zimmerdecke wachsen. Eine Möwe auf dem Fenstersims keckte herein. „Weißt du, seine Erscheinung macht mich Girardi vergessen ... Gustav ... Ein sehr ruhiger, von Krankheit gezeichneter, aber sehr sympathischer und liebenswerter Mensch. Überdies einfühlsam."
Vom Gang herein durchschnitt Mutters Drängen: „Kind, beeil dich, komm! Armeni wird gleich hier sein! Du solltest ihn empfangen und dich nicht noch einmal so zieren wie beim letzten Mal!"
Ana setzte sich auf, richtete sich ihr Kleid und die Haare zurecht. Sie seufzte. Die Möwe war verschwunden.

Kupfern mantelte sich die tiefstehende Sonne. Armeni legte seine Handschuhe auf den Tisch. Er präsentierte das Violette in seinem Knopfloch, und der Doktor war hingerissen.
„Die Malvenblüte. Du erinnerst dich."
„Ich werde sie nicht mehr los. Tagein nicht. Tagaus nicht. Wie du stets das Delikate bemühst. Ich habe nun lange genug gedürstet. Seit die Schatten der Votivkirche ihr Gesicht zum Leuchten gebracht haben."

„Zweifelsohne. Du bist der Beste für sie."
„Das weiß ich. Einmal am Becher genippt, kann man, bis zur Neige, nicht mehr genug bekommen."
„Sie himmelt dich an."
„Dann ist es wohl hoch an der Zeit."
Die Männer schauten einander an.
„Nun denn, sag es endlich. Sag es. Sprich es frei heraus. Es ist, als wär' es mein Durst, den zu stillen du gekommen bist. Sag es. Und ich werde dir die Quelle nicht verwehren."
Armeni zog sich den Scheitel, machte sich noch größer, als er ohnehin schon war. Also baute er sich vor dem Doktor auf und belegte mit fester Stimme: „Ich komme hiermit um die Hand deiner Tochter."
Tränen der Rührung stiegen Livadić in die Augen. Er fasste Armeni an den Schultern. „So soll es sein. Willkommen in der Familie, Sohn." Er belippte Armenis Wangen. Wie aufs Stichwort schob die Frau ihre Tochter in das Ockerne.
„Dass man dich zu deinem Glück stets zwingen muss." Sie hielt dem gestandenen Ingenieur die Hand zum Kuss entgegen. „Mein lieber Armeni, was für eine schöne Überraschung."
Livadić machte eine theatralische Geste. „Und hier kommt unser Geburtstagskind."
„Herr Papa, Herr Ingenieur." Ana knickste. Der Vater half seiner Tochter auf und legte ihre Hand in jene Armenis. Dieser fischte sich die Malve aus dem Knopfloch und steckte sie der blassblickenden Ana ins Haar. „Eine kleine Aufmerksamkeit zum Geburtstag."
„Oh, wie reizend. Er hat es sich gemerkt", war die Mutter außer sich.
„Und jetzt vergiss schnell wieder das Herr Ingenieur, so wir unter uns sind."
Des Vaters Wonnigkeit fraß sein Kind beinah. „Rupert hat eben um deine Hand angehalten. Welch ein Glück! Natürlich hab' ich ja gesagt."
Ana verlor ihr Gesicht vor Armenis Unheimlichkeit. Und wie aus fremder Ferne dumpfte es: „Nun darfst du deine Künftige küssen."
Armeni hob Ana auf die Zehenspitzen und drückte ihr einen wilden Kuss auf, dass die Blüte zu Boden fiel, wo er sie mit seinen schwarzen, schweren Schuhen zertrat.
„Darauf müssen wir anstoßen!", verschmolz Mutters Seligkeit mit der Gnadenlosigkeit des Raumes.

Ohne Gedanken saß sie zusammengekauert. Bläuliches schimmerte auf ihr weißes Nachthemd. Am Sims lauschte die Möwe. „Und wie willst du mir helfen?" Sie wischte sich die Tränen aus den Wimpern.

Alles wurde langsam. Sie glitt zur Zimmertür. Stille herrschte. Was vom Geburtstag übrig, gloste wie der Docht verstorbenen Kerzenlichts. Tonlos ließ sie das Haus hinter sich und schlich auf die Mole hinaus. Der Mond lag in beruhten Wellen. Als er sie berührte, breitete sie ihre Arme aus. „Ich wünschte, ich könnte fliegen. Weit fort von hier. Ins Paradies." Die Möwe tanzte zu ihren Füßen. „Wie tröstlich, dass du sagst, dass es nicht schwer ist ... Viel leichter als Klavierspielen meinst du? Und viel schöner als alle Lieben dieser Welt? Nur heute muss ich mit bleiernem Herzen und feuchten Augen ins Bett ... du gute, lange Nacht ..."

Broschenberg packte seine sieben Zwetschken, setzte seinen Hut auf, nahm den Regenschirm und ließ sich vom tosenden Meeresbrausen beeindrucken. Pünktlichkeit war, so eine seiner goldenen Regeln, eine Tugend. Zu spät zu kommen, ein unhöfliches Vergeuden des Zeitkapitals der Einladenden.
„Respekt heißt's, Respekt", sagte Broschenberg immer. Er beschleunigte seinen Schritt auf dem Kaiserweg und stieg hinauf zum Trauerhaus. Ein kleiner, schon etwas glatzköpfiger, finkennasiger Hausdiener öffnete, und der Fürst hielt ihm, ohne viel Geplapper, die Einladung vor. Kurz nickte er und gebar, ihm zu folgen.
„Wer spielt denn da Quartett?", dachte Broschenberg, überrascht von den süßlichen Klängen im sonst so schweigsamen Haus. Zwischen den Treppenfußsäulen hindurch, wie in das Allerheiligste eines Tempels, in den Salon geführt, beäugte der Fürst das Mobilar. Dann setzte er sich brav hin, in den Stuhl, den zuvor die Giuseppina gewärmt hatte, und wartete nun seinerseits.
„Mein lieber Fürst, seien Sie willkommen." Überschwänglich charmant trat, wie die alte Maria Theresia, Gott habe sie selig, die Doktorsfrau in den Salon.
„Küss die Hand, gnä' Frau, küss die Hand. Herzlichen Dank für Ihre Einladung."
„An mir ist es, sich zu bedanken, lieber Broschenberg, dass Sie ihr so rasch gefolgt sind."
„Aber bitte", näselte er zur Trauerumhüllten, „Sie haben mich um Aufklärung des rätselhaften Verschwindens gebeten, und hier bin ich nun."
„Mein armes Kind ist vom Meer verschlungen", seufzte sie.
„Man kann alles annehmen, solange nicht das Gegenteil bewiesen ist", sprach Broschenberg, ohne zu verlauten, dass er es für etwas verfrüht halte, die Möglichkeit des Lebens auszuschließen. Sie setzte

sich zu Broschenberg, der schon die nächste Frage aus dem Ärmel bugsierte: „Welchen Umgang pflegt Ihr Fräulein Tochter?"
Die Livadić schaute verstört: „Umgang? Natürlich den allerbesten. Mein Mann hat immer dafür gesorgt, dass sie in guter und bereichernder Gesellschaft groß wird, wie es sich für ein Kind geziemt."
„War sie denn bis dato der Männerwelt abhold?", bohrte der Fürst geschickt und scheinbar belanglos nach, woraufhin Frau Livadić verbittert die Lippen zusammendrückte und langsam den Kopf schüttelte.
„Mein Mann hat ihr einen mehr als würdigen Bräutigam verschafft."
„Soso", bemerkte Broschenberg laut.
„Ihr Mann liebt das Fräulein Ana wohl sehr?", fragte er bewusst im Präsens. Schweigend hob die Befragte den Blick, und der Ermittler bemerkte, wie ihr die Augen flimmerten.
„Ja, sehr", entgegnete sie mit tränenerstickter Stimme.
„Und Sie, Gnädigste?", setzt er nach. Erneutes Schweigen, Schmerzschlucken und überzeugendes Nicken waren die Antwort.
„Und derwegen haben Sie sie hier hängen?"
Sie wandte sich ab und verlor sich im regensatten Grün des Gartens.

Abbazia, am 28. Juni 1904.
Frau Mama hat sich in den Kopf gesetzt, mich zu malen. Etwas geheimnisvoll und entweht sollte es sein. Unten am Meer. Nicht mehr sollte ich tragen als mein Schlafkleid. So merkwürdig es mir war, den Arm ins Leere auszustrecken, um für eine erste Skizze zu posieren, so sehr war es mir dennoch eine angenehme Abwechslung, zumal der Herr Papa im kommenden Monat Mai meinen Hochzeitstermin fixierte, auf den ich mich freuen muss. Ein Trost war mir, dass Krudić vorbeikam, um mir Gesellschaft zu leisten. Wahrscheinlich ist er der Einzige, der mich spürt.

„Was machst du denn?" Er fragte zart, wie vor Zeiten, beim ersten Mal. Es rieb an ihrer Schale. Die Borsten kratzten über die Leinwand, sezierten blaue Köpfchen, die Livadić an Lavendel erinnerten und eine schamhafte, violette Blutspur hinterließen. Ihre Lippen waren unter dem glosenden Luster ein scharfer Schatten. Ihr offenes Haar roch nach saurer Zitrone. Sie legte den Pinsel nieder.
„Ich finde mein Meer noch nicht."
„Du wirst es finden."
„Sei wenigstens im Troste ehrlich."

Er verlor sich über ihre Schulter im Leer.
„Ana ist wieder bei ihm."
„Die Musik ist ein Teufel."
„Nenn ihn nur nicht beim Namen."
Abrupt drehte sie sich um mit heißen Wangen. „Ich werde sie malen." Sie vergrub ihr Gesicht zwischen seinen Knien.
„Ich sehe sie nicht mehr. Ich sehe sie nicht mehr."
Abwesend streichelte er ihr über die zerzausten Strähnen. „Ich liebe Lavendel."
Was aus ihrem Mund kam, wärmte seine Hose. Es klang nach „Nachtviolen". Nach den Blumen, die nächtens ihren Duft nicht verhauchen.

„Was machst du denn?" Die Ehrlichkeit ihrer jungen Neugier durchnähte ihren alten Stolz. Mit aller Kraft stieß sie die Gabel in die Schüssel und presste das granatene Innere aus den kleinen Beeren. Ihre Haut zersprang leicht. Sie durchquirlte den klebrigen Ausfluss. Warum macht sie beim Gehen keine Geräusche? Sie ließ den metallenen Griff schallend in das Gefäß fallen. Sie drehte sich zur Tür. Wie aus Elfenbein geschnitzt wuchs ihre Tochter aus dem Teppich.
„Was machst du denn?", wiederholte die Figur. Sie konnte nicht anders, als sich erheben und die glattgehobelten Backen zu kosen. Ein zopfiger Atem durchzog sie mit einem lustvollen Wohlsein, das sie zuletzt vor der alten Kiste mit dem Trauerkleid gehabt, als sie von dem Begehrtsein voll war, das in einer Nacht werden ließ, woraus die kleine Schönheit erwachsen sollte. Sie strahlte bis über beide Augen, als sie die Silhouette des eigenartigen Wesens nachzeichnete und die pralle Nacktheit unter dem Tüll nachschmeckte.
„Ich werde dich malen, Kind. Genauso. Genauso, wie du bist."
Die Mutter nahm ihre Hand. Auf den bloßen Sohlen rieben die schwarzen Steine, die voll waren von den Geschichten des wissenden Meeres. Anvertraut ihrem ewigen Schweigen.
„Empfange es wie einen Geliebten, der dich zum Tanze auffordert."
Und in dem Moment trug der Vater sie auf der Hand in sein Büro und setzte sie auf den Schreibtisch. „Erinnerst du dich noch an den Ingenieur Armeni?"
Sie hielt sich die Ohren zu. Und doch hämmerte es hinein: „Er wird dein Mann werden. Du kannst dich freuen. Er hat mir versichert, dich im Wonneabend Mai zur wohlgeltenden Frau Armeni zu machen."
Irgendwo versanken die Worte, als die Mutter das dicke Vorhangetwas zurückwarf und sie der Sehnlust des Nachthimmels aussetzte.

„So ist es gut. Den Arm nur noch etwas schräg nach vor und den Kopf ihm nach!" Sie trotzte.
„Nein, Vater. Ich freue mich nicht." In ihr brach sich das Siegel von Mahlers Wort: „Nun fängt auch mein Glück wohl an? / Nein, nein, das ich mein', / Mir nimmer blühen kann!"
Aus ihrem Mund kam nichts. Vater steckte ihr eine Malve ins Haar. Die Rührung brach seine Stimme: „Mein Kind."
Und was in ihr brach, zerstreute sich in abertausende spitzig kleine Stacheln, die sich in ihre Luft bohrten. Nach dem Leeren richtete die Mutter ihre Fingerspitzen, an denen die Möwe ihren Schnabel rieb.
„Ich weiß, Krudić. Die Freiheit ist's. Die Freiheit ... Sei nicht eifersüchtig. Heiraten werde ich gewisslich nicht ..."
Die Mutter senkte den Pinsel, kniff die Lider zusammen und suchte nach dem Gesicht ihrer Tochter, jäh durchbrach der Vogel den molligen Stoff und landete krächzend in Anas Blick.
„Ja, genau! So bleiben! So bleiben", orderte die Mutter. Ana hatte kein Gehör. Der Wind war gierig nach ihrem Kleid. Wollend zupfte er daran, dass sich ihre saftigen Brüste nach ihm reckten. Ana entsiegelte die Lippen, bis sie die salzige Lust in sich hineintanzen wähnte. Krudić hob unruhig seine Flügel.
„Nein, mein Guter. Ich fühle nicht für ihn."
Die Mutter kaute nervös am Pinselstiel. Wo das Antlitz ihrer Tochter, zerfloss ein verschwommener Schleier in der klaren Nacht.

„Um wen handelt es sich bei diesem Angetrauten?", versuchte Broschenberg sie wieder zurück in den Raum zu holen. Er zupfte aus seinem Rock ein Fazolett, das er der geistig Entschwebten wie Verdatterten reichte, damit sie sich ihre Augen trockenwischen und die Nase freiblasen konnte. Dankbar tat sie dies.

„Ingenieur Rupert Armeni", sagte sie fast kraftlos den Namen eines der hiesigen Assistenten des vor Jahren verstorbenen Generalinspektors der kaiserlich-königlichen privaten Südbahn-Gesellschaft.

„Wissen Sie, wo ich ihn finden kann?", fragte der Fürst.

„Ja, das weiß ich", hauchte die Livadić, blasser in ihrem Schwarz als zuvor.

„Viktor wird Sie hinbringen."

Die Giuseppina saß in einem Winkel im Séjour und lauschte dem Quartett. Die vier fiedelten voller Inbrunst das Dritte vom Brahms. Als sich der Doktor gerade mit einem Pizzicato abmühte, wo eigentlich keines hingehörte, ging die Türe auf, und der kleine, hakennasige Viktor lugte ins Zimmer. Zuerst hörte das Cello auf zu spielen, dann

die zweite Violine. Erst als Livadić bemerkte, dass er mit seinem Gezupfe alleine war, nahm er verwirrt die Bratsche herunter.
„Viktor, was soll es so Wichtiges sein, dass Sie uns stören?"
Weil der Doktor keine Anstalten machte, sich zu erheben, winkte ihn Viktor heran. „Entschuldigen Sie mich bitte, meine Herren."
„First Broschenberg", sagte Viktor in seinem Akzent und wies auf den Dahinterstehenden.
„Sie wünschen?", fragte der Kurarzt etwas genervt.
„Den Mann mit dem Cello zu sprechen. Gestatten, Broschenberg."
„Ach, der Broschenberg." Entspannung machte sich in Livadić breit. „Was Sie wohl mit meinem Herren Schwiegersohn zu besprechen haben?"
Broschenberg war es schon müde, den Leuten zu erklären, dass Besprechungen keine Verdächtigungen sind, und erwiderte unverfänglich: „Nun, ich nehme wohl an, dass der Herr Ingenieur Ihrem Fräulein Tochter sehr nahe ist?"
„Ich wünschte, es wäre auch umgekehrt so gewesen", seufzte der Doktor. „Um ehrlich zu sein, hat sie sich ihm leider nie wirklich geöffnet, als hätte sie ihr Glück nie wirklich erkannt."
„Womöglich sogar das Gegenteil, muss ich annehmen", wandte Broschenberg ein. „Aber Selbiges kann ich erst erörtern, wenn ich mit denjenigen Leuten gesprochen habe, die Umgang mit Fräulein Ana pflegten."
„Aber selbstverständlich."
Livadić ging in den ausladenden Wohnraum zurück und schickte den Ingenieur. Groß, gepflegt, jugendlich fesch und aufs Äußerste schick gewandet, machte selbiger tatsächlich den Eindruck eines Frischvermählten.
„Grüß Gott", sagte Broschenberg. „Es tut mir leid, Ihre kleine Darbietung unterbrochen zu haben. Als großem Liebhaber der Kunst ist mir schon allein das Interruptus beim Hören ein Ungutes. Wie muss es dann erst beim Musizieren selber sein."
„Vor dem guten Zwecke, das Verschwinden meiner Verlobten aufzuklären, ist mir nichts heilig", erklang Armenis sonore Stimme.
„Ich halte mich und die anderen ungern mit Lappalien auf, kommen wir also gleich zur Sache."
Einverstanden begleitete der Ingenieur den grübelnden Broschenberg, der den langen Gang auf- und abflanierte.
„Schauen Sie", erhob Broschenberg, „ein Mensch, der geliebt wird, und Sie alle behaupten, dass Sie Fräulein Ana vergöttern wie eine abhanden gekommene Ikone, der verschwindet nicht einfach irgendwo, ohne dass man eine Vermutung hätte."

Armeni machte unheimliche, große Augen, die jegliches Feuer verloren hatten: „Ich glaube, ich verstehe nicht."

„Natürlich nicht", bedauerte der Fürst, „natürlich nicht. Ich nehme an, es gibt auch keinen Zeitpunkt, an dem Sie Ihre Verlobte zum letzten Mal gesehen haben?"

„Am Namenstagsbesuch."

„Soso", äußerte Broschenberg nachdenklich. „Sie geigen immer zusammen?"

„Seit einigen Jahren, solange uns die musikalische Leidenschaft in bereichernder Freundschaft verbindet."

„Dass Sie da Ihre Versprochene nicht öfter zu Gesicht bekommen?", schüttelte der Fürst den Kopf zur Unterstreichung seines verständlichen Zweifels. „Solange es keinen Anhaltspunkt dafür gibt, wann genau ihr Verschwindensmoment war, solange ist ein Alibi ohne Belang", erklärte er Armeni, der felsenfest versicherte, dass er am Namenstag nach dem Besuch in Richtung Lovran spaziert wäre, um dort einer Verhandlung für die Planung neuer Kurdestinationen beizuwohnen.

„Was würden Sie an meiner Stelle denken?", fragte Broschenberg. Armeni, der ihm, bemüht geduldig, den Couloir auf und abfolgte, stand plötzlich da wie ein Schuljunge, den man mit einer schier unlösbaren Algebra-Aufgabe konfrontiert hatte.

„Ja, auch er ist nicht der Leibnitz", dachte der Fürst innerlich amüsiert.

„Nun, stellen Sie sich vor, Sie wären in meiner Position. Ich stünde hier und würde Ihnen das erzählen, was Sie mir gerade tun. Welchen Eindruck hätten Sie von der Beziehung zu meiner Angebeteten?"

„Womöglich den, den ich verdient wäre zu hören", ließ sich Armeni zu einer Allgemeinantwort hinreißen, die Broschenberg wie unbeachtet ließ.

„Also, ich hätte den Eindruck", sagte Broschenberg wie beiläufig, „dass die Verbindung mehr vom Zweck denn von der Zuneigung getragen wird."

„Wenn Sie meinen", floskelte Armeni leer. Der Fürst dankte ihm für seine Hilfsbereitschaft, legte ihm tröstlich die Hand auf die Schulter und setzte sein geschultes Amtslächeln auf: „Jetzt können Sie wieder Quartettspielen gehen."

Professor Didenko legte bedächtig seinen Streicherbogen auf das Pult, holte einen Kamm aus der Innentasche seines Rockes und begann sich, zur Giuseppina schielend, seinen Scheitel nachzuziehen. Er steckte danach den Kamm wieder ein, ließ ein süßes Lächeln wachsen, stand auf und tänzelte auf die sitzende Giuseppina zu. Er

neigte sein Haupt, wie eine Marionette, der man die Fäden abgeschnitten.
„Oh Signorina, wie hat er Ihnen denn so gefallen der Brahms?"
Die Comtessa faltete arrogant ihre Hände im Schoß. „Sie erwarten darauf doch nicht ernsthaft eine Antwort."
Didenko wackelte mit dem Kopf. „Oh Signora, hat er ihnen denn nicht gefallen der Brahms?"
„Ach, wissen Sie, werter Professor, er hätte Sie in die Glut gehalten und verrenkt, bis Sie Ohren und Einfühlen gehabt hätten."
„Sie gefallen mir, Signora." Didenko setzte sich neben die Giuseppina, überschlug lässig die Beine, lehnte sich zu ihr und deutete einen Kussmund an. „Ganz und gar." Ehe sein gekrümmter Zeigefinger ihren Hals berührte, erhob sie sich, sodass Didenko ins Leere fuhr. Amüsiert schaute er ihr nach.
„Entschuldigen Sie mich einen Augenblick, meine Herren." Vorbei am Hofrat Vaidić, der, seine Geige zwischen den Knien, genussvoll die Lippen leckte, und Doktor Livadić, der sich etwas in die Noten schrieb.
„Comtessa! Es ist die dritte Tür! Die Handtücher duften nach Rosen!", schickte ihr der Hausherr hinterher. Kaum dass sie den Raum verlassen und mit Mühe den alten Weiberer Didenko abwimmeln konnte, schlich die Giuseppina hinter dem Rücken des vertieften Broschenberg um die nächste Ecke des Ganges, ohne zu bemerken, dass Armeni ihr mit den Augen nachgiftete. Zur Linken war um eine Seidenpolsterung eine weiße, goldumrandete Türe mit einem Vogelknauf. Dahinter, wie Livadić ihr verraten hatte, Fräulein Anas Kammer. So war der Comtessa die Massage von effektivem Nutzen. Ihr Rücken machte auch keine Faxen mehr, und sie fühlte sich wieder reiselustig. Irgendetwas Asiatisches, hat der Doktor gesagt, was immer und langfristig helfen kann. Sie überlegte hauchlang und öffnete die Tür. Das Zimmer wäre laut Livadić seit Anas Wegsein unverändert. Es wehte ihr ein Hauch von Rosenparfüm entgegen. „Äußerst lieblich", war die Giuseppina überzeugt, und just hatte sie wirklich das Gefühl, in das geheimnisvolle Heiligtum der Doktorsresidenz eingedrungen zu sein. Die Vorhänge am weißgerippten Glasrundfenster waren zur Hälfte zugezogen. Somit war es dumpf wie die Sakristei in der Cimarosa-Kapelle, die daselbst die Comtessa an das Bordell am Montmartre erinnerte. Wieviel Unausgesprochenes und Unangesehenes darin liegen mochte, wagte die Giuseppina kaum zu erahnen. Alte Kirchen waren ihr immer sehr unheimlich. Sie hatten etwas an sich, was das Gefühl brachte, die Erlösung wäre irgendwo zwischen Himmel und Erde steckengeblieben. Irgendwo zwischen der Dunkelheit und dem Licht. Dicke Tropfen klopften ans Fenster, als wollten

sie für jemand um Einlass bitten. Glockenläuten und das ächzende Knarren des Parketts vervollkommneten die archaische Sprachlosigkeit des Zimmers. Die Giuseppina glaubte, ihren Herzschlag zu hören. Als wollte er Fräulein Anas Gemach mit dem Leben anfüllen, das er seit einigen Tagen vermisste. Ob die Comtessa ungeschickt beim Suchen oder beim Finden war, konnte man anhand der Ratlosigkeit, mit der behaftet sie vor dem fein säuberlich gemachten Bette stand, nicht entscheiden.

Abbazia, ohne Datum.
„Vaidić, stets der Erste!"
„Die zweiten Geigen müssen pünktlich sein!"
Der Hofrat ließ sich von der Bedienerin den Mantel abnehmen. Er richtete sich Kragen und Wams. Was leidete ihm das Schiefe.
„Wie steht's mit der neuen Komposition? Ich wäre in der Stimmung für ein paar aufreibende Dissonanzen."
„Jetzt ist einmal der Mut da, und prompt muss ich ihn enttäuschen."
Der Doktor begegnete ihm leichten Schritts.
„Vaidić, in keinem Spiegel wäre Platz für dein langes Gesicht. Aber im Ernste nun. Didenko hat etwas versprochen. Davor wird das Neue blass."
Über die amikale Umarmung hinweg zerrte sich das auf der Stiege sitzende, anmutige Mädchen durch sein Einglas. Ihr dünnes grünes Kleid verriet nicht allzuviel. Er ließ das Sehrund auf seinen Bauch baumeln und versuchte sich am Doktor vorbeizuschlängeln. „Was flüchtet er denn ständig vor allen Annehmlichkeiten?", tratzte Livadić.
„Nicht verbiegen. Nur nicht verbiegen, Vaidić", und er legte mit Behut sein Instrument auf den Stuhl. Und immer, wenn er es sich hineingleiten ließ, hineinreden von den zitternden Saiten, bestärkte er zum Trotze die Stimme, die ihm absprach, das Zeug zum schwarzen Schaf zu haben.
„Küss die Hand, Fräulein Ana!", ließ er im leeren Stiegenhaus.
„Komm, auch heute verlierst du dein Weiß nicht."
Er schraubte den Deckel fester auf das Behältnis, aus dem ihm ihre unheimliche Perfektion entgegenwuchs.
„Aber Fräulein Ana!"
Und der Doktor glitt hintendrein.
„Jaja, sie wird jetzt auch musikalisch. Der Hofoperndirektor meint, sie habe Talent." Ein „Oho!" der Anerkennung und Vaidić tippte an das Glas. Sie vervollkommnete sich, und seine Wolle wurde grau

hinter der Skizze eines kühlen Lächelns. Der Doktor wog neugierig des Hofrats Liebkind in den Armen.
„Jetzt kennen wir uns ein halbes Leben."
„Elf Jahre."
„Genau. Und nie hast du verraten, wo dir dieses schöne Kind geboren."
Offiziell war es die Vermachung eines Klienten, dessen Nachkommenschaft keinen Sinn für das grelle Geflimmer gekünstelter Töne hatte. Inoffiziell war er schemenhaft im ölbeleuchteten Gold des alten Foyers und hielt die Arme auf.
„Spielschulden sind Ehrenschulden", sagte der Engel und mit Nachdruck:„Merk dir das!"
Vaidić schaute auf und nahm sein liebes Stück wieder an sich.
„Du kennst die Geschichte", setzte er für den Doktor an und küsste in Gedanken das Holz, das sich wie Anas Hand anfühlte, die sie ihm zur braven Begrüßung hingehalten.
„Guten Tag, Herr Hofrat."
Nicht verbiegen, nur nicht verbiegen.
„Leider haben meine Klienten keine Sauohren", schmunzelte der Doktor.

Er drückte auf die Saite, ihren unerwarteten Widerspenst zu bändigen. Ana saß in sich verschränkt und ertränkte ihn in ihrem Schau.
„Wie steht es nun mit dir und der Kleinen?" Er saugte schmatzend am Zigarillo und blies, aus runden Lippen, den Dunst auf die Tuchlauben hinaus.
„Im Ringstraßendom gab's den Sanktus."
„Und?"
„Der Vater ist willig."
„Und?"
„Ihre Schönheit trügerisch."
„Aber?"
Abermals saugte er. „Kein Aber. Selbst in ihrer Scheu ist sie makellos."
„Du bist versessen."
„Nur kein Freund bügelglatter Fadesse."
„Stimmt."
„Atemberaubend ist sie. Und man möchte sich auf sie stürzen, allein um zu überleben."
„Und?"
Armeni drehte sich um und beherrschte mit einem Male den Raum.
„Sie wird mein sein." Er lehnte sich ins Fortissimo.
„Guten Tag, liebste Ana."

Sie nickte an ihm vorbei. Wie klein sie noch war. Wie unverbraucht ihr Kokon.
„*Nie war dir zuzutrauen, dass du der Auserwählte sein würdest. Lange Junggeselle, hast du dich nach keiner umgedreht.*"
Armeni drückte das Zigarillo im rötlich glänzenden Marmor aus.
„*Glaubst du, ich hätte nicht den Herren angerufen? Ich sah nur die Blüte meines mir lieben Abbazia. Ohne uns wäre es nie soweit gekommen.*"
„*Dort heilt sich auch die Eisenbahnkrankheit aus.*"
Armeni nahm die Postkarte vom Sekretär. „*Winterkurort und Seebad. Du hast sie tatsächlich aufgestellt.*"
„*Siehst du. Und jetzt erntest du.*"
Weiter schlug die Saite und rieb an seinen Kuppen. Er wähnte Ana himmeln, wie er kämpfte, in ihrem Kirchenkleid.
„*Verdammt, was ist das?*"
Sie stand auf und hockte sich vor ihn hin, legte ihr Kinn auf seine Knie.
„*Verdammt, was ist das?*"
Sie schnappte den Bogen mit ihren Zähnen.
„*Verdammt, was ist das?*"
„*Das ist Schubert.*"
Didenko legte die Noten auf die Pulte.
„*Schubert? Den Jungspund kannte ich langweilig!*"
„*Nicht irgendein Schubert.*"
„*So vehement.*"
„*Der Tod und das Mädchen!*", *war Didenko enthusiastisch.*
Armeni stellte die Postkarte zurück, lehnte sich rücklings ins Fenster und blähte seine Nase.
„*Sie wird mein sein.*"
Vaidić rieb seine Hände.
„*Es sei dir nicht zu verdenken, aber sieh dich vor. Das Brave ist ein Tier, und das Gute hat seinen Preis.*"
Armeni zitterte sich in die Reprise. Ana lauschte und war froh, dass er seine Augen zu hatte.

„*Varium et mutabile semper femina*", käute Didenko das alte Latein wieder, bis es als aufgeweichter Kleiebrei in ihr Ohr floss. Die Sprachenmutter beschwerte sie mit ihrem kantigen Rhythmus. Die Geigerhand pochte auf die abgegriffene Schulsagerei, erweckte aus ihr vergilbten Flunseltanz. Ein geselliges und ungeordnetes Wirbeln, das sie mehr im Bann hatte als die verschiedene Zunge, wie sie Krudić stete nannte.

„Na, na?", raunte ihr der Vater an ihren Strähnen vorbei, „du weißt doch, was es heißt."
„Na, na?", wiederholte Didenko und fuchtelte die walzende Gesellschaft auseinander. Dass sie heute wieder nicht wollte, deckte der Professor schmunzelnd ein: „Das Latinum schadet nie, wie leicht wird dann das Italienisch."
„Nun, sag schon", der Vater setzte sich daneben, busselte sie, und sie hörte ihn flüstern: „Die Frau ist immer anders und wechselhaft."
Ana schwieg beharrlich vor sich hin. Die Finger des Vaters suchten ihre Wange, eh ihr im Nachmittagsschatten scharfgezeichnetes Profil ihm zuschnellte wie eine angriffslustige Kobra. „Nein, Vater. Das werde ich sicher nicht sagen. Nicht im Zwang!"
„Himmel, Livadić, heut ist sie aber geladen." Didenko rutschte ihr entgegen, das Schmierige mit ihm. „Oh, glaub mir. Auch ich kann so lieb zu dir sein."

Gleichsam von Geisterhand geführt, wandte sich die Giuseppina zum Toilettisch um. Im wie ein Gemälde umrandeten Spiegel verlor ihre Blässe an Noblesse und ließ sie krank, gleichwie zerbrechlich aussehen. Sie erschrak über sich selbst, bis sie begriff, dass es ihr eigenes Ebenbild war. Über die Oberfläche tastend, als wäre sie vom eigenen Augenschein hypnotisiert, stieß sie an ein Buch, das, verziert wie eine brabantische Schmuckbibel, verloren hinter einer Holzklappe lag. Mit dem beunruhigenden Gefühl, beobachtet zu werden, fand sich die Comtessa beim Öffnen der Buchklappe dem folterartigen Kitzel ihrer Nerven ausgeliefert, wie eine Grabschänderin. Begleitet von dem Gedanken, das Bändchen in ihrer Rocktasche nach draußen ans Tageslicht zu schmuggeln.
„Du meine Güte", dachte sie, weil sie das hämische Gegrinse gegen ihr Gewissen anzukämpfen spürte. Kaum hatte sie ihren Entschluss gefasst, verließ eine weiße Möwe den Terrakottasims vor dem Zimmerfenster und flatterte in den Trauermantel des Himmels hinein.

Geblendet von der prompten Helle, die durch den Raum fuhr, als die Vorhänge zurückgezogen wurden, machte Broschenberg die Augen schmal.
„Hübsch, hübsch", entfuhr es ihm, als er der lieblichen Details des Gemachs von Fräulein Ana gewahr wurde.
„Es wurde, seit sie fort ist, überhaupt nichts verändert", versicherte die Frau vom Livadić. „Und", setzte sie in bebendem Untertone fort, „ich hätte nie gewagt, einen Schritt hineinzutun. Die stille Hoffnung,

dass mein liebes Kind herinnen ist, sterben zu lassen, immer wieder aufs Neue, das hätte ich nicht ertragen."

Broschenberg pflichtete ihr bei und fragte skeptisch, ob wirklich alles so wäre, wie von der Tochter verlassen.

„Jaja", bestärkte die von ihrem Kind Verwaiste. Sofort fiel Broschenberg das nach vorne geklappte Spiegelgestell auf dem Toilettisch auf. Instinktiv schaute er dahinter nach. Er griff ein Buch und zog es heraus.

„Schau an, schau an", beweihräucherte er seinen Fund, als er das Bändchen von Viktor Car-Emin aus dem Versteck holte.

„Pusto ognjište", las der Fürst in seinem gebrechlichen Schulkroatisch. Er wischte den Staub weg und schlug den Deckel auf.

„Meiner Liebsten", lautete die Widmung ohne Signatur vom ersten Juni 1901.

„Ihre Schrift?", fragte er spartanisch und hielt der verwundert neben ihm Angewurzelten die Dedikation unter die Nase. Selbige verneinte und drückte ihr Erstaunen darüber aus, dass ihre Tochter nämliches Buch versteckt hielt.

„Kennen Sie es?", fragte Broschenberg weiter.

„Ja", sagte sie, „ich kenne es. Es hat mich an Tage erinnert, die mich jugendlich unbeschwert fühlen ließen. An Tage, an denen Ana noch da war."

Broschenberg hörte geduldig zu.

„Ana hat nie gern oder viel gelesen. Sie war ein Kind der Musik und hat ihre Phantasie den Tönen entsteigen lassen oder selbige in sie hineingelegt. Das Wort war ihr zu hart und zu eng, um das weite Land ihrer Empfindungen zu befriedigen. Doch als Emin das Buch vorstellte, vor ein paar Jahren, hatte sie etwas Literarisches gefunden, einen Ausdruck, welcher der Musikalität ihres Herzens entgegenkam. Sie hat es immer wieder gelesen und ist mit einem Lächeln auf den Lippen eingeschlafen."

Obwohl der Fürst von Gerüchten gerade soviel hielt wie der Apfel vom Wurm, dachte er an die seltsamen Vogelgeschichten, die er über die junge Livadić in seinen Unterlagen gelesen hatte, und kam für sich zu dem Schluss, dass sie wohl auch ein höchst empfängliches Wesen für natürliche Wundersamkeiten sein muss.

„Woher haben Sie das Buch?"

„Mein Mann hat es, glaube ich, besorgt. Ana wollte es jedoch partout nicht in das Regal des Salon stellen, sondern bei sich im Zimmer haben."

Broschenberg trat ans kleine Regal neben dem Nachtkästchen und fuhr gebückt mit dem Zeigefinger die wenigen Buchrücken entlang, als würde er, wie der Faust, nach einem Allerweltsrezept suchen, bis er die Lücke fand.

„Ja, da war's drinnen. Fein eingeordnet zwischen des Knaben Wunderhorn und dem Bändchen istrischer Volkslieder."

Er wandte sich an die Frau Livadić, deren Verwunderung ihr noch immer im Gesicht stand. „Von allein wird's nicht von da nach dort gekommen sein", mutmaßte Broschenberg und fügte lächelnd, auf das Buch unterm Arm deutend hinzu: „Das hier werde ich mitnehmen."

„Wenn es Ihnen dienlich ist, ist's mir recht", erlaubte sie. Broschenbergs Blick blieb auf dem Boden neben ihrem Rocksaum hängen.

„Verzeihen Sie bitte die Unordnung, werter Fürst. Selbst die Hausdame hat keinen Schritt mehr in dieses Zimmer getan", entschuldigte sie sich umständlich, als sie, seinem Starren folgend, das Büschelchen schwarzgrauer Haare beim Bettpfosten und den Staubflaum bemerkte.

„Wahrscheinlich vom Hund", setzte er hinzu, als er sich erneut bückte, das Taschentuch zückte und die Haare darin einwickelte.

„Auch das nehme ich mit", sagte er mit sanfter Strenge.

„Ist sie denn nicht großartig?"
„Artist, aber mit ihrem Latein viel zu schnell am Ende. Du durchlebst die ganze Crux des Medicus."
„Aber du siehst dich dem doch gewachsen?"
Der Professor konterte der nicht ganz ernst gemeinten Unterstellung des Kurarztes mit einem nicht ganz ernst gemeinten, zusammengezogenen Rümpfen.
„Bei den Federgeistern."
Beide lachten.
„Aber im Ernst", schnell wurde der Professor wieder trocken.
„Sie ist – ich weiß nicht, wie ich sagen soll."
„Dass dir die Worte fehlen!"
„Auf der Zunge liegt's mir, Herrgott!"
Die betagte Luft stand im Foyer der Villa. Als würde sie an einer der Säulen lehnen, in Bann genommen von seiner schattenlangen Autorität. Berührt von den geradlinigen Schritten seines antiquierten Wissens. Dieses Himmeln balancierte er wie eine Krone würzigen Lorbeers die reifig zurückhauchenden Stufen hinauf.
„Wohin gehst du, Professor?"
Wie entdeckt harrte er. Er wusste, da war niemand. Niemand, der seinen Abweg hätte hinterfragen können.

„Du bist mir nicht bös, dass ich dich schon allein lassen muss. Ein Patient, den ich Ungeduld hätte taufen müssen, legt größten Wert aufs Minutiöse."

„Aber nein, natürlich nicht. Ich finde mich zurecht." Er klemmte das gebundene Latinum unter den Arm, und seine Unterlippe zitterte. Er konnte sie nicht mehr zähmen. Nein. Niemand. Gewiss nicht. Stuf um Stuf stupften die Zehen vorne an seine neuen Schweinslederschuhe. Ihre Augen waren so offen und ehrlich. Keine Unsicherheit konnten sie verbergen.

„Sag' ich das richtig, Herr Professor?"

„Goldrichtig, Schätzchen, Goldrichtig. Nur, ich glaube nicht, dass die Lateiner so stimmhaft und lebendig sprachen."

Mit Gemach intonierte er, wie er glaubte, die witzlose Erhabenheit antiker Beherrscher. Ihre Lider wanderten nach unten.

„So langweilig kann es doch nicht gewesen sein." Er fasste ihr wie von Papyrus umspanntes Kinn.

„Versuch es noch einmal. Deinem alten Lehrer zuliebe."

Ihr Meer riss ihn hinfort. Er klammerte sich an seine Taschenuhr. Der Deckel sprang auf, und in dem blankpolierten Gold spiegelte sich der junge Mann mit den grauen Stoppeln. Der nichtssagende Ausdruck nahm ihn gefangen. Er hatte immer etwas aus Kindern gemacht. Und wie sie es dann nachahmte und wie besser sie sein Latein töten konnte als er selbst, das erschütterte ihn sehr. Wie weit hätte er es nur getrieben. Er klappte den Uhrdeckel zu.

„Das hast du gut gemacht, Schätzchen."

Ihre Hand fühlte sich etwas kühl und zerbrechlich an. Er versuchte, unbeschwert zu scheinen.

„Wie dein Herr Vater, so lieb kann ich auch sein. Viel lieber."

Er richtete sich den Kragen und räusperte sich. Den Vogelknauf gegriffen, besann er sich eines Besseren und klopfte aufrecht. Ihre Stimme war hell.

„Herein!"

Langsam öffnete er die Tür. „Verzeih, ich hoffe, ich störe nicht."

Auf dem Bette saß sie mit ihren bloßen Füßen. Er schluckte. Nein, das war kein Kind mehr.

„Oh, aber nein. Ihr überrascht mich, Herr Professor."

„Ich weiß, ich weiß."

Er merkte erst, dass er im Rahmen stand und stierte, als sie nach dem Was fragte. Ein Schauder brachte ihn zurück.

„Ich muss dir noch etwas zeigen. Darf ich?"

„Aber ja."

"Einen kleinen Moment bitte, ich hab's gleich." Er legte das Lateinbuch auf den Toiletttisch, drehte ihr den Rücken zu, legte das Jackett ab und krempelte die Hemdsärmel in die Höhe.
"Adora quod incendisti, incende quod adorasti. Weißt du noch?"
"Bete an, was du verbrannt hast ...", setzte sie an.
"Und?"
"Weiter weiß ich es nicht mehr..."
Er drückte den Daumen in die Buchseiten.
"Verbrenne, was du angebetet hast."
Das Fragen bohrte sich ihm ins Kreuz. Dann drehte er sich um, der schönsten Tochter auf Erden zu und löste seine Hosenträger. "Brav, sehr brav."

Nachts, ohne Ort, ohne Datum.
Heute hat mich der Himmel verraten. Aus ihm kam die elegante Gemeinheit und verführte mich. Mit aller Gewalt blieb nicht viel von der Zärtlichkeit, die er mir versprochen. Sie breitete ihre großen, schwarzen Schwingen aus, die mich in ganz großer Kälte umhüllten. Ich zitterte, und die Grimasse übermannte mich. Ich zerrte an den Flügeln, um wieder atmen zu können, doch beschmutzte sie mich weiter, je mehr ich ihr Gefieder zerrupfte, solange, bis ich kraftlos geschehen ließ, was sie mir tat. Ich spürte die Krallen nicht mehr. Ich spürte den Hauschnabel nicht mehr. Ich spürte nicht mehr die penetrante Gier nebst dem widerlichen Röcheln, das sie ausstieß, als sie meiner habhaft zu werden trachtete. Ich lag da wie eine Fremde in meinem Bett, als wäre ich meine Seele, die auf den matten Körper herabblickte, wie er dalag. Nackt, vom Schwarzen ausgezehrt, von Schweißperlen übersät, totenbleich und bebend wie ein dürrer Ast im Wind. Ich glaube, ich bin zur Atheistin geworden.

Als die Doktorsfrau den Fürsten aus dem Zimmer geleitete, bat er darum, am Folgemorgen ihren Herrn Gemahl zu sprechen.
„Genehm", antwortete die Dame des Hauses, die einen Schlüssel nahm und das Zimmer hinter ihm abschloss.
„Zur Sicherheit", bestätigte sie ihr Tun, das Broschenberg vorkam, als wolle sie damit den Geist der Tochter darin bewahren wie die Seele in einer Urne. Mit einem Male wurde er sich der Unheimlichkeiten dieser Räumlichkeiten bewusst, die mehr von kühlen Geheimnissen als von stillen Hoffnungen hatten und ihm zunächst mehr Rätsel als Aufschlüsse gaben. Kaum dass sie auf den Gang hinausgetreten, stand schon, als wäre es von einem Operettenlibretto diktiert, der Vogel von Hausdiener parat, um den Gast in geschminkter Höflich-

keit und nobel verhüllter Dringlichkeit zum Gehen zu bewegen. „Missverstehen Sie mich nicht, werter Fürst", füllte sie die Gedankenpause mit einem zur Entschuldigung ansetzenden schlechten Gewissen. „Ich verkrafte es schwer ...", unterbrach sie den Satz in der Mitte, da sie die Tränen in sich hochkommen spürte. „Bitte helfen Sie uns."

Broschenberg nahm ihre Hand und versprach es, ehe er hinter Viktor drein marschierte.

Die Giuseppina ließ sich zurückkutschieren, noch immer im Kopf, wie die Musikanten stumm dasaßen, nachdem der Cellist hinauszitiert worden war, und wie der Doktor versuchte, einigermaßen fröhlich dreinzuschauen, was ihm aber partout nicht gelang. Das Buch gekrallt, als wäre es das Ihre, begann sie bereits ihre Neugier zu verfluchen. Dem hungrigen Blick Manis ausweichend, ignorierte sie seine Frage wie seinen Gruß und enteilte hinauf in ihre Logis.

Wenig später machte sich auch Broschenberg zurück auf den Pfad.

„Da schau her, etwas Wienerisches", fiel es dem Fürsten auf, als er den Nachhall der Musiker im Foyer auffing.

„'Naus aus der Kaiserstadt, 'naus aus Alt-Wien, trag dich im Herzerl jo allweil noch drin", memorierte er den vom Klang getragenen Geist und schlug sich durch Wind und Regen, wie einer jener nautischen Abenteurer, den Kragen seines Rockes hochgeschlagen, zurück zum Quartier.

II

Broschenberg tat sich schwer mit dem Einschlafen, zumal die höllische Bora tobte. Er wälzte sich hin und her im ebenso wirren wie wilden Traume. Livadić umzupfte auf einer Knochenbratsche die verlorenen Gedanken seiner Tochter. Das Mädchen mit der Möwe wogte im Salometanz und lächelte lasziv. Die Doktorsfrau, mit dem Malerpinsel in der Hand, stampfte einen Polkarhythmus dazu, während der Raum von Armenis flammenden Augen durchdrungen war. Mit kalten Schweißperlen auf der Stirn zwang sich der Fürst aus dem Hochbett, warf den Zipfel der Schlafhaube zurück und trat auf den Balkon hinaus. Es musste wohl zwei Stunden nach Mitternacht sein. Der Himmel war schwarz und sternenlos. Das Meer peitschte seine ganze Wut zum Fürsten hinauf, der keinen klaren Gedanken zu fassen imstande war.

„Wenn das der große Untergang ist, dann würd' ich dem Charon ein Vermögen geben", beschloss er für den Fall der Fälle. Es wurde ihm rasch kühl im Nachtgewand, und als er zurück ins Zimmer wollte, bemerkte er den Lichtschimmer im Nebenfenster.

„Die Nacht ist des Künstlers Tag", schmunzelte er ob des Lebens, das aus der Suite der Malerin kam.

Tatsächlich saß die Giuseppina auf den Laken, vor sich auf dem Tisch das schmuckvoll verzierte Büchlein, das sie schlaflos wie gebannt werden ließ. Erst als das Öllicht in seinen letzten Zügen lag, griff sie danach, als hinge ihr Leben davon ab. Sie schlug es auf, nachdem die Neugier das Gewissen niedergerungen hatte. Ein Schwall von Rosenparfüm umnebelte sie, woraufhin sie in einen farb- und traumlosen Schlaf fiel, als vom Meer herüber, kaum hörbar, leise Kirchenglocken klangen.

In seiner seligen Morgenruhe schlug der Doktor Livadić die Augen auf und hörte mit einem Male die beklemmende Stille in seinem Haus. Seine Frau war schon lange aus dem Bette, und er fand sie unterm Salonbild flennen und beten. Wortlos entfernte er sich, damit sie nicht zu merken gezwungen wäre, ihre ansonsten nonnenhafte Gelassenheit wäre enttarnt. Er ging ans Zimmer seiner Tochter, klopfte und hoffte auf Antwort, die auch heute ausblieb. Ein brennendes Gefühl stieg in ihm hoch. Eine gallige Zusammensetzung, deren Ingredienzien bewirkten, dass seine Verzweiflung von der Rachsucht verzehrt wurde.

„Wehe dem, der dich mir genommen hat", schwor er, ballte die rechte Hand zur Faust und, indem er sie zusammenpresste, fühlte er, wie ihm die Wildheit des Tierinstinkts sanfte Befriedigung verschaffte.

Villach, am 13. August 1897.
Wie bezaubernd der See, wie unendlich geduldig die Wellchen. Ich blickte hinein und lächelte zurück. Dann kam ein böser Fisch und störte mir mein Ebenbild. Die Menschen singen hier sehr schöne Lieder, getragen von der Melancholie ihrer Liebe und Sehnsucht. Wenn du den Schwan sehen könntest, lieber Krudić, und seinen traurigen Ausdruck in der Einsamkeit, du würdest, wie ich, zergehen. Zerfließen in Nass und kribbelnder Gänsehaut. Der Herr Papa erlaubte mir das Schwimmen nicht, weil er unbändige Angst davor hat, ich würde untergehen. Hier eine Meerjungfrau sein, wäre, im schönsten Palast der Welt zu wohnen. Und wenn ich keine Lust mehr darauf habe, werde ich ein Bergwesen, spiele mit den Gämsen und springe in den Himmel hinauf, so hoch ich nur kann, schau hinunter auf Grün und Blau und erfinde mein eigenes Lied, das wie ein mondfarbener Baldachin über dem Kleinod schwebt. Wie gern bliebe ich hier, mit den Schwänen zu philosophieren, ohne dich eifersüchtig machen zu wollen: Sie sind wahre Schöngeister und so voller Tristesse. Aber sobald ich mit meinen Gedanken zurück ins Boot spaziere, spüre ich die Hand unter meinen Rock gleiten. Das Lächeln versuchte vergeblich, die tötenden Lampionaugen zu umspielen. Ich lächelte naiv zurück, um dem rudernden Papa einen Gefallen zu tun, der mit Frau Sonne um die Wette strahlte. Und dann war ich plötzlich ein Engel.

Manì polierte ein paar Gläser. Den Bub hatte er zum Tischputz beordert. Wie er sorgsam durch die Karaffe lugte, bemerkte er einen grauen Mann vor dem Lokal hinken. Erst als dieser vor der Eingangstür stehengeblieben war und sein Gesicht, zu einer dämlichen Grimasse verzogen, ans Glas gepresst, hereingaffte, wurde es dem Kellner zu bunt. Als er auf die Geste hin, dass er erst in gut zwei Stunden das Lokal öffne, keinen Rührer machte, dämlich weitergrinste, seine Zahnlücken präsentierte, die wie schwarze Tasten auf dem Klavier aussahen, sperrte Manì die Tür auf und herrschte den Lumpensack an, das Weite zu suchen und nicht vor dem Portal herumzulungern.

„Na, na", beschwichtigte der Alte.

„Erst möcht' ich was zu trinken." Er drückte Manì eine unschätzbare Goldmünze in die Hand.

„Wo er die nur gestohlen hat", dachte Manì und führte den Abgerissenen ans äußerste Ende der Theke.
„Unglaublich, was die Leute heutzutage alles verlieren", grinste der Alte weiter, als könnte er Manìs Gedanken lesen.
„Geben Sie mir hierfür das Beste und Hochprozentigste, das sie haben. Keinen Jungfern- und Mimosenwein, junger Mann. Etwas Anständiges, das einem die Falten aus dem Gesicht pult und die Nasenhaare erstrammen lässt wie englische Spazierstöcke."
„Und ich befürchtete schon, Sie wollten das Lokal kaufen." Der Hauch von Grimm in Manìs Stimme war nicht zu überhören.

Broschenberg reckte und streckte sich, einem jungen Kätzchen gleich, wischte sich den Schlaf aus den Augen und kletterte aus dem Bett. Es hatte zu regnen aufgehört, doch breitete das düstere Gewölk weiterhin über einem eisigen Wind seinen Mantel aus. Nach seiner einem Fürsten geziemenden peniblen Morgentoilette, seinen Bart liebevoll kämmend, kam ihm ein großes „Aha!" in den Sinn. Er knöpfelte sein Hemd zu und prüfte den Tisch, auf dem seine Funde fein säuberlich nebeneinander ausgebreitet waren. Das Bändchen von Car-Emin, das Manuskript mit den eingeholten Meinungsäußerungen und das Taschentuch mit dem merkwürdig drahtigkrausen Haar darauf.

Vor etwa zwanzig Jahren war ein ranker, schlanker, großer, blondgelockter, milchgesichtiger Traumtänzer bei Wien aufgetaucht. Ein Fremder, dessen Herkunft bis zum heutigen Tag ein ungelöstes Rätsel geblieben ist. Als generöser Tausendsassa in der Stadt unterwegs, war er rasch bei den schwärmenden Damen Liebkind. Er hat sich an die hübschen, kreativ begabten Wohlstandstöchter herangemacht, die in seiner Abwesenheit gedankenversunken nach ihm hinschmachteten, im wollüstigen Verlangen, doch von ihm befriedigt zu werden. Er hatte eine eminente Sexsucht, fast schon wie eine Seuche, in die Gassen und Prachthäuser gebracht. Kaum eine gutbürgerliche Geadelte, die nicht von ihm entjungfert worden wäre. Die Priester waren entgeistert, die Polizei machtlos, bis sich immer mehr Hofratstöchter in Luft aufgelöst hatten und spurlos verschwunden waren. Ausgerechnet eine kaiserliche Jagdgesellschaft hatte auf dem Cobenzl den leblosen und halb entkleidete Körper der schönen Elvira Sohnegg, der ältesten Tochter des Geheimen Rats Graf Theodor von Sohnegg, noch keine neunzehn Jahr alt, finden müssen. Dieses Ereignis hatte die Einschaltung der obersten Polizeibehörde zur Folge, und Fürst Broschenberg war als souveräner Ermittler zu Rate gezogen worden. Vom Hauptverdächtigen, den sie alle verbittert das „Engelsgesicht" getauft hatten, fehlte jede Spur. Doch soll er Kontakt zu einem Perückenmacher in Döbling gehabt haben, der aus des Fremdlings Schamhaarbeute schicken Kopfputz gefertigt und sich damit gerechtfertigt hatte, im Glauben, es sei von irgendeinem Viech, nichts Unrechtes getan zu haben. Wie irr hatte er sein Machwerk hergezeigt und „Es ist doch schon recht hübsch" wie in Trance vor sich hingebrabbelt.

Mani beobachtete missmutig, wie der Fremde sein zweites Glas in einem Zug leerte und danach aushauchte wie die Dampflokomotive der nach langen Reisen müde gewordenen Abbazia-Eisenbahn. Grinsend bedeutete er dem Kellner, das Glas nachzufüllen, und legte ihm ein paar Silberlinge auf den Tresen.

„Das ist Leben", lispelte er durch seine Zahnlücken. Er freute sich kindisch über den neuen Brand, als hätte ihm der Herrgott in personam das ewige Seelenheil in einer Schnapsbrennerei versprochen. Er lugte hinein wie ein Seher und schaute Mani schelmisch, von unten herauf, an: „Auch Sie haben sie gehabt, nicht wahr?"

Broschenberg band sich behände sein Krawattentuch und nahm so geschniegelt und gestriegelt wie ein Firmling Platz am Tisch. Er griff das Büchlein und blätterte zur Widmungsseite. Der groß spitz zulaufende und großzügig geschwungene Beginn und das kleine, wie flüchtig verschwindend auf das Papier gekritzelte Ende fiel ihm besonders ins Auge.

„Diese schmierige Hand finde ich auch noch", dachte er, als er einen Radau hörte. Er stieg die Treppen hinab in den Gastraum und ertappte Mani dabei, wie er einen älteren Herrn im grauen, verschlissenen Mantel am Kragen zur Ausgangstür zerrte, der nur verbittert lachte, während der Bub hinter ihnen her die Glasscherben wegfegte.

„Und wenn ich dich hier noch ein einziges Mal zu Gesicht bekomme, dann Gnade dir Gott", hörte er den Kellner schimpfen, dessen Rage ihm bis über beide hochrot angelaufenen Wangen stand.

„Was ist denn passiert?", fragte Broschenberg in den Rücken des Kellners, der die Tür hinter dem Grauen abschloss und ihm einen missbilligenden Blick nachschickte, bis er verstört um die nächste Ecke verschwunden und nicht mehr zu sehen war.

„Nichts, nichts", keuchte Mani beschwichtigend, sich mit dem Handrücken die Stirn wischend.

„Nur einer, der nicht weiß, wann es genug ist." Er zwang ein Lächeln um seine Mundwinkel, das ihn mehr hilflos denn beruhigt aussehen ließ.

„Kennen Sie das Fräulein Livadić?"

„Wer kannte sie nicht? Sie war ein bisschen merkwürdig."

„Wie meinen Sie das?"

„Davon abgesehen, dass sie ebenso hübsch wie verschlossen war, hatte sie eine – ich weiß nicht, wie ich es sagen soll – eine sehr frivole Art, sich in Szene zu setzen."

„Frivol?"

„Sie hat mit der Zurschaustellung ihrer Reize, und derer hatte sie wahrlich zur Genüge, nicht gespart, wenn Sie verstehen, was ich meine."

„So von Mann zu Mann", kommentierte der Fürst Manis Augenzwinker trocken.

Ohne Ort, ohne Datum.
Wirbelnd kreisen und verrenken
keine Worte, nur das Denken
nährt die Gier nach jener Welt,
die das simple Wort verstellt.

Fährt das Feuer in die Glieder,
ringt das Machende mich nieder,
bleibt der Seele Sündensaal
vor der Glut der Fleischesqual.

Nur das Auge kann entkleiden,
was ist äußerlich zu leiden,
was uns zauberhaft beweht,
durch den Klang ins Herze geht.

„Woher wissen Sie all das so genau? Haben Sie es mit eigenen Augen gesehen oder mit eigenen Ohren gehört?"

„Sie kam in den Wochen bevor sie verschwand öfters alleine hierher. Schon allein das ist eine beachtenswerte Absonderlichkeit. In den Momenten, in denen sie alleine kam in ihrer Aphroditemaske, war sie gekleidet wie eine Dirne. Nicht die Beinfreiheit alleine, nein. Auch Netzstrümpfe mussten es sein. Und wenn die platonische Gier der Herrn und die Empörung der Damen noch nicht gesättigt war, konnten sie sich an ihrem Ausschnitt ergötzen."

„Wenn Sie erlauben", zupfte der Bub von hinten den Broschenberg am Ärmel, der sich nach ihm wandte und ihn neugierig anschaute. „Ich habe eine Beobachtung gemacht, werter Herr Fürst", sagte er demütig.

„Nur zu", ermunterte ihn Broschenberg.

Zuerst schwebte noch das der letzten Silbe innewohnende Schweigen. Wie sich der Deckel des Buches schloss, erlosch der Zauber. Ein Regen ging durch die Stühle zwischen bemüht zurückhaltenden Ovationen. Ana beugte sich lässig über die Theke. Manì packte sie fest am Oberarm.
„Führ dich hier nicht auf!"
„Dieser antiquierten Schnösel wegen? Sie interessieren sich doch nicht wirklich dafür, was zwischen den Zeilen zu lesen ist."
„Und nimm dein komisches Gesicht herunter!"
Der Kellner rupfte an den geschwungenen Flügeln, die anstelle der Ohren um die metallenen Züge wucherten. Verfaulte Mandeln brannten sich in ihn hinein.
„Als ob es dich interessiere!"
„Du kennst mich noch weniger, als ich dachte!"
„Du hast recht. Ich erkenne dich nicht wieder! So anders, so fremd bist du geworden. Und sehen willst du auch nicht, dass ich es gut mit dir meine!"
Er wusste, dass sie ihn verachtend anstarrte. Er riss sie heran und legte ihr grummelnd ins Ohr: „Und was war mit diesem Mahler?! Bist du nicht auch mit ihm ins Bett?!"
„Und wenn schon, dann ginge es dich überhaupt nichts an!"
„Vielleicht haben die Leute doch recht. Und du bist genau das, was sie sehen. Eine gottverdammte, ungezogene, falsche Dirne!"
Die Ohrfeige pretzelte scharf unter seinen Stoppeln. Ihre Brust hob und senkte sich wild im tiefen Ausschnitt.
„Du hast überhaupt nichts verstanden!"

Der Blonde hatte sich in einer dunklen Gasse verschanzt gehabt, um auf den Mittelsmann zu warten. Das Wiener Pflaster hatte ihm nicht nur Glück, sondern auch die Freude beschert, die er, vor lauter Lustlosigkeit, zu lange entbehrt. Bis auf einen Straußwalzer lallenden Trunkenbold und einem Katzenduett auf einer Kiste war es still gewesen. Eine Kanalratte war ihm über den Schuh gelaufen.

„Gleich und gleich gesellt sich gern", war ihm schmunzelnd in den Sinn gekommen. Ein Fenster über ihm war lautlos aufgegangen, dahinter, leicht über den Sims gebeugt, ein Mann mit Brille gestanden. Er, der wie eine Intellektuellenstatue ins Schwarz starrte, hatte ihn nicht bemerkt. Nach einer Viertelstunde Wartens war ein Schatten erschienen, wie aus dem Maul der Unterwelt heraus, und das Engelsgesicht war kurz darauf, mit einem Kuvert in der Hand, wie von ihm verschluckt, verschwunden. Der Bebrillte öffnete den obersten

Hemdkragenknopf und trocknete sich den Hals mit dem nagelneuen Stecktuch, das akkurat seinen über die Stuhllehne hängenden Anzug zierte. Ihre Stimme war wieder da. Zunächst „Herr Direktor", dann „Du".
Unbeschwert und wünschend. Dann verbogen im Tone. Zugegeben, das Umschwärmtsein, die Schmeicheleien des Mädchens wollte er nicht abtun. Er ließ sie scheinen. Immer wieder. Und er ließ sie zu – ihre Kraft, ihn an allem zu gesunden. Die Ellbogen am Sekretär, drückte er die Fingerkuppen auf seine feuchten Schläfen. Die Salzluft, deren Güte ihm immer ans Herz gelegt, kehrte wieder und machte alles neuerlich lebendig. Dem Wasser entlang, durch die verschlungenen Wege, gesäumt von eitlen Oleandern, konnte er auch das Denken an sein Unwohlsein vergessen. Was es wohl war, was dieses Mädchen mit ihm machte? Eine frischaufgeblühte Freude zur Musik ergoss sich. Mit all ihren feinen, liebevollen Zwischentönen. Ja, sie hat es. Sie hatte, was ihm fehlte. Was ihm aus dem Kopfe wuchs und aus ihrem innersten Gemüte quoll. Er sah sie im Balkonzimmer das erste Mal schüchtig beschämt stehen. Bis das „Du" anschmiegsamer wurde und um ihn flatterte wie eine Geschenkschleife. Ja, er bewunderte sie. Ja, er beneidete sie. Ja, sie schwärmte und ließ sich von ihrem kindlichen Gefühlsgeflüster täuschen. Liebreizend und in manchem so unsicher, dass sie allem Erwachsenen sperr zuweilen gegenübertrat, schürte in ihm die glimmende Glut des verehrenden Galans. Sie machte seinen Schritt leichter, seine Schulter lockerer, seinen Atem erholender. Täuschte es auch ihn? Dieses Mädchen mit der Möwe? Der Doktor erlaubte ihr lange kein Fortgehen.
„Warum eigentlich nicht, Herr Doktor?"
Livadić bereitete ihm, nachdem er ihm geheißen, sich fürnehmlich zu entkleiden, das nach Tee riechende Sitzbad aus Kamillen und Baumrinde.
„Sie kennt die Welt nicht. Sie weiß nicht ob ihrer Kälte. Sie muss noch nicht alles davon wissen."
„Sie liebt die Musik. Sie möchte mit mir darüber sprechen, und am besten kann ich das wohl an meinem Arbeitstisch."
Livadić goss mit hochgekrempelten Hemdsärmeln und vom Dampfe krebsigen Backen heiße Flüssigkeit aus einem Kessel in das Becken nach.
„Was sagen Sie, dass Sie schreiben? Eine Symphonie, nicht wahr?"
„Ganz recht. Und ich trage meine unfertigen Arbeiten nicht gerne hin und her." Livadić schließlich begriff zwar nicht die Unmöglichkeit, Geschöpftes aus dem Umfeld seiner Inspiration zu tragen, aber er begriff, dass die Möglichkeit seiner Tochter, Musik beim prominenten Hofoperndirektor persönlich zu erfahren, keine alltägliche ist.

„In Gottes Namen, aber ich muss ja nicht alles wissen. Solange sie rechtzeitig dorthin zurückfindet, wo ihre Hausschuhe stehen."

Er musste ob der Worte des Kurarztes grinsen.

„Aber nun, nichts wie hinein mit Ihnen." Und er schmierte ihm mit warmem, wohlriechendem Öl den Rücken ein. Ähnlich fühlten sich ihre Finger an, die auf der Tastatur nicht lange nach den richtigen Tönen suchen mussten. Die seinen legten sich herum, und er spielte mit. Welch ein geneigtes Miteinander. Und so verrückt. Ausmalen geht immer. Er schloss die Augen. Als er sie wieder öffnete, bemerkte er am anderen Ende des Parks eine erregte Konversation. Manì und ein entzückendes Mädchen. Ein Buch in der Hand, wollte sie sich zunächst aus der Umarmung des Oberkellners lösen, ehe sie sich seiner Zuneigung hingab und ihm einen frechen Kuss aufdrückte. Dann entließ er sie lachend mit einem Klaps auf ihr Hinterteil.

„Die Jugend von heute", dachte er sich. Er hörte die Musik in den Wellen wieder, um daraufhin zu erkennen: Sie war es. Er erhob sich, hauchte aus dem geöffneten Fenster und schickte Ungedachtes in die Nacht hinaus.

Manì wollte sie umarmen.

„Nun komm schon. Du bist mir nicht egal. Das weißt du."

„Einen Kehrricht weiß ich."

„Ich liebe dich aber wirklich. Keiner in diesem gottverlassenen Kaff tut das. Und dir, Liebste, gab ich das Buch."

„Liebe, was willst denn du! Dieses falsche Wort. Nur weil ich auf dem Bette saß, glaubst du es."

Entwinden wollte sie sich seinem Griff. Manì beschnupperte die Nähe ihrer Wange. Ein Stoß ließ ihn sich kein Beisein ausmalen. Ein, zwei Schritte zurück, sah sie aus wie eine Fremde.

„Das Gesicht, es steht dir nicht", verwob Manì mit ihrem kehligen Lachen. „Nein, es steht dir nicht. Ganz und gar nicht. Bitte sei doch du." Er stärkte, was in ihm vorging.

„Fass mich nicht an, Frecher."

Das in ihm heraufsteigende Aber durchfraß ihn weich. Und da es an seiner Kehle nagte und seinen Adamsapfel hüpfen machte, versengten ihre Lippen die seinen. Sein Wimmern versiegte an ihrem Gaumen. Er spuckte auf sein Geschirrtuch und hielt es auf den Mund, nachdem sie davon.

„Du dummes Ding."

Die Giuseppina streckte ihre verkrampften Glieder, sie gähnte undezent laut und versuchte, die Anstrengungen der vergangenen Nacht aus ihrem Gesicht zu wischen. Als erwachte sie aus einer tiefen Ohnmacht, blieb sie noch lange wie im Schwindel liegen, ehe sie es langsam wagte, aus dem Kissen zu schlüpfen. „Endlich kein Regen mehr", war sie erleichtert. Sie spürte etwas Hartes und Kantiges unter ihren Füßen. „Auweh", tat sie weniger ihren Schmerz denn ihre Überraschung kund, als sie das Buch am Boden fand, das ihr wohl beim Einschlafen entglitten war. Sie klaubte es auf und entdeckte die über den Rand herausragende Seite. Sie zupfte daran, und ein zusammengefaltetes Papier kam zum Vorschein. Zunächst unentschlossen in ihren Fingern wiegend, als schätzte sie den Wert eines Colliers, strich sie es schließlich glatt.

Wien, den (verwischtes und von Fettflecken malträtiertes, unleserliches Datum).
Hochgeschätzte Freundin,
ich habe nun schon so lange nichts mehr von Ihnen gehört. Ich hoffe, Sie befinden sich gar wohl und Sie genießen die Inspiration der wunderbaren Umgebung. Ich sitze hier, in Wien, um ein Uhr nachts, bei offenem Fenster, da die Schwüle sonst nicht auszuhalten wäre, und schreibe Ihnen, weil ich Ihre Gesellschaft vermisse und über Ihr Fortkommen in großer Sorge bin. Gerade erlebe ich das, was man nur in dieser Stadt erleben kann. Selbst in der trockensten Stimmung umgeben einen die fröhlichsten Walzermelodien. Von der Straße herauf lallt es Wiener Blut und in der Gasse draußen ist es schwarz. Von Ingenieur Armeni habe ich erfahren, dass Sie ihm versprochen sind. Nur weiß ich nicht, ob ich Ihnen für die Verbindung alles Gute wünschen kann. Zwar ist er ein umgangsartiger Mann, allerdings, was seine Gefühle betrifft, ist er ein linkischer Fuchs. Jeder mit einem Funken von Esprit würde ihn darum beneiden, an Ihrer Seite zu sein. Ich müsste der Anständigkeit halber lügen, wenn ich Ihnen sage, dass mir Ihre Abwesenheit und Ihr schon bedenklich langes Schweigen einerlei wären. Mit einem Schmunzeln werden die Bilder erfüllender Frühlingstage in mir wach, mit denen ich mich nun zur Ruhe begeben möchte und die, wann immer ich sie betrachte, mir die Gewissheit stärken, bald mit Freude von Ihnen zu lesen.
Gute Nacht.
Hochachtungsvoll, Ihr Mahler.

Mit einem Seufzer der Ergriffenheit hielt die Giuseppina den Brief an die Brust und drang mit ihrer Sehnsucht durchs Fenster hindurch bis in den endlosen Himmel über dem Meer hinaus, wo die Möwen elegant im Wind segelten. Als wären die Zeilen für sie geschrieben. Es dauerte eine Weile, bis sie ihn wieder zusammenfaltete und in das Buch zurücklegte.

„Da gehörst du hinein." Und sie nahm alles, packte es in die Schreibtischlade und sperrte zu.

Zaghaft, doch tunlichst Haltung bewahrend, betrat der Doktor das Lokal. Eine Gruppe aufs Feinste herausgeputzter Damen mit taubengrauen und perlendurchsetzten Haaren stellten sofort ihr Geschnatter ein, steckten ihre Köpfe tuschelnd zusammen und schickten missbilligende Blicke in Richtung des Hereingekommenen. Resignierend nahm Livadić geheuchelte Kondolierungströstereien von an der Theke aufgereihten Kaffeetrinkern entgegen, bevor er den ins Tagblatt vertieften Broschenberg in einer Ecke, hinter dem von Pelz und Schal behängten Kleiderständer, ausfindig gemacht hatte. Er nahm den Hut ab, stellte seinen Spazierstock in den Schirmständer und marschierte an seinen Tisch.

„Pünktlich wie ein Hahn", dachte der Fürst.

„Guten Tag", begrüßte ihn der Doktor, obwohl selbiger nicht wusste, was gut daran war.

„Grüß Gott", erwiderte Broschenberg, der ihn mit einer kurzen, dirigentenartigen Geste anwies, Platz zu nehmen. Das bewusst komponierte, eindringliche Ermittlerschweigen nicht lange aushaltend, bestellte Livadić beim Buben einen Lozovača, den er „für die Nerven", wie er sich tröstete, in einem Zug leerte und sich dann an sein ihn musterndes Gegenüber wandte: „Sie haben mich also sprechen wollen."

„Es ist gut, dass Sie hier sind", nickte Broschenberg. „Ich hoffe sehr, dass Sie mir helfen können."

„Wo immer ich kann", versicherte der Doktor, dessen Hals vom medikamentös eingenommenen Traubenbrand noch warm war.

„Wissen Sie, ich werde aus dem Ihr Fräulein Tochter umgebenden Beziehungsrahmen nicht schlau. Da sind Sie, Ihre Frau Gemahlin, der Herr Ingenieur und dann hört's schon auf. Ich kann mir aber beim besten Willen nicht vorstellen, dass Fräulein Ana keine Freundschaften unterhalten haben soll."

„Sie haben recht. Sie hatte es nicht leicht, Freunde zu finden, so aufgeschlossen und interessiert sie an der Welt auch war. Zumindest auf Reisen verschwesterte sie sich zuweilen mit Altersgenossinnen und war mit ihnen wohl soweit verbunden, dass ihr beim Abschied immer die Zähren in die Augen traten."

Villach, am 10. August 1897.
Etwas brütend und aufdringlich lag die Hitze heute über der Stadt. Kein Wunder, dass sich mein Vater bald mit uns in einen gemütlichen, laubenumrankten Gastgarten zurückzog, der vom glühenden Hauptplatzboden in eine grünumwucherte Idylle führte. Dort trafen wir auf den Herrn Postmeister und dessen aufgeweckte und so liebenswerte Tochter, die Kathi. Hätte ich mit ihr Pferde stehlen wollen, ich hätte es können. Sie war etwa in meinem Alter, und wir stellten fest, dass wir, auch wenn sie sehr übermütig war, so viele Gemeinsamkeiten haben. Sie tollte mit mir durch manche Seitengässchen, und ich gierte barfüßig zum Fluss hinunter, den sie bei uns Drava nennen, um die vielen Enten und Schwäne zu füttern. Wie kindisch wir doch waren. Und genauso fühlte ich mich, als der Herr Papa herunterkam und mich hektisch und mit seiner unmissverständlichen sanften Strenge zur Abfahrt abholen kam. Als ich mich über die Brücke kurz umwandte, dem Rockzipfel des Vaters hinterher stolpernd, sah ich die Kathi da stehen, wie sie mir zum stillen Abschied nachwinkte und hörte, wie im zarten Wind, der meine glühenden Wangen streichelte, die Töne von dem Lied klangen, das ich mit ihr erdacht habe. Welch ein Abschied von einer Welt, wie sie mir zu Hause nicht blühen mag.

„Vor allem in letzter Zeit war sie sehr zurückgezogen, und dann hat mein armes Kind den Verstand verloren. Benebelt sprach sie vermehrt von einem imaginären Freund, den sie seit unserer ersten Italienreise gehabt hat."
Broschenberg rührte langsam mit dem Löffel in seiner Kaffeetasse, nicht völlig unberührt von der obskuren, sich entblätternden Beziehungsabsurdität, in der er, langsam aber sicher, die Livadić-Tochter gefangen sah. Der Fürst unterbrach sein Rühren, lutschte den Löffel ab und legte ihn ebenso bedächtig, wie er ihn zuvor im Heißgetränk rundherum geführt hatte, auf den Serviceteller. Dann verschränkte er die Hände und schaute den Doktor lange schweigend an, der auf seinem Stuhl immer kleiner und eingefallener wurde. Bevor er in die vom Broschenberg geschickt gesetzte Pause hinein einen neuerlichen Rachenputzer bestellen konnte, kam ihm selbiger zuvor. Das, was Broschenberg geäußert haben wird, hätte er mit Sicherheit nicht hören wollen: „Es besteht Grund zur Annahme, dass Ihr Fräulein Toch-

ter ein gestörtes Verhältnis gegenüber Mitmenschen und ihrer eigenen Körperlichkeit plagt."

Der Kurarzt atmete geräuschvoll durch die Nase aus und bemühte die Serviette für sein käsig gewordenes Gesicht.

„Sie sprechen von meiner Tochter", presste Livadić mit letztem Nachdruck heraus, ohne den wirklich gewollten Klang von abwehrender Bestimmtheit in seine Stimme bringen zu können. „Sie hatte den besten Umgang, den man sich vorstellen kann. Dafür habe ich immer gesorgt. Professor Didenko ist der beste Pädagoge, der mir untergekommen ist und ein langer, treuer Freund der Familie. Ingenieur Armeni habe ich bei einer Kurveranstaltung in Triest kennengelernt. Sein Vater war der Direktor eines sehr angesehenen Konzerns, der für den Vertrieb von Schmuck und Antiquitäten lange für unangefochtene Qualität stand und auch Ihnen noch ein Begriff sein dürfte."

Broschenberg nickte stumm, eine Filiale dessen im Kopf, an welcher er in Wien häufig vorüber flaniert.

„Sie sprechen von ihr, als wäre sie bereits Vergangenheit", warf er in den Raum. Der Doktor senkte den Blick, begleitet von einem merklichen Seufzen.

„Wenn ich nur wüsste, was mit ihr ist."

„Ich sehe bis dato nur ein heillos striktes Beziehungsgeflecht, das ihr Fräulein Tochter umwob wie eine Mücke das Netz dominanter Spinnen", ließ Broschenberg seine Gedanken heraus, die Livadić fassungslos werden ließen.

„Es mag schon sein, dass wir uns in letzter Zeit etwas auseinandergelebt haben, was aber nicht heißt, dass ich nicht alles für sie getan habe."

„Sie haben sie so sehr geliebt, dass Sie sie vergessen haben."

Der Kurarzt schaute fragend ins Leere.

„Wie sonst könnte ich mir erklären, dass das Mädchen mit der Möwe, wie Sie das Bild Ihrer Tochter nennen, selbige als Figur, als gesichtslosen Menschen zeigt?"

„Meine Frau wollte ihr ein merkwürdiges Denkmal setzen. Hat sie doch stets etwas Sylphidenhaftes in ihrem Schatz gesehen." Ein klägliches Lächeln umspielte für einen Augenblick bei dieser Erinnerung seine Mundwinkel.

„Sie scheint sich sehr musterhaft in ihre Umwelt eingegliedert zu haben."

„Nunja, sie ist in letzter Zeit oft weggegangen und lange weggeblieben. Wir waren voller Sorge, als sie sich in ihr Zimmer einsperrte und ihre Ruhe und keine Menschenseele neben sich wünschte."

„Haben Sie sie abgestraft?"

„Wie könnte ich! Meine Frau war in dieser Hinsicht sehr viel strenger."

„Jaja, wes Brot ich ess', des Lied ich sing", bemerkte Broschenberg für sich und stellte sich dieses geblümte Mädchengefängnis lebhaft vor. „Soso", erwiderte er, um das von Livadić Gesagte nicht unkommentiert zu lassen.

„Und jetzt ist sie spurlos verschwunden. Wie kann es so etwas geben?", verfiel der Doktor neuerlich in seine weinerliche Melancholie, und sein tonloses Echo drang abermals an Broschenbergs Ohr: „Wie kann es so etwas geben?"

Der Fürst setzte wie in einer Groteske ein Schmunzeln auf, das der Doktor nicht so recht verstand. Er winkte den Kellner herbei, der sie schon eine ganze Weile derart auffallend unauffällig zu mustern versucht hatte. Dieser folgte alsogleich dem Zeichen des hochbeamtlichen Gastes in heuchlerischer Demut und brachte auf Bestellung „das Gleiche von dem einen da", das Livadić bereits die Anfangsnervosität versengt hatte.

Die Fischer machten nach dem schweren Wetter ihre Boote und Werkzeuge flott und pfiffen dabei eingängige Melodien. Der alte Miloš torkelte unrhythmisch dazu die Hafenstraße hinunter. Da fiel ihm die *Sanja* ins Auge. Ein türkis bemalter, kleiner Segler, auf dem ein kräftig gebauter, weißblonder Seebär zur Marseillaise die Planken wässerte und schrubbte, während ein ungewöhnlich eleganter Herr mit Zylinder und Monokel das Deck betrat, zwei leichtbekleidete, üppigbebuste und kitschig geschminkte Damen im Schlepptau. Die eine mit brünetten, langen, glatten Haaren, die andere mit blonden Locken. Der hochgewachsene, fast kahle, stoppelbärtige Kapitän kam hervor und nickte den Ankömmlingen kurz zu. Der Elegante lüftete seinen Zylinder zum Gruß. „Agnes und Ivanka", sagte selbiger mit einer Miene unerschütterlicher Schelmerei. Der Kapitän schaute weiterhin grimmig und nickte abermals, bevor er dem feinen Pinkel ein braunes, von Wind und Wetter gezeichnetes Kuvert übergab. Ein dicklicher Smutje trieb die Damen wie aufgescheuchte Hühner unter Deck, während der Elegante, vom Klange angesteckt, die Marseillaise pfeifend, das Kuvert in die Innentasche seines Jacketts gesteckt hatte, den Spazierstock schwingend, den Kahn verließ und an Miloš vorbei, dem er keine Beachtung schenkte, stadteinwärts flanierte.

Der Hofrat stellte die Ansichtskarte wieder gerade. Hinter den verwaschenen Küstenstein mit den vielen kleinen Löchern, die er gerne der Sage andichtete, dass gefräßige, böse Würmchen sich lange an ihm gütlich getan. Er schüttete die Asche von Armenis Zigarillo zu seinem Geldbaum in der Ecke und mischte sie unter die Erde.

„Du Hund!", fluchte er heimlich. Er putzte den Becher mit seinem Ärmel sauber, bis das gewundene Profil wieder sichtbar wurde.

„Damit auch du nicht ohne Anhimmlerin bist", waren die Worte des Ingenieurs, als er ihn ihm als Geschenk brachte.

„Und sie redet auch nicht zurück, und um die Wette schweigen könnt ihr auch."

„Du Hund!", war ihm auch damals ausgekommen, was er auf den Wein schob. Die aus dem Speckstein gekünstelte Fremde reagierte nicht. Er brauchte viel Gewalt, um die verklemmte Lade seiner alten Kommode aufzuzwängen. Der Aschenbecher kam neben seine Geige. Sorgsam holte er das Instrument, deren Kasten er sorgsam mit rotem Filz umwickelt hatte, heraus und legte es auf den Schreibtisch. Die Farbe, die ihm damals Glück gebracht. Als er Lust hatte, den ominösen Neuling herauszufordern. Den, den niemand kannte, aber dennoch in der Gerüchteküche ohngemein prominent war. Eigentlich war er fertig gewesen, nachdem seine Strähne ihm den letzten Sack geleert.

„Da sind wir doch beide Pechvögel heute."

Das Engelsgesicht.

„Aber, ich sehe, du bist ein Mutiger."

„Wer sagt das?"

„Ich bitte dich, das sieht man doch. Adrett und fein und aufrecht. Ein ehrlicher Verlierer. Wenn das kein Mut ist! Aber dich zu beweisen, gebe ich dir die Chance, gegen mich anzutreten."

„Aber, aber ..." Noch heute schämte er sich seines Stotterns.

„Ganz einfach ist es! Du brauchst nur Rouge oder Noir zu sagen."

„Was ist der Einsatz?"

Das Engelsgesicht bog sich lachend für die schaulustige Runde. „Nun, mit sauberen Münzen kann ich meinerseits nicht dienen." Er zog das weiße Futter aus seinen Hosentaschen. „Aber ich habe etwas anderes."

„Eine echte Pressenda", murmelte der Hofrat und begann am Tuch um den Kasten zu zupfen.

„Natürlich eine echte. Nach dem Vorbild Stradivaris. Ein Schmuckstück aus Italien. Wie ich sehe, gibt es sie noch."

Der Hofrat schnellte in die Höhe. Das Engelsgesicht stand im Türrahmen. „Oh, Entschuldigung, sollte ich Sie erschreckt haben", spielte es auf betretene Miene und klopfte mit dem Knauf seines Spazierstocks an das weiße Holz. „Klopf, klopf, klopf."

„Was machen Sie denn hier? Wie ...?!", die Worte wollten dem Hofrat nicht aus dem Hals.

„Vaidić, Vaidić, Vaidić." Das Engelsgesicht schwebte in den Raum herein, angelte sich den Stuhl, setzte sich auf die Lehne, die Schuhe auf dem weinroten Leder, vor den durcheinandergebrachten Beamten hin. „Man braucht doch immer wieder einen guten Juristen, hab' ich nicht recht? Vor allem, wenn man neu ist."
„Was wollen Sie?"
Der hagere Schönling ließ seinen Blick umherwandern. „Man sagt, hier ist viel in Diskretion. In besten Kreisen gibt's Empfehlungen." Er lächelte ein eiskaltes Lächeln. „Und ich weiß, dass du ein Mutiger bist, dass hier Geld nicht stinkt und dass du gerne spielst."
„Hört nicht bei Mord die Freundschaft auf?"
Das Engelsgesicht zählte fünf große Banknoten auf den Tisch. „Ich würde sagen, bei Geld, da fängt die Freundschaft erst an."
Vaidić wurde ganz anders bei den Möglichkeiten, die ihm so greifbar waren. Er hörte für den Moment auf zu atmen, als ihm ins Gedächtnis kam, dass er im Grunde gar nicht verlieren konnte.
„Auf jede kleine Niederlage folgt ein größerer Gewinn. Sobald ich mich besiegbar fühle, beginne ich mit dem Einsatz größerer Summen."
Der Mann mit der Maske saß immer gerne neben ihm, wenn die Karten eingeworfen wurden. Viel hat er von ihm gelernt, und er hielt ihn bei der Stange.
„Was glaubst du, wie ich reich geworden? Ja, Glück braucht der Mensch! Und Spiel, der Homo ludens!"
Und gegen die Löcher in seinen Taschen musste er etwas tun, wo sich die Kugel gegen seinen Willen gedreht. Heute soll sein Dreizehnter sein. Ehe er dem Gelechzten nahe kam, streifte das Engelsgesicht die Scheine wieder ein. „Na na na. So nicht, Vaidić. So nicht."
Der Hofrat richtete sich den Kragen. „Wofür ist es? Was ist zu tun?"
Sein Gegenüber tippte sich auf die Stirn. „So ist es clever, Vaidić. So ist es clever."
„Nun?"
„Wie man hört, so habt Ihr einen guten Draht in den adriatischen Süden."
„Korrekt."
„Das Seebad Abbazia ist wohlumschwärmt."
„Hm."
„Aber es gibt auch versteckte Schätze in der Näh. Wissen Sie, Vaidić, wir fördern junge, talentierte Damen, die keine Möglichkeit haben, sich auszutauschen. Wir ordern Schiffe, um sie auf bestmöglichem Wege zu ihren Ausbildungsstätten zu bringen. Wir scheuen

keine Kosten und Mühen für Bühnen- und Schauspielkarrieren. An den prominentesten Plätzen der Welt."
   „Sie sind ein Impresario?"
   „Mmm... ich bevorzuge den in speziellen Kreisen gebräuchlichen Ausdruck des Kopfsammlers."
   „Kopfsammlers..."
   „Recht, recht, Vaidić."
   Das Engelsgesicht hetzte seinen Stock wie eine Schlange an die Rippen des Kaninchens mit den neugierigen Ohren und der nervösen Nase, das, obwohl bang, der Liebe zur Karotte nachzugeben sich quälte.
   „Du bist nun auch einer."

„Sie sind doch wie ich ein Mann der Fakten", fuhr Broschenberg fort, als er die Entspannung bemerkte, die sich nach dem ersten Nippen um die Züge des Kurarztes gelegt hatte. Zustimmung. „Die Hoffnungslosigkeit, die an Ihnen nagt, verstellt Ihren Blick." Innehalten. „Kurzum, von Spurlosigkeit kann gar keine Rede sein", erklärte Broschenberg und legte das Buch sowie das Taschentuch mit den sorgfältig darin eingewickelten Haarresten auf den Tisch. „Ich nehme an, dass Sie das Buch kennen?" Verwunderung. „Nun, dies ist eine der Spuren, die ich im Zimmer von Fräulein Ana ausmachen konnte. Dieses Bändchen, dessen Geschichte mir noch nicht ganz klar ist, fand ich verborgen hinter einer Deckklappe ihres Kosmetiktisches."
   „Was hat das zu bedeuten?"
   „Nun, da, wie ich in Erfahrung bringen konnte, Ihr Fräulein Tochter, gelinde gesagt, eine ziemlich zurückhaltende Bücherfreundin sein soll, stellen sich mir ad hoc zwei Fragen zu diesem Umstand. Erstens, warum hat sie dieses Buch ausgerechnet jenes Autors in ihrem Zimmer, und zweitens, warum verbirgt sie es? Vermutlich, weil ihr seine Stimme und die umgebende Geschichte für sie von einiger Wichtigkeit ist, kurzum ein triviales Zeugnis von ihrer heiligen Intimität", beantwortete Broschenberg die Frage gleich für sich selbst.
   „Seine Sentimentalität war mir zu überladen. Deshalb kenne ich es so gut wie gar nicht", gestand Livadić.
   „Aber Sie haben es doch Fräulein Ana höchstpersönlich besorgt?"
   Livadić schaute den Broschenberg wie ein betretener Hund an, von dem man verlangt hat, während der ärgsten Bora im Freien zu schlafen. Er schüttelte den Kopf. „Nein, mir wäre es nie in den Sinn gekommen, meiner Tochter ein solch merkwürdiges Buch zu erwerben, von dem ich nicht einmal gewusst habe, dass es sich in unserem Haus befunden haben soll. Noch dazu, da sie alles andere als eine Bücher-

freundin ist." Und nach einer Pause fügte er hinzu: „Was gedenken Sie in dieser Sache zu unternehmen?"

Broschenberg schlürfte genussvoll seinen Kaffee fertig, kramte ein Blatt Papier aus der Innentasche seines Rockes und einen kleinen, fein säuberlich gespitzten Stift. Er legte es dem Doktor unter die Nase und forderte: „Bitte schreiben Sie mir doch die Adresse vom Ingenieur Armeni auf, denn er ist der nächste, den ich aufzusuchen gedenke."

Etwas ermattet ließ sich der alte Miloš im Schatten eines ihm undefinierbaren Strauches auf einer Bank nahe der Mole nieder und blinzelte in Gedanken versunken zur *Sanja* hinüber, die unter dem von grauen, dichten Wolken gesättigten Himmel auf den kleinen Wellen im Hafen schaukelte.

„Woher kenne ich dich bloß?", murmelte er vor sich hin und kramte aus der löchrigen Tasche seines zerschlissenen Mantels einen alten Brotkanten heraus, an dem er zu nagen begann. Einige Brösel warf er einer deutlich und schön gezeichneten Möwe zu, die stolzgeschwellt in seiner Nähe hin und her stolzierte und ihm, wie ihm schien, durchwegs neugierige Blicke zuwarf. Plötzlich flog der Vogel fort, und Miloš sah auf fein polierte, glänzende, halbhohe Damenstiefeletten. Verwundert erhob er den Kopf und rieb sich die Augen. Doch es war keine Einbildung. Vor ihm stand eine bildhübsche Frau in grünem Kleid, eine von Lederriemen umschlungene Mappe unterm Arm. Etwas unsicher erhob sie ihre Stimme: „Sind Sie der alte Miloš?"

Dieser schaute sie noch immer ungläubig an, als hätte er nach dem Trunk eine plötzlich unerwartete Engelserscheinung, streckte die Arme nach ihrem Kleid aus, um sicher zu gehen, dass er nicht halluzinierte, blickte abermals zu ihr auf.

„Wer möchte das wissen?", fragte er.

„Man hat mir gesagt, dass ich Sie hier finde", wich die Giuseppina fürs Erste aus und stellte sich, nicht ganz unaufrichtig, dem verwirrten Alten als Urlauberin vor.

„Als wäre ich die größte Attraktion in diesem Kaiserkaff hier", keuchte der Miloš, und der Schelm tanzte in seinen Augen. Angewidert vom Anblick, der sich ihr bot, als er ein paar tote Fliegen von seinem Ärmel kratzte und in seine Hose wischte, wich die Comtessa einen Schritt zurück. Sie besann sich aber alsbald und fand den festen, noblen Ton in ihrer Stimme wieder: „Ich glaube, Sie können mir helfen."

Ohne Ort, ohne Datum.
Der Miloš war immer schon alt. Die Leute gaben ihm allerhand Namen, die ihn eher mit kriechendem Getier als mit Menschlichem assoziieren ließen. Krudić kennt ihn gut und er hat mir erzählt, dass er nächtens oft dafür betet, der Herrgott möge die Einsamkeit gegen ein bisschen mehr Mitleid austauschen oder für einen gerechten Tod, nur um seine Herzallerliebste wieder umarmen zu können und ein Stück der düsteren Bitternis des Daseins zu entkommen. Die Leute starrten ihn an, wenn nicht die abgrundtiefe Abscheu und der bissigste Hohn in ihren Blicken gelodert hätte, man hätte vermuten können, sie bestaunten in ihm das achte Weltwunder. Doch ihre Spucke glänzte auf seinem Schuhwerk wie in der Sonne zergangener Bergkristall.

„Ich? Ihnen helfen?", zweifelte der Miloš. Die Giuseppina nickte reserviert, und ein breites Grinsen durchzog das Gesicht des Alten.

„Nun gut denn, dann setzen Sie sich doch, mein Kind", und er tätschelte mit seiner gichtigen Linken die freie Bankfläche zu seiner Seite. Verunsichert, als könnte es ihrer angeborenen Eitelkeit schaden, folgte die Giuseppina dem Wink des Miloš, setzte sich auf das kühle Holz, bemüht, selbst mit keiner Faser des Kleiderstoffs den Unpfusterlichen zu berühren, und dachte unentwegt daran, ihrer Neugier das zu geben, nach der sie seit Erfahren des merkwürdigen Schicksals der jungen Doktorstochter unnachgiebig verlangte. Und jetzt erst recht wollte sie wissen, wie sie wohl ausgesehen haben mag, die, wie vom Erdboden verschlungen, alle Gemüter erregte und selbst einen biederen Ermittler aus Wien vor eine große Ungewissheit seiner Aufgabe stellte. Angewidert versteifte sich ihre Haltung noch mehr, als sie spürte, wie die lüsternen, erwartungsvollen Augen des Streuners an ihr haften blieben. Die Comtessa drehte sich von ihm weg, ins Grau des Meeres hinaus, um ihn nicht ansehen zu müssen, diesen körperlichen Ruin, und fand in der Spannung ihrer Steifheit die Kraft, mit dem Sprechen zu beginnen: „Tragisch ist es, was dem Doktor Livadić passiert ist."

„Fürwahr", sagte der Miloš, doch sie hörte es nicht und fuhr fort.

„Man sagt, Sie seien der Letzte, der sie zu Gesicht bekam."

„So, sagt man das?", der demütige Schalk kam ihm selbst schon aus dem Mund.

„Stimmt's denn nicht?"

„Ich wünschte, es wäre so", und mit einem Schlag war der Alte traurig. Auch das hörte die Giuseppina nicht, ehe sie ihren Wunsch äußerte: „Zu gerne würde ich wissen, wie die Arme ausgesehen hat."

Sie umklammerte fest die Skizzenmappe auf ihrem Schoß. Sie ertrug die Stille nicht, der sie der Miloš aussetzte. Nach einer Weile des schweigsamen und verkrampften Nebeneinanders, räusperte er sich den alten Schleim hinunter und keuchte rau seine Frage vor: „Was ist es, das Sie wollen?"

Und die Comtessa erklärte dem Streuner ihr Anliegen.

„Das hat alles seinen Preis", forderte der Durchtriebene.

„Bares oder Flüssiges?", fragte die Giuseppina barsch, die sich nicht mit derartigen Lappalien lange aufzuhalten gedachte, doch wurde ihr klar, dass sie es für ihr Vorhaben in Kauf nehmen musste, den Bettler mit seinem grobkörnig fordernden Charakter tunlichst bei Laune zu halten. „Hochprozentiges",
nutschelte der alte Miloš und präsentierte seine Lücken, durch die der faulige Geruch aus seinem Rachen drang.

Wenig überrascht faltete Broschenberg den Zettel zusammen. Wie für ihn zu erwarten war, war der Schriftzug des Doktors nicht mit jenem aus dem Buche identisch.

„Wo und vor allem wann haben Sie Ihr Fräulein Tochter das letzte Mal gesehen?", fesselte er selbigen, der sich bereits zum Gehen fertigmachen wollte, mit dieser Allerweltsfrage. Der Fürst hasste sie ob ihrer altbestaubten Banalität, liebte aber ihre Notwendigkeit. Livadić nahm den Hut wieder ab und begann ihn ungeduldig zwischen den Fingern zu drehen.

Abbazia, am 24. Juni 1904.
Welch ein abscheuliches Triumvirat ist heute in unserem Hause aufmarschiert. Gleich beim Frühstück waren sie alle da und stierten mich wetteifernd an. Sie rissen mir die Kleider vom Leib und ließen mir keinen Raum zum Atmen. Ich versuchte mich abzulenken und konzentrierte mich auf den Kaffee, von dem ich spürte, wie er in mich hinein und in mir herab rann und wie mir daran übel wurde. Als sie dann anfingen, wie gierige Gorillas ihre Buttermesser mit ihren Grabschfingern zu liebkosen, wollte ich am liebsten aufspringen. Allein Mutter, die willentlich und gütig all das geschehen ließ, machte mich leer. Ich tat so, als bliebe ich sitzen. Artig, brav, wie es jede Tochter macht. Doch keiner bemerkte, dass ich in Wahrheit mich auf und davon machte, mich aus dem Zimmer schlich.

„Der Herrgott wäre also verliebt gewesen, als er das Meer schuf. Eine charmante Theorie, Vaidić, wirklich. Aber er müsste demnach ein ausgezeichneter Koch gewesen sein, bedenkt man, dass die versalzene Suppe ein Heil denjenigen sein soll, die nächtens keine Ruhe finden oder das Kreuz mit sich tragen, übermäßig Appetit zu leiden.

Nur warum hilft es nicht denen, die es gewohnt sind, dieses verheißungsvolle Aroma? Das konnte mein lieber Gemahl niemals erklären."

Ihres Mannes aufkeimendes Keckern trank sie mit einem großen Schluck Graševina hinfort. Er sollte es nur nicht wagen, ihr gegenzureden. Schon gar nicht ohne Ahnung. Sie sah ihn über die Kiste gebeugt. Die Kiste mit dem verbotenen Kleid. Am Schlosse machte er sich zu schaffen. Mit dem dünnen Brieföffner.

„Was machst du da?"

Er fuhr nicht herum. Er erschrak nicht. Kurz hielt er ein. Sein Atem ging gelassen. Er antwortete nicht. Dann bemühte er wieder die dünne Spitze des kaiserlichen Geschenks in der Deckelschließe.

„Wage es ja nicht, mir zu widersprechen. Denn an dem Tag, an dem du dieses Kleid zu Gesicht bekommen wirst, an dem Tag, an dem es sich um mich kettet, um meine wahre Haut zu werden – an dem Tag ist der Fluch der Familie ausgesprochen. Das Scheitern wird tanzen – mit dir, mit mir –, bis wir lahme Beine haben. Bis du dich an mich klammern und um die Gnade flehen wirst, um die du dich selbst gebracht. Wenn es zu spät ist."

Er ließ ab, ließ die Schneid im Loche stecken und erhob sich zu ihr hin. Forsch hämmerte es aus seinen Wangen.

„Ich verbiete es dir, da hineinzuschauen", entsann sie sich ihrer Worte. Sie entsann sich des Prätzelns seiner Haue und sie entsann sich ihres ebenso schroffen Entgegnens, das sie abermals besiegelte, dass es ihm um die Ohren gefror: „Wage es ja nicht, mir zu widersprechen."

Ohne Sager zerpeckte der Doktor sein Ei und unterbrach seine Frau nicht.

„Nun, wirklich. Das verstehe ich nicht. Warum plage ich mich mit der Phantasie? Und von überall her hört man die Leute reden, wie inspirierend doch das Meer sei. Warum fällt mir kein passendes Gesicht für das Mädchen mit der Möwe ein? Warum hör' ich nur die Unruh in dem, wo von überall her die Leute sich darüber freuen, hier eine selige Ruh zu finden?"

„Weil sie die Schatten des Monte Maggiore nicht kennen, die Leute." Armeni klang, wie stets, unbleich.

„Nicht wahr?", er patschte seine große Hand auf Didenkos Rücken, der sich an seinem Trunk verkutzte.

„Also, aus dieser Feder eine Touristenbroschüre, würde wohl nichts taugen", versuchte Vaidić, der sich die Serviette in den Kragen steckte, einen Spaß.

„Meine Herren, also, ich muss sagen, wie sie heute spielten, das erweckt, was ich nie gewusst."

„*Vielen Dank, Gnädige*", war Vaidić höflich.

„*Tatsächlich ist es doch so*", bemerkte der wiederberuhigte Didenko, „*dass es gerade dieser Schatten war, der wie ein Trauerrand um meinen Blick lag und mich dazu inspirierte, wieder den Schubert herauszuholen.*"

„*Der Tod und das Mädchen*", ließ sich Armeni auf der Zunge zergehen. Neben sich schaute er auf ein weißes Kleid ohne Antlitz.

„*Gefalle ich dir so, Mutter?*", hat sie gefragt.

„*Dreh dich, Kind. Noch einmal. Stell dich auf die Spitzen. Und noch ein bisschen weg vom Licht.*"

„*So?*"

„*Ohja, das Weiß ist gut. Es macht dich anziehend. Und wenn sich Armeni des nicht erinnert, dann weiß ich auch nicht.*"

„*Aber Mutter.*"

„*Wage es ja nicht, mir zu widersprechen. Du sollst froh sein, dass dich jemand wie er begehrt. Und dass dein Vater dir Möglichkeiten eröffnet, denen du in aller Dankbarkeit zu begegnen hast. Hast du mich verstanden?*"

„*Ja, Mutter.*"

„*Braves Kind.*"

Die Doktorsfrau machte sich auf ihrem Thron noch länger und fror mit ihrem Lächeln alles ein: „*Und um mit den Worten des Täufers zu endigen: Ein Mensch kann nichts nehmen, es werde ihm denn gegeben vom Himmel.*"

„*Amen*", echote der Chor. Und das weiße Kleid tropfte auf den Teppich.

Broschenberg hatte alle Mühe, ruhig zu bleiben, vor der blanken Naivität des Doktors, der allen Ernstes zu glauben schien, mit dem Besuch des Armeni und des Didenko habe er dem Fräulein Ana eine morgendliche Freude beschert. So beließ er es bei einem „Soso" als kleinen heuchelnden Kommentar auf dessen Schilderungen.

„Kein Wunder", dachte er, „dass sie aufgesprungen war, den Raum verlassen und sich wortlos in ihr Zimmer eingeschlossen hatte. Nicht allein für mehrere Stunden, sondern", gerade das machte selbst den Broschenberg besorgt, „tagelang. Und dieser Vater will seine Tochter wie seinen Augapfel gehütet haben", war Broschenberg voll des Grimms, wiederholte allerdings sein grübelndes „Soso", auf das der Kurarzt nur betreten zu nicken wusste.

Hurtig strich die Giuseppina ihren Zeichenstift über das Papier und folgte den Anweisungen des sich wichtig vorkommenden Miloš. Dort sei der Kopf zu rund, die Augen zu schmal, dann wieder die Lippen zu dünn oder die Wangen zu hohl. Die Comtessa folgte den Beschreibungen, begierig auf das Resultat. Zu guter Letzt hatte sie ein wohlgeformtes, rundes Gesicht mit dazupassenden runden, leuchtenden Augen, regenwurmvollen Lippen und einer kleinen, leicht spitz zulaufenden Nofretetenase.

„So perfekt und majestätisch", kam es der Comtessa, und es war ihr fast unheimlich, dass so etwas Schönes irdischen Ursprungs sein konnte. Sie zeigte es dem Alten, der nach einer Weile des Betrachtens grimassierte: „Ohja, ohja."

Und die Giuseppina betrachtete selbst das Bild, überwältigt von dem göttlichen Antlitz, und eine wehende Ungewissheit begleitete ihren Gedanken: „Was ist nur mit dir geschehen?"

Jetzt, da die Verschwundene aussah, wurde es für sie zur tragischen Tatsache. Der alte Miloš hingegen schien sich nicht mehr allzu sehr dafür zu interessieren. Er fixierte erneut die *Sanja*, die an der Mole auf den Wellen schaukelte und penetrant knarrte.

Der Smutje hatte, in Begleitung des Kapitäns, Agnes und Ivanka in eine schmale Koje bugsiert. Ungelenk und groß hieß er sie, sich auf die Liege zu setzen. Wie im Rausch gehorchten sie dem Dicken, der hektisch wurde, als der Kapitän kurz darauf hereinkam. Dieser sagte keinen Ton, und lüstern loderte es in seinen Augen. Mit einem Kopfwink schickte er den fetten, schadenfrohen Smutje hinaus. Wie ein Bildhauer an seinem Werk ergötzte sich der Seebär eine ganze Weile lang an der barocken Physiognomie der Buhlinnen. Beide bebten sie vor Erwartung und Anspannung, ehe der Grobian die dunkle Agnes nahm, hochzerrte und, im wahrsten Sinne des Wortes, in eine finstere Kammer neben der Koje warf und darinnen einsperrte. Dann machte er sich an die blasse Ivanka, begann wild ihre Porzellanhaut zu küssen, abzuschlecken, zu beißen, als wollte er sie verschlingen, und als er ihre fülligen, doch griffigen Schenkel unter ihren Kleidern zu kneten begann, spürte er, wie seine Männlichkeit nach Befriedigung verlangte. Verstört und etwas benommen kauerte sich die Agnes Genannte an die hölzerne Rückwand, als verspräche sie ihr Halt in beklemmender Sichtlosigkeit. Zitternd lauschte sie dem Gestöhne und dem stoßartigen Schmerz, der an den jämmerlichen Ruf paarungswilliger Möwen erinnerte. Sie kauerte sich weiter zusammen und krampfte ihre Hände in die Bodenbretter, so durch Mark und Bein gingen ihr die Laute des Fleisches Ivanka. Kaum dass sie sich an die lichtlose Umgebung gewöhnt hatte, öffnete sich eine ungut quietschende Seitenluke, und der Smutje leuchtete herein. Im Schein des brennenden Öls wirkte er noch feister und sein ungustiöses Grinsen noch schmieriger. Übelkeit kam in ihr hoch, als er auf sie zukam und ihr Gesicht auf den entblößten Dickwanst presste. Sie hasste sich selbst, denn je härter er sie fasste, desto weniger vermochte sie ihm zu widerstehen. Mit einem Male wünschte sie sich die Dunkelheit zurück, deren geduldige Verschwiegenheit und gütigen Schutz, während sie spürte, wie er sich röchelnd in sie hineinzwang, wobei sie sich verlor, um selbst nacktes Fleisch zu werden.

„Lussin Piccolo?"

„Lussin Piccolo."

„Ich bin schon so lange nicht mehr in dieser Meergegend gewesen."

„Dann wird's wohl wieder Zeit, nicht?"

„Es war mir nie so recht geheuer."

„Ach, ist es ihm nicht ganz geheuer."

Das Engelsgesicht äffte die Furcht eines unbedarften Kindes, doch beirrte es des Hofrats glatte Sachlichkeit nicht.

„In unserem Haus ging die Sage, ein vermeintlicher Räuber hätte den Ort verflucht, nachdem er sich beim Fluchtsprung an einem Seeigel einen schwarzen Eiter in den Körper gezogen. Deshalb bekämen die Dortigen, aus heiterem Himmel, brennende Blasen."

„Nicht kindisch sein, Vaidić. Wir sind doch Kopfsammler. Das sind wir doch, oder etwa nicht?"

„Kopfsammler ..., wenn ich Humanes zum Gute der Kunst beitragen kann ..."

„Wiewohl, Vaidić, wiewohl. Denn zwei Damen harren dort, von Ihnen errettet zu werden."

Dem Hofrat fiel der Kinnladen herunter.

„Zwei Damen?"

Das Engelsgesicht schob ihm mit dem Stock den Kiefer wieder in seine angestammte Position.

„Ja, Vaidić. Zwei Damen. Aber bitte, lassen sie dort unten nicht allzu sehr den Junggesellen heraus, sonst verkauft man sie am Ende noch an die eine oder andere." Der Hofrat grummelte in das gläsrige Amüsement des Engelsgesichts hinein. Dann fuhr der Blonde fort: „Unserer Kenntnis nach halten sich dorten zwei Damen auf. Ansehnlich und im Ansatz bühnenreif. Wir müssen ihnen nur noch den letzten Schliff geben. Nun, da sie sich aber weder Ausbildung noch Reise leisten können, werden wir aktiv."

„Das heißt, ich muss sie abholen."

„*Sie begreifen schnell. Sie müssen und Sie werden. Ist das nicht human? Sie werden sie dort, so unauffällig wie irgend möglich nach Abbazia bringen.*"

„*Nach Abbazia?*"

„*Nach Abbazia. Dort wartet, gewissermaßen, unser Fuhrwerk. Von hier aus werden wir sie dann an ihre Ausbildungsstätte bringen. Mehr brauchen Sie nicht zu wissen. Sie müssen nur dafür sorgen, dass die Damen sicher auf die Reise gehen.*"

„*Und wo finde ich die beiden?*"

„*Agnes und Ivanka heißen sie. Sie arbeiten wohl in einem dieser Ramschläden.*"

Der Hofrat wollte den Stock unter seinem Kinn wegnehmen, doch das Engelsgesicht hielt ihn ebendort.

„*Nur ruhig, Vaidić. Du musst mir noch ein bisschen zuhören. Du musst sonntags dort sein. Auf der Piazza geben sie gerne gesangliche Unterhaltung. Dort, und nur von dort wirst du sie mitnehmen. Es ist auch wichtig, dass sie nicht laut sind.*"

„*Und wenn sie doch laut sind?*"

„*Dann wirst du sie mit einer Flasche aus unserem Theater für unsere Sache treu machen.*"

„*Und wenn ich es nicht tue?*"

Das Engelsgesicht schüttelte traurig den Kopf. „*Glaubst du der Hof wäre erfreut zu wissen, dass einer seiner bravsten Beamteten danach süchtet, dem Glück ein Schnäppchen zu schlagen? Dass er für den Erhalt seines Wohlstands übelsten Machenschaften nachgeht?*"

Das Engelsgesicht zog den Stock ein Stückchen weg, drehte den Knauf, ein Klack ertönte und eine nadelspitze, silbrige Klinge fuhr bis auf Millimeter an Vaidić' Kehle heran.

„*Da, wo ich herkomme, wird mit den übelsten Burschen kurzer Prozess gemacht.*"

Der Hofrat schluckte. Das Engelsgesicht drehte den Knauf zurück und stellte den Stock zwischen seine Beine.

„*Also, hier liegt dein Vorschuss. Nimm ihn, wenn du willst. Ich wette ...*"

„*Nein, wetten Sie nicht, denn Sie würden gewinnen*", *krächzte der Hofrat und streifte das Geld ein.*

So als fühlte sie sich beobachtet, hielt die *Sanja* für einige Momente in ihrem Schaukeln inne. Und plötzlich kam es dem alten Miloš: „Jetzt weiß ich, woher ich dich kenne!"

Die Giuseppina, nach wie vor fassungslos in dieses unvergessliche Antlitz vertieft, erschrak etwas und schaute verwirrt.

„Da", der Streuner deutete mit seinem krummen Zeigefinger in Richtung des Seglers.

„Ich wusste doch, ich habe das Boot schon einmal gesehen."

Die Comtessa, eigentlich allmählich gelangweilt von dem Stadtstreicher, täuschte Interesse vor.

„Ich habe es an dem Abend gesehen, nachdem Fräulein Ana, die Unglückliche, vom Meer unwiederbringlich verschlungen worden war."

Kurz saßen sie noch wortlos nebeneinander, bis die ersten Tropfen aus der grauen Himmelsdecke fielen und die Comtessa die Skizze in ihre Mappe packte und halbwegs zufrieden von dannen spazierte.

„Offenbar", hob Broschenberg an, „haben selbst Sie Ihr Fräulein Tochter nicht sonderlich gut gekannt."

„Nun", wehrte sich der Doktor, „sie war auch bald ziemlich verschlossen, und Gewalt wäre kein Schlüssel, sondern ein weiteres Schloss gewesen."

„Endlich ein vernünftiges Wort", freute sich Broschenberg.

„Und somit habe ich sie lassen, Herrin über ihre eigene kleine Welt zu sein", seufzte Livadić.

„Im Ansatz vernünftig", hieß der Fürst fürs Erste gut, seine verbitterte Verklommenheit kehrte aber sogleich zurück, als der Kurarzt vom Fräulein Ana wie von materiellem Hab und Gut und nicht von eigenem Blut, vom eigenen Kind zu sprechen begann: „Sie können es sich wohl kaum vorstellen, wie bitter es ist zu sehen, wie machtlos man vor kühler Ignoranz und Gleichgültigkeit dasteht."

„Alles hat seinen Grund und jede Ursache ihre Wirkung", wurde Broschenberg rationalistisch.

„Ich bin selbst kein Mensch der vagen Theorien", versuchte der Doktor die vermeintliche Unterstellung des Ermittlers zu umgehen. Selbiger überhörte das geflissentlich und plagte sich mit dem Gedanken, einer verschwundenen Menschin nachzuspüren, die nie wirklich existiert zu haben schien. Als würde er des Broschenbergs aufkeimende Gewissheit spüren, wohl nichts Weiteres aus dem Doktor herauszubekommen, erhob sich selbiger entschuldigend, just in einem Moment, als ein besonders eleganter Herr mit Zylinder das Café betrat.

„Es tut mir leid, mein lieber Broschenberg, eine unaufschiebbare Verpflichtung."

„Was wollen S', das Leben geht weiter", kam es vom Broschenberg bewusst zynisch. Und die Groteske vervollkommnete sich, als der

Kurarzt dem Fürsten auftrug, sollte er etwas Neues haben, so möge er doch in sein Haus kommen. Der Adressierte zwang sich einen zustimmenden Zug auf, beobachtete, wie der desorientierte Vater sich ungelenk an den Tischen und den großteils feindseligen Blicken hindurch zur Tür kämpfte, wo er den eleganten Herren, der ihn freundlich empfing, hinausbegleitete. Begrüßt hatte er ihn gerade so laut, dass es Broschenberg durch den Wust an Gemurmel und Kaffeegeschirrgeklapper hören konnte. Hofrat Vaidić! Die zweite Geige!

III

Ihr Schrei gellte schrill und bebend, durchdrang das ganze Haus, Mark und Bein. Noch einmal schrie sie ihren ganzen Schrecken, ihre ganze Seele heraus, bevor sie reglos zusammenbrach. Viktor schauderte es, ließ das Tablett mit den Mittagsgetränken fallen und kümmerte sich nicht um die Scherben. Schnurstracks eilte er, wie ein aufgezogener Automat, nach der Richtung, aus der er das Herzzerreißende vernommen. Zunächst stutzte er, ob er sich nicht getäuscht haben mochte, denn es führte ihn direkt vor Fräulein Anas Gemach. Als er die Tür jedoch nur angelehnt fand, war jeder Zweifel verflogen. Nachdem auf sein etwas zu dezentes wie nervöses Klopfen und sein „Gnädigste, Hallo?" die spannungsgeschwängerte Stille nur noch mehr zu werden schien, vergrößerte er mit aller Vorsicht den Spalt und lugte in das Zimmer. Mit einem Male wurde selbst er kreidebleich, als er sie da liegen sah. Die Frau vom Livadić in einer verkrampften Ohnmacht, der Armeni daneben, mit weit aufgerissenen blutroten Augen, den Blick nirgendwo hingerichtet und mucksmäuschentot.

Broschenberg hatte seinen Kaffee beendet, das Bündel gepackt, all seine Sachen, und war daraufhin zu seinem Zimmer marschiert. Leger aber doch angespannt ob der Brisanz eines so merkwürdigen Falles. Kaum hatte er seine Unterkunft betreten, fiel ihm im Schatten der großen Standuhr sitzend eine unheimliche Gestalt auf. In schwarzer Kutte, mit faltiger, kreidiger Haut, kleinen, ebensolchen kohlefarbenen Knopfaugen, extrem knochigen, langen Fingern, altersbläulichen Lippen, eingefallenen Wangen und einem dominanten Zinken.
„Jessas!", erschrak er bei diesem Anblick. „Der Leibhaftige!"
Die alte Gruselgestalt saß noch immer regungslos da und starrte mit den leeren Glubschern zu ihm herüber, wie durch ihn hindurch, sodass der Fürst für einen Moment an der Echtheit und Lebendigkeit der puppenhaften Gruftfigur zweifelte.
„Ich muss träumen", sagte er sich, kniff die Lider zusammen, tat sie wieder auf und da saß sie noch immer. Dann räusperte sie sich, hüstelte ein wenig vor sich hin und streifte die Kutte beiseite. Als erstes fiel dem Broschenberg das an seiner silberfarbenen Kette hängende Holzkreuz auf, das über den Bauch des Fremdlings, im Sitzen wohl zu tief, hing. Dann das Gewand und der Gruß mit einer sonoren Bassstimme, die man allein beim Anblick des Ausgemergelten nicht zu erwarten gefasst war.
„Gestatten, Abbate Tommaso."

„Ein Mann der Kirche", wobei dem Fürsten bei dieser Erkenntnis ein wenig von der Beklommenheitslast abfiel. „Grüß Gott", antwortete er sogleich brav und ohne einen einzigen Gedanken mehr daran zu verlieren, wie der Kleriker wohl in seine Logis gekommen sein könnte.

„Man hat mich also nicht angekündigt", sprach selbiger die Tatsache aus, die Broschenberg etwas unangenehm war. „Meiner Wenigkeit ist als Padre die Obhut über die Heilige Jakobskirche anvertraut."

Er wollte sich zur Begrüßung des Fürsten erheben, tat sich mit seinem Klumpfuß jedoch sichtlich schwer, abrupt auf die Beine zu kommen. Er wollte nach seinem an den Tisch gelehnten Pastorenstock fischen, doch Broschenberg hieß ihn sitzenbleiben, trat auf ihn zu und küsste ihm die knochigen Griffel.

„Solch ein Heiliger Vater bin ich auch noch nicht", sagte der Pfaffe mit leichtem Anflug von Humor, doch legte sich alsogleich wieder ein Schatten auf sein tiefdurchfurchtes Gesicht. „Unser Herrgott hat's gesehen. Ja, der Herrgott hat's gesehen", murmelte er abwesend vor sich hin. „Aber bitte, setzen Sie sich doch, junger Mann", forderte er den Broschenberg auf, der, verglichen mit dem unheimlichen Besucher, dem geweihten Tattergreis, tatsächlich jung war. Dann zerfraß wieder die Bitterkeit sein Gesicht und ließ sein Haupt wie einen weißen Krautkopf wirken. „Diese Tage sind so grau wie die Gemüter", setzte er an.

„Womit kann ich dienen, Padre?", unterbrach Broschenberg, der etwas ungeduldig wurde, zumal um den heißen Brei herum zu reden nicht seine Sache war.

„Um ehrlich zu sein", entgegnete der Greis, „habe ich mich hierherbemüht, in der Hoffnung, Ihnen dienlich sein zu können", und nach einem Moment, da der Fürst nichts sagte, „in der Sache des armen, dem Leben entrissenen Mädchens. Möge die Jungfrau schützend die Arme und die Schleier um seinen Spiritus haben."

„Für mich ist sie noch nicht tot", verlautbarte Broschenberg trocken seine Ansicht, die er bisher verborgen gehalten hatte.

„Wollen wir all die Hoffnung in ihre Worte legen", kommentierte der Pfaffe aufrichtig.

„Nun, womit wollen S' mir behilflich sein?", drängte der Fürst weiter, worauf sich Tommaso, seine Hände faltend, leicht nach vorne beugte und einen Erwartungen schürenden Blick aussandte.

„Zu lange hab' ich mich gewunden", hob der Abbate an. „Tagelang drückte es mich, nächtelang schickte es mir Schlaf raubende Schatten in die Träume, um endlich zu dem Entschluss zu kommen, Herrgott verzeih mir, für den guten Sinn und für den noch besseren Ausgang der Sache, der Causa Ana Livadić, das Beichtgeheimnis zu lockern."

Plötzlich schaute Broschenberg interessiert und setzte sich tatsächlich hin, um weiter zu lauschen.

„Sie war meine Freundin", offenbarte Tommaso, und seine Knopfaugen fingen undefinierbar zu leben an. Der Fürst vermeinte in dieser Aussage eine jener Geistlichkeitsdekadenzen zu orten, die ihm zutiefst zuwider waren. Doch unbeirrt fuhr der Abbate in seiner Rede fort.

„Wissen Sie, in letzter Zeit ist sie täglich bei mir erschienen, um des heiligen Sakraments der Beichte wegen."

Die allerletzte Möglichkeit, sich Gehör zu verschaffen, sich von der Seele zu reden, was darinnen wie wildes Unkraut wucherte, welcher sie sich zunehmend in den Momenten vor ihrem, dem Broschenberg immer verständlicher werdenden Verschwinden bedient hatte.

Abbazia, den dreizehnten März 1904.
Was bleibt mir noch anderes als die Beichte? Mich auf die Ebene der Menschen zu begeben, die ihre allerkleinsten Verübelungen in Worte fassen, nur um einen Freund zu haben und dem alles anzuvertrauen. Mein Verbrechen ist, dass ich ohne Liebe nicht sein kann. Mich dann reinwaschen durch mehr Liebe oder durch Lieblosigkeit kann ich nicht. Beides kann ich nicht. Ich bin ein Mensch. Wie gütig und jugendlich mich der Abbate empfing und wieder entließ mit einem Ausdruck einer seltsamen Befriedigung, die für einen Gelehrten himmlischer Askese wie ein exotischer Garten – so unantastbar fern liegt. Und doch mit so viel Phantastischem und Buntem den Geist anfüllt. Er hat mich wieder angehört und dabei so gut wie es möglich war versucht, seine Humanität abzulegen und gänzlich Diener zu sein eines vielgepredigten himmlischen Reiches, was ihm aber nur sehr schlecht gelang. Das verrieten seine kurzsichtigen Augen, die das Engelhafte verloren und an der Aufrichtigkeit gewannen, dass auch er mich reizend fand. Vergib uns unsere Schuld, wie auch wir vergeben unseren Schuldigern. Ich wüsste nicht, was es zu vergeben gäbe. Hätten wir vor Zeiten nebst der Unsterblichkeit auch die Lust verloren, unser Leben wäre keines mehr. Krudić hat mir erzählt, dass die Geistlichkeit mit Lastern behaftet ist, die um ein Vielfaches schwerer wiegen als das gefürchtete wie angebetete Kreuz. Und ich konnte nichts anderes als lachen, als der Abbate mir, eine Reinheit preisend, anbot, ich sollte doch zu ihm beichten kommen. Und er lachte mit, bis es so laut, rau und kreischend war, dass es mir in den Ohren wehtat.

„Herr, ich bin gekommen, um zu beichten, denn gesündigt habe ich. Um dein Gehör, Herr, bitte ich. Um deine geduldige Gnade."

Der Padre zog an seinem Ohrläppchen. So erschütternd jung schwob die Verderbbeladene. Er schlängelte sich durch die grünen Halme, immer ihr nach, bereits ein bisschen das Eitrige der Schaugier am Gaumen, und schielte zum sonnengoldenen Apfel hinauf.

„So sprich dich aus und sei dir gewiss – der himmlische Richter lauschet und wird nicht eher den Hammer senken, sein Urteil zu fällen, bis dass das letzte Wort gesprochen."

Wie er sah, die Schwärze der Frau wie eine Füchsin pirschen, ihn von hinten beim Schweif zu packen, hob er zischelnd den Kopf: Welches Gebot habet Ihr verletzet, Kind?"

„Kein Gebot, Padre. Von Luxuria ließ ich mich verleiten."

Wie wild bekreuzigte er sich mehrmalen, die Übelkeit der Wollust von sich fernzuhalten. Vermaledeite Todsünde!

„Schwer konnte ich mich unter den goldenen Flügeln der Engel dem entziehen, was mir als Herzlichkeit verheißen war. Und es schreckte mich, dass das also Bezeichnete, von dem mir Krudić versicherte, es sei doch ein Stück vom Himmel, so unerträglich übergewichtig war."

„Kind, du hast dich gefügt?"

„In den fremden Willen, ohne zu begreifen, ohne zu wissen. Ich wollte nicht enttäuschen, so wie es auch das vierte der Gebote verlangt. Und so glücklich war der Herr Papa darüber, dass er am gleichen Abend mich zur Seite nahm. Es war mir, als würd' ich wilde träumen. Als würde ich umherzucken und mich nicht halten können. Es war mir, als käme er, um mich im Troste zu beruhigen, um mich zu erretten von dem, was mir Nächtens widerfuhr. Als träumte mir, dass er mich aufhob, und es mir war, als würd' ich, wie Krudić, fliegen. Es war mir, als spürte ich das cremige Leder des Behandlungstisches im Nacken. Als sähe ich ein rundes, weißes Licht auf mich herabkommen. Dabei war es das fröhliche Gesicht Papas, das ‚es wird schon' von sich gab. Es war mir, als dass dieses Gesicht auf mich fiel und dass sich eine Zunge mit der meinen verhakte. Es war mir, als hielten warme, unnachgiebige Hände meine Schläfen, während ich versuchte, mich irgendwie aufzurichten. Mir war, als sagte der Professor etwas von Ohnmachtsschwäche. Aber genau weiß ich es nicht. Jedenfalls, als ich munter wurde, in meinen vertrauten Kissen, hatte ich auf einmal diese Luxuria in mir, die mir hinter der Stirn saß, mir verriet, dass Manì ein Auge auf mich hat, und die mir befahl, den Kellner um den Verstand zu bringen. Ihr Gesicht auf meinem machte ich meinen Busen locker, weil ich auf einmal wusste, dass er darauf stand. Ich öffnete die obersten Knöpfe, damit sie wogen konnten und, Padre – dies Gift in ihren Ohren – wie ich es genoss, diese Dankbarkeit geheuchelter Empörung. Getuschelt wurde ich, ausgesprochen. Und

Manì war verzückt wie aufgebracht. Er packte mich und zog mich von den Menschen weg. Was mir denn einfiele, fragte er. Dass ich nicht ich selbst wäre, meinte er. Seinen Kopf in meinen Fingern, wurde er hörig. Und während er sich Knopf für Knopf voranarbeitete, maunzte er, wie sehr er mich lieben würde. Und dass nur er es wäre, der mich aufrichtig liebe. Doch war er nicht anders als die anderen. Luxuria versengte ihm alles."

Der Padre drückte so feste in sein Holzkreuz, dass beim Gebete der Span weit in sein Blut glitt. Er wimmerte: „Wie das Fleisch von Ungut und Sünd belegt, lässt du fehlen, Herr, und lassest uns schreiend vor dieser Scham in die Welt fallen. Zürne nicht vor diesen Geschöpfen, die deiner bedürfen und der Schuld gewahr, diese bekennen. Höre deine Sünderin, Herr, höre sie. Von der Wollust befallen, diesem peccatum mortiferum, erhöre ihr Rufen. Was müsse sie zur Buße tun?"

Die Frau, die sich aus dem Schatten im Grase erhob, schaute neugierig den Apfel von unten. „Aber Padre. So ist meine Sünde nicht zu lieben, wo ich soll, und zu lieben, wo ich nicht darf. Lange schaute ich Manì an. Dass ich nach Herrn Mahler fragte, hörte er nicht. Und plötzlich wurden seine Nägel so spitz wie die der Krähe, die Vergil wusste und immer wieder in mich hämmerte: So merke dir, varium et mutabile semper femina! So weh tat's. So unsagbar, als durchzuckte mich ein glühender Schürhaken aus unterirdischster Schmiede. Und nicht aufhören wollte es, nicht aufhören. Und je mehr ich in den Himmel schickte, desto grober wurde das Eisen. Desto leiser wurde mein Traum von einem Gott, der mich erretten kann."

Die Schlange hob den Kopf.

„Höre deine Sünderin, Herr, höre sie. Von der Wollust befallen, diesem peccatum mortiferum, erhöre ihr Rufen. Höre deine Sünderin, Herr, höre sie. Befallen von dem schärfsten Abweg. Lass die Zweifel ab von ihr, die sie quälen und die sie dir offenbart in dieser Beichte. In dieser machenden Reu. Herr, erhöre ihr Rufen. Höre deine Sünderin. Was müsse sie zur Buße tun?"

„Was sagt der Herr, was muss ich tun?"

Er erhob sich aus den Halmen und reckte sich vor, seiner Kurzsichtigkeit geschuldet, sich ein Bild von ihr zu machen. Zu schauen, welch großer Versuchung ihn der Allmächtige anheimschickte. Und er stellte sich vor, das Gesicht zu sein, das auf ihres herabfiel. Schön zitterten die Karos von dem Lukengitter um ihre Wangenknochen. Er nahm seinen Dornenstock auf, der ihn von jeher gestützt, die Begierige fortzujagen, sich selbst die mollige Frucht zu sichern.

„Was sagt der Herr, so Ihr mir sagen könnt, dass es ihn denn gibt? Was muss ich tun?" Erhoben hielt er die Rute und lauschte in den Himmel. Es rauschte wild und kein Vogel war zu hören.
„Mein Kind. Der Herr, er schweigt."

„Sie kam also", so der Geweihte, „und ihre Züge waren voller Unschuld, allerdings voller Schuldigkeit ihr triebgesteuertes Wesen. Wenn ich so mit ihr sprach, zeigte sie sich mir intelligent und primitiv zugleich. Auf der einen Seite stellte sie wertvolle Überlegungen an, die auf der anderen Seite von ihrem jovialen Diabolus ausgelöscht wurden wie die ungeschützte Flamme einer Kerze im Wind."

Die Knopfaugen des Tommaso röteten sich nach einer Weile der Pause, und er wurde von einem heftigen Hustenanfall geschüttelt. Das ganze Männchen bebte und japste nach der verloren gegangenen Luft. Broschenberg war erschrocken aufgesprungen und wollte nach Hilfe eilen, doch der Abbate streckte seine langen, alten, italienischen Finger aus und gebot dem Fürsten zu bleiben.

„Wollen wir diese wichtige Zeit nicht vergeuden. Noch bin ich nicht fertig, mein Sohn", röchelte er und zwang sich ein spitziges Lächeln auf.

„Oh mein Gott, oh mein Gott!" Fassungslos beobachtete der Doktor, wie der Polizeikommandant, Robinar mit Namen, die zerborstene Scheibe begutachtete, während seine Kollegen Mlekusch und Mutić wie Kriechtiere den Boden nach möglichen Spuren durchforsten und der Mediziner vom Gericht, der Doktor Petrović, den Leichnam des Ingenieur Armeni eingängig beschaute und betastete, als prüfe er ein Marktgemüse nach seiner Güte.

„Oh mein Gott", konnte der Livadić nur sagen, der auf dem Bette seiner Tochter saß, in dem seine von Schock schwer gezeichnete Frau lag, lakenfarben und mit zahlreichen Schweißperlen übersät. Er hielt die Hand der nach dem Infarkt Delirierenden und konnte nichts weiter als „Oh mein Gott" von sich geben.

„Ja, der soll ihm jetzt helfen", erwiderte Robinar trocken. Vor ihm auf der Erde lag der Armeni in seiner ganz großen, wuchtigen Körpermasse, und so wie er dalag, mit seiner kräftigen Statur, hätte der Doktor Livadić nie im Entferntesten zu glauben gedacht, er würde auf diese Art und Weise der Welt abhanden kommen. Mit schlaff hängenden Schultern richteten sich Mlekusch und Mutić wieder auf und mussten, zu ihrem Bedauern, den erwartungsvollen Blick von Robinar enttäuschen.

„Nein", sagte der eine.

„Nichts", sagte der andere.

„Nur ein bisschen Vogelkot", sagten beide.

„Dass sie einen Vogel hatte, ist doch nichts Neues", ätzte Robinar weiter und ließ die beiden Helferchen stehen. Die Provokation, die er unverblümt dem Livadić direkt in sein Gemüt schickte, erzielte seine Wirkung nicht. Stumm saß er da, die Hand seiner Frau Gemahlin massierend und das Treiben um sich beobachtend, als wäre es nicht wirklich. Wie hinter einem Schleier hervor schauten seine Augen, die sich nicht entscheiden konnten zwischen Trauer und schaler, teilnahmsloser Lethargie. Wie ein Schatten sah er den Polizeikommandanten die wenigen Schritte auf den über den puppenhaften, von den Lebensgeistern geschiedenen Körper gebeugten Gerichtsarzt machen.

„Tot", sagte dieser überflüssigerweise.

„Ja, aber wie?!", entgegnete Robinar in seiner allseits bekannten Ungeduld.

„In jedem Falle ist er wohl ziemlich heftig gewürgt worden", erklärte ihm der Gefragte von unten herauf.

„Was Sie mir nicht sagen."

„Ja, mit roher Gewalt."

Unstet schnaufend wandte sich Robinar ans Fenster zurück und begutachtete die provisorisch aus Tauen zusammengeknüpfte Strickleiter, die über die heraufwuchernden Efeuranken auf den leicht abfallenden Hügel hinter dem Anwesen führte. Dann schaute er auf die Doktorsfrau, die mit halbgeschlossenen Augen und bebenden Lippen auf dem Bett lag. Und auf den Doktor selbst, der sich, etwas desorientiert, in der Leere des Raumes verlor. Robinar rief den Mlekusch zu sich und eher wider- denn bereitwillig schickte er ihn nach dem Broschenberg, den hochgeschlossenen, eitlen Beamtenpinkel von der schönen blauen Donau. Und, als hätte er seine Gedanken laut geäußert, fügte er hinzu: „In aller Korrektheit, bitte!"

Nach einer Weile klopfte es an die Türe, und Broschenberg ließ ein lautes, aber nicht übertrieben höfliches „Kommen S' doch bitte herein!" hören. Es war der Bub mit einem Glas Wasser auf einem silbernen Tablett, das er, wie ihm geheißen, zum Abbate Tommaso auf den Tisch stellte.

„Dank", sagte der Pfaffe, „aber wenn's denn nützte. Es ist die Lunge."

Trotzdem versuchte er, jugendlich zu strahlen, tastete umständlich in seiner Kutte herum und steckte dem Buben für seinen prompten Aufmerksamkeitsdienst eine Münze zu. Der nickte artig, bemühte sich, sein Erfreuen möglichst gering zu halten, und ließ die beiden Großen mit sich alleine.

„Ach, das aqua vitae." Dann kam er schnell wieder zum Thema. „So ist's, dass sie immer öfter gekommen ist. Vor zwei Jahren etwa, mir kommt's vor, als wär's gestern gewesen, ist sie von Tränen überströmt und von tiefstem Schmerz geschüttelt zu mir gekommen."

Wien, am 12. Januar 1902.
Seit vierzehn Tagen warte ich darauf. Der Herr Mahler hat uns die Einladung geschickt und ich erinnere mich noch heute an jedes einzelne Wort: „Meine lieben Freunde. Nie vergesse ich Eure so herzliche Aufnahme und Betreuung in der damals mich schwer prüfenden Zeit. Was allein ist der Glaube vor einer aufrichtigen Menschlichkeit im besten Sinne, die dem Erfindergeist nur die Sporen geben kann. Lange bin ich gesessen und habe gebrütet. Lange klangen und lebten die Harmonien in mir. Ich trug sie mit mir herum und sie beschäftigten mich, bis sie schließlich zu dem Klange wurden, der, so wie von der Umgebung verinnerlicht, auch wieder geäußert werden konnte. Wie erleichtert bin ich und wie verstimmt zugleich, solch eines Lebensinhalts entledigt zu sein. Nun, es wird die Erstaufführung in Wien erwartet von meiner neuen Symphonie und nehmen Sie mit meiner Einladung hierzu den Dank an, zu dem ich Ihnen verpflichtet bin. Hochachtungsvoll, Ihr Mahler."

Merkwürdig habe ich heute Nacht geträumt. Ich stieg in einem alten Biedermeierhaus treppaufwärts in einen teppichbespannten Korridor, gesäumt von hohen weißen, etwas barock geschmückten, wie getäfelten Türen zur Rechten wie zur Linken mit schlicht geschnörkelten und von vielen Händen abgegriffenen Türschnallen. Hinter einer der Türen fand sich ein großer Erinnerungsraum mit noch weißen Wänden, nacktem, von vielen, vielen Füßen strapaziertem Parkett, der im matten Nachmittags- oder Frühabendlichte wie bewachst glänzte. Im Vergleich zu seiner voluminösen Opulenz war die teils dicht gedrängte Einrichtung spärlich. Ein Klavier stand da, ein ums Eck führender, kleiner Glasschrank und eine dunkelschwarze Kommode. Darauf in Schwarz, Weiß und emotionslosem Grau Bilder von einem lächelnden, älteren, kahlköpfigen Herren mit Stirnrunzeln, der kein Gesicht hatte. Es war mir in der tief stehenden Sonne, die mir ins Gesicht stach, nur ein Schatten. Ich verließ den Raum, das Haus. Doch seiner Magie erlegen, mit dem flackernden Gefühl im Bauch von unheimlicher Neugier, kehrte ich zurück. Beschwebt, als würde ich auf altertümlichen Heiligtümern spazieren. Ich irrte und irrte, doch ich konnte mich nicht erinnern an die Tür. Auch das Treppenhaus wollte nicht enden. Alles war so gleich. Dabei bin ich mir so sicher gewesen, diesen Raum wieder finden und vor allem wieder erkennen zu können, genauso sicher wie ich die Wiederkehr wollte. Ich irrte und irrte, doch kam ich zu einer Balustrade, wo plötzlich viele edel gekleidete Damen und Herren saßen, tuschelten, sich amüsierten, umhergingen, einem Konzerte lauschten und von mir überhaupt keine Notiz nahmen. Als ich erwachte, war ich etwas verwirrt und enttäuscht, diesen Raum nicht mehr wieder gefunden zu haben. Als ich aus dem Fenster in die morgendliche gräuliche Luft blickte, wusste ich wieder, wo ich war. *In der Kälte in der Residenzstadt, wo ich an Krudićs Worte denke, die mir versicherten, dass die blühenden Alleen im Frühling eine Lieblichkeit von Leben seien. Voller Düfte und Gesang. Er mag recht haben, denn selbst die Stadttauben verbreiteten nur trübsinnigen Tratsch, der mich täglich begleitet. Ach, wäre es doch schon Abend.*

Aufgewühlt um 2 Uhr nachts.
   Ich kann nicht schlafen. Nein, jetzt nicht. Eine neue Welt ist erschaffen worden, und ich bin dabei gewesen! Freudenfeuer, wie hell du mir leuchtest in deinem Jubelglanz. Deine Wärme umflackert mein Herz. Welch eine vollkommene Welt du mir vorgaukelst, du mich sanft in deiner Wiege schaukelst. Deine warmen Farben verfließen. Rot, braun, orange – die Farben deines Glanzes. Oh Feuer. Im Kreis deines Kranzes umschließen sich meine Gedanken als Ganzes. Dir vertraue ich alles an. Ich steige, steige. Ich entschwebe. Die Feuerzungen lecken an meiner Erinnerung. Durch den Traum, Genius. Durch das Freudenfeuer, das du mir in seinem hellen Flackern, in der farblosen Finsternis, geleuchtet hast, war die Erlösung. Es hat den schlichten, grauen Alltag ausgelöscht. Für eine Nacht. Ich habe mich deinen Flammen voll und ganz hingegeben. Den Flammen der Vernunft. Und sie haben mich zu heilen vermocht, den missratenen Menschen der Neuzeit. Eine Missgeburt der Umstände. Geheilt durch deine Botschaft. Der Genius ist Mahler. Gustav, der Schöpfer. Ich liebe ihn, ja ich liebe ihn. Abgöttisch begehre ich ihn, diesen tiefen Menschen voller Poesie. Welch ein Weihrauch für die fleischliche Liebe! Mehr, mehr, mehr! Dieses Universum aus Klang. Was mag der Überirdische gefühlt haben in Abbazia, wenn das das Mindeste ist? Mit dem ersten Ton schloss ich meine Augen, um das aufsteigende Lustgefühl zu unterdrücken. Ich allein wusste es zu genießen. Ich blickte ins Schwarz meines Innern. Schwarz und doch bunt. Unendlich und doch begrenzt. Kühl und doch warm. Grausam und doch schön. Gnadenlos und doch barmherzig. Die Demut einer Wallung, die sich aus Antipathien zu einem Kosmos zusammenfügte. Wie es in mir weiterlebt und einfach nicht enden mag. Jetzt verstehe ich ihn,

warum es ihm leid war, von diesem Idyll zu scheiden. Auch ich möchte sein in dieser Welt. In diesem Abbazia, ach Mahler, mit dir. Und nur sein für dich. Ewig, ewig.

Wien, am 13. Januar 1902.
Voller ungeduldiger Vorfreude konnte ich es nicht erwarten, diesen Mann zu treffen. Diesen Gustav, der es zuwege gebracht hat, mich mit all meinem Herzen ihm untertan zu machen. Mit all seinem Klang. Mit all seiner Musik ein Gefühl in mir wachzurufen, das Dichter mit vielen Metaphern versehen. Denn Verliebtheit ist kein schönes Wort. Es ist viel zu lang und viel zu hart. Nicht so weich wie die Blume oder das Lied. Als hätte ich diese Blume sein wollen, wählte ich mein schönstes Kleid und ließ mir mein Haar zu koketten Löckchen drehen. Ja, sehen sollt er mich. Spüren sollt er mich. Atmen sollt er mich.
Wo in Wien auch anders hin als in ein recht gediegenes Café. Wir gingen hinein, er kam uns entgegen. Groß, schwarz und mit unwiderstehlichen Grübchen seines unvergleichlichen Tragens ehrlicher Freude. Er mache einen Diener und bedachte meine Frau Mutter und mich mit einem Handkuss. Meinem Herrn Vater schüttelte er die Hand, während er mit der anderen auf seine Schulter klopfte, und uns bat hereinzukommen. Er führte uns in ein Séparée, und ich malte mir aus, wie schön es sein muss, neben ihm zu sitzen. Doch jäh zerwarf sich mein Luftschloss. Eingerissen von ihr. Mahler stellte sie uns als seine Alma vor. Ich saß zwischen meinen Eltern, behütet wie eine Nonne. Sie neben ihrem Mahler, wie eine von Klimt gemalte Göttin. Schön und doch fatal. Intelligent und doch heuchlerisch. Er hatte nur Augen für sie, und einmal entfleuchte ihm ein neckisches „Almschi". Ich sah, wie er ganz in ihr aufging, aus ihm die schönsten Liebeswalzer glühten. Ich spürte meine Körpersäfte arbeiten, wie sie brodelten, und ich war mir sicher, rot angelaufen zu sein. Dann mochte sie einen Scherz machen. Der Gustav stieg darauf ein, holte die Zeitung vom Ständer, die verriet, dass sich der Hofoperndirektor mit dem schönsten Mädchen von Wien verlobt habe. Die anderen amüsierten sich. Herzliche Worte der Gratulation und des Dankes wurden ausgetauscht. Ich saß nur da, als wäre es nicht wirklich. Über die Macht des Platonischen wollte ein ganzer See aus mir ausbrechen. Anfänglich gelang es mir noch, den Damm zu halten. Doch dann brach er, und es floss viel Wasser. Auf Mahlers verwunderten Blick hin log ich nur: „Freudentränen."

„Er hat sich tatsächlich mit ihr vernäht, mit dieser eingebildeten Hyäne. Als wäre ich ihm nichts. Lange kann er warten, bis ich es verzeihe."

„Hat er nicht einen Brief geschrieben, Kind?"

„Diese Zeilen, Padre, bedeuten mir nichts und sind keine Mühe der Antwort wert."

„Er hätte wohl nicht geschrieben, wenn er es als Freund nicht ehrlich meinen würde mit seiner Sorge."

„Welche Sorge? Hat er sich denn je gekümmert? Ernsthaft? Nährte er sich an mir zum Zwecke einer großen Künstleridiotie?"

„Wisse die Schrift: Wer Sünde zudeckt, der macht Freundschaft; wer aber die Sache aufrührt, der macht Freunde uneins. Eine Freundschaft kann mitunter heiliger sein als die Liebe."

„Was wissen Sie schon von der Liebe!"

„Auch ich weiß davon."

„Zur Hölle!"

Er umklammerte fest den Dornenstock.

„Hüte dich!", zerbrach er sich beim Ausruf seine Stimm.

„Sie war in der Tat zutiefst erschüttert."

Tommaso faltete die Hände und redete mit Bedacht weiter. Broschenberg lauschte mit der Geduld eines majestätischen Fiakerpferdes.

„Kaum konnte ich sie beruhigen, und sie wollte mir nicht glauben, dass auch ich von der Liebe sprechen kann. ‚Dummes Zeug! Dummes Zeug', hat sie mir nur entgegengeworfen. Kaum zu bändigen war sie. Am Nachmittag des gleichen Tages kam sie in blasphemischer Kleidung."

So schnell es ihm seine Gichtpratzen erlaubten, bekreuzigte sich Tommaso dreimal.

„Schau, schau", nutzte Broschenberg die religiöse Pause.

„Ja, ja. Unten herum fast nichts. Oben herum fast nichts. Und ganz oben viel zu viel", nickte der alte Geistliche eifrig, dem dieser Anblick sichtlich nebst Bitterkeit auch ganz unreligiöse Memoiren bescherte.

„Nun hab' ich sie in ein Leinen gehüllt, denn ich war außer mir. ‚Nicht so im Hause Gottes', habe ich sie gerügt. ‚Beschämt müssen wir hier nicht sein.' Und wie eine unangenehm gereizte Löwin knurrend, folgte sie mir in den Beichtstuhl. Immerzu hat sie einen Namen erwähnt."

Händefalten, Nachdenken und mit den Knopfaugen in der Vergangenheit lesen. Dann der Einfall: „Krudić. Genau, ein gewisser Krudić. Ich fragte, wer er sei. ‚Eine alte Freundin', sagte sie."

„Aus Abbazia?", fragte Broschenberg dazwischen.

Der Abbate legte den Kopf schief, als säße er nicht mehr stabil auf seinem Hals. „Nein", sagte er, „aus dem Himmel."

„Aus dem Himmel? Gibt's denn das?", fragte der Fürst, Bodenständiges gewöhnt.

„Das zumindest ist es, was sie mir verriet. Ich mutmaße, dass sie mit einem Angelus oder der Heiligen Jungfrau in Verbindung steht."

Der Fürst konnte sich ein Schmunzeln nicht verkneifen. „Kriminalisieren liegt Ihnen nicht, werter Tommaso."

Worauf der Angesprochene derart zu husten anfing, dass Broschenberg Angst hatte, er würde an der eigenen Lunge ersticken.

„`s geht schon, `s geht schon", keuchte Tommaso zwischen zwei Hustern hervor und versuchte sich in einer beschwichtigenden Geste, die erst aufhörte, als ihm der Ermittler das Wasserglas in die Hand drückte. Ungeschickt schlürfte er daran und prustete das meiste davon wieder heraus, dem Broschenberg fast auf die Hosen. Nach drei weiteren Schlucken hatte er sich dann soweit gefangen, dass er fortfahren konnte.

Das Meer schillerte in seinen schönsten Farben. Türkis, Lapislazuli im Abendrot. Die Wellen hielten beinah inne, nur ihre dezenten Kronen waren an der Kante zur Mole zu erkennen. Sehnsüchtig dehnte es sich unter dem wolkenlosen Himmel der untergehenden Sonne entgegen, um ihr Spiegelbild einzufangen. Am linken Ende der Mole der Schatten des Mädchens, das den Arm nach einer Möwe ausstreckte, nach der unendlich scheinenden Weite. Noch war die Giuseppina nicht zufrieden. Sie rang damit, dem Mädchen ein Gesicht zu geben. Das Gesicht, das sie der alte Miloš hatte sehen gemacht. Das Gesicht, das sie so schön und makellos aufs Papier skizziert hatte.

„Ach du meine Güte! Schau dir das an, Josefine. Ist denn das nicht zauberhaft? All die Tage, die wir hier sind, habe ich kein schöneres Meer gesehen!"

„In der Tat. Auch wenn ein wenig unbelebt."

„Was meinst du, meine Liebe?"

„Naja, vielleicht für den Salon."

„Oder als Geschenk für die Kleine. Obwohl, ein Matisse ist es nicht." Verhaltenes Gekicher.

„Na gut, geben wir ihm eine Chance."

„Wie heißt es denn?"

Die Giuseppina wandte sich um. Da waren zwei bonbonfarben gekleidete Sommerfrischlerinnen, die ihre Hüte zum Schutze vor dem Wind und dem ständigen Nieselregen missbrauchten. Mit überzeichneter Eleganz balancierten sie diese auf streng gepeinigten, grau melierten Locken. An den behandschuhten Händen je ein Regenschirm in der einen, ein kleines sommersprossiges Mädchen mit langen, braunen Zöpfen und im Matrosenanzug an der anderen.

„Nun, wie heißt es?", fragte das Mädchen in unschuldiger, naiver, vorlauter Art.

„Wie möchtest du es nennen?", fragte die Giuseppina. Das Mädchen wiegte unentschlossen den Kopf hin und her und ließ seine Zöpfe tanzen.

„Meeresstille", sagte die eine Frau.

„Meeresabend", sagte die andere Frau.

„Das Mädchen mit der Möwe!", rief die Kleine entzückt und strahlte über das ganze Gesicht.

„Und wer bist du?"

„Sie müssen schon entschuldigen", sagte die helltürkise Frau.

„Benimm dich!", rügte die rosarote Frau.

Und das Mädchen schaute betreten.

Abbate Tommaso leerte die Neige seines Wasserglases auf ex und verzog das Gesicht, als tränke er seit der Kreuzigung abgestandenen Essig.

„Das ist Balsam", tönte sein voluminöser Bass.

„Wenn's Ihnen zu viel ist", setzte Broschenberg an.

„Aber nein, mein Sohn. Das sind Momente ungeheurer Wichtigkeit. Wenn mir der Herrgott genügend der Kraft gibt, die ich brauche, dann soll es auch so sein."

„Welch merkwürdige Art der Selbstverzehrung die Kirchenleut' treibt", dachte Broschenberg.

„Wissen Sie", so der Abbate, als konnte er Broschenbergs Gedanken erlauschen, „wenn unser Vorgesetzter auch aus Fleisch und Blut wäre, vieles wäre einfach und leichter begreiflich für uns alle."

„Glauben S' mir, mit einem solchen hat man's nicht besser", entgegnete Broschenberg, die bockigen Sturschädel und die verweichlichten Speichellecker im Sinn, die einen auf Gedeih und Verderb, die anderen auf heimtückische Gierbefriedigung aus.

„Nein, nein", sagte er, „besser auf keinen Fall, aber leichter mit Sicherheit."

Broschenberg war einer jener Menschen, für die nur das existent ist, was sie sehen. Dennoch wollte er sich niemals ein gesundes Maß an Phantasie absprechen lassen. Aber sich einen Herr- und Fraugott auszumalen, wie ihn darüber hinaus die moderne und betriebsame Gesellschaftsdame sehen mochte, das war ihm zuviel des Nebulösen, und er beschloss, den Pfaffen ausreden zu lassen, bevor sie sich zu tief in der Irre der Nichtigkeiten verlören.

„Nun, was war da noch?", verhalf Broschenberg dem Tommaso, wieder zu seinem Faden zu finden.

„Das letzte Mal, dass ich sie gesehen habe, vor ein, zwei Monaten vielleicht, kam sie und brachte mir ihr Heiligtum mit, wie sie sagte. Tatsächlich hatte sie ein sehr schmuckvolles Buch bei sich, das ich, wenn es um den Deut dicker gewesen wäre, für eine Bibel hätte halten können. Aber es war keine Bibel, aus der sie mir vorlas. Bei Gott nicht, es war ein Tagebuch."

Ohne Ort. Ohne Datum.
Liebes Tagebuch, es ist das erste Mal, dass ich Dir schreibe. Euch, meinen geduldigen Seiten, und nicht mir und keiner anderen Menschenseele. Es fällt mir schwer, so zu sein, wie er, der für mich Unaussprechliche, meine Wenigkeit erschaffen hat, weil alles anders ist, als es hätte sein sollen. Nichts schmerzt mehr als die Liebe. Ein wahrer Freund ist einer, der dich von innen her versteht und kennt und doch die Augen öffnet vor dem, was ihm gegenübersteht. Vor dem, dem er zur Seite steht. Ja, der treue Krudić, dein Ohr und dein Witz, wie würde mir das fehlen. Wie würde mir das fehlen in einer fremden Welt. Aber nur fort, weiterhin fort. Den Blick nach oben und nie mehr zurück. Hinein in die Arme der Unendlichkeit. Hinein in das bunte, verdorbene Leben.

„Du meine Güte, ein Tagebuch!", kam Broschenberg das Aha. Und der Abbate saß da in seiner ruhigen, gelassenen Güte, als wäre er in seinem Sessel gestorben. Sein rechtes Auge zuckte erst, als er eilige Fingerknöchelchen nichts Gutes gegen das Türholz signalisieren hörte.

„Na endlich", ätzte Robinar, „in der Zwischenzeit hätte ich so viele Weihnachtsjäckchen gestrickt wie das ganze Jahr nicht."

„Ich begrüße Sie auch recht herzlich", konterte Broschenberg. Und ein „Na Servas, Kaiser!", entfuhr ihm, als er den Ingenieur, der unlängst noch geflissentlich das Cello gestrichen und der ob seiner robust gebauten Statur einen unverwüstlichen Eindruck gemacht hatte, da auf dem Rosenteppich liegen sah. Den, den er als nächstes aufzusuchen gedacht.

„Nun, dann ist dieses Heiligtum auch entweiht", murmelte er.
„Was?! Was?!" Robinar hasste es, wenn ihm etwas entging.
„Wer hat ihn denn gefunden?", lenkte Broschenberg schnellstens ab.
„Ansichtssache", so Robinar. Professionalität zum Exzess mimend, suchte er in einem kleinen lederumfassten Notizbüchlein, ehe er auf die Frage Broschenbergs einging. „Möchte man die vom Anblick ohnmächtig gewordene Doktorsfrau ausnehmen, so war es doch der Hausknecht Viktor, der dann beide fand."
„Ein Einbruch?", fragte der Fürst.
„Sehr wahrscheinlich", nickte Robinar eifrig. „Vermutlich war es ganz einfach so, dass der Herr Ingenieur den Einbrecher überrascht und jener ihn im Affekt erschlagen hat."
„Erwürgt, um zu präzisieren", kam es seitens des Leichenbeschauers. Robinar blickte grantig und sagte: „Getötet." Er musste das letzte Wort haben.
„Irgendetwas gestohlen?"
„Nichts, was dem Livadić angesichts seines verständlichen Schockzustandes aufgefallen wäre."
„Irgendwelche Spuren?"
Robinar schüttelte den Kopf.
„Doch. Vogelkot", fiel ihm Mutić in den Rücken.
„Keine nennenswerten, bis auf den Toten."
„Ich bitt' Sie. Eine Leich ist doch keine Spur … Mir kommt's vor, als jagten wir Geister. Ein Verbrechen nach dem anderen g'schieht, und keine Spur gibt's."
„Nicht so kompliziert, mein lieber Broschenberg. Sie sind doch einer der begnadetsten Empiristen, die ich kenne. Was brauchen Sie mehr? Ein Einbruch war, eine Leiche ist."
„Einen Täter", erwiderte Broschenberg. „Einen Täter und ein Motiv." Und er besah nachdenklich den körperlichen Rest von seinem Hauptverdächtigen im Fall der verschwundenen Ana. Robinar kaute, nervös oder siegessicher, eifrig am Tabak.

Wien, den 15. März 1884.
Rätselhaftes Morden im Villenviertel. Die neunte Tote ist zu beklagen. Das Opfer, Fräulein Kantzberg, keine neunzehn Jahre alt. Ihrer Jungfräulichkeit beraubt, lag sie als Leich bis auf die Haut entblößt im nächtlichen Schatten offener Straße. Wie vom Allmächtigen in personam geholt, fehlte jegliche Spur, so als hätte dies Verbrechen niemals stattgefunden. Der Ehrgeiz des erlauchten Kommissars Fürst Broschenberg ist aufs Äußerste gefordert und nahe an seine Grenzen

gelangt, die Angst der Bewohner an einem neuen Höhepunkt. Ob eine neuerdings erhobene Ausgangssperre und Begleitregelung Abhilfe schaffen kann, die besagt, dass kein Mädchen nach Einbruch der Dunkelheit unterwegs sein darf und stets in reifaltriger Begleitung sein muss, bleibt zu hoffen. Man hüte sich vor dem perversen Casanova. Broschenberg bringt stets den adretten Neuankömmling ins Gerede, der aber, wenn auch ohne Herkunft, in den Häusern und vor allem bei den Damen des noblen Wien ein stets gerne gesehener Gast ist. Kein Cours de Salon ohne den, der, vielseits begabt und belesen, den Abend einer nach Gesellschaft lechzenden Komtess, Baroness oder Freiin etc. zwischen Charme und Amüsement mit Esprit ausfüllt. Soll er sich doch, dieser Broschenberg, nach den Leuten umsehen, die für sehr viel weniger sehr viel mehr tun würden, um sich mit unsittlichem Dreck zu beschmutzen.

Die Neuigkeiten jenes März nagten an Broschenberg. „Nie wieder", hatte er sich damals geschworen, „nie wieder so etwas." Und nun hat er es wieder. Umgekehrt zwar. Ein Mädchen fort, ein Mann tot, aber beides spurlos.

„Also, mir gefällt's", sprach das Mädchen mit vollem Mund und patzte, eifrig mit den Beinen baumelnd, etwas Schokoladeeis auf den Matrosenkragen. Je mehr es sich ins Gewebe fraß, desto mehr schaute es aus wie altes Blut.

„Ich finde es etwas farblos", sagte die Türkise, „wenn ich's nur wüsste."

Und das Mädchen mampfte unbeirrt die Eiscreme fort. Gelangweilt saß die Giuseppina mitten in diesem Urlaubsidyll und betrachtete selbst ihr Bild. Sie hätte es sich niemals träumen lassen, dass ihr jemals ein Schatten so unendlich leid tun könnte.

„Haben Sie das auch schon gehört?", fing die Türkise an.

„Jawohl", so die Rosarote, „den neuesten Tratsch, meine Gnädigste?"

Die Giuseppina antwortete nicht, und schon sprudelte es weiter. „Ohja, ich weiß es von der Gräfin höchstpersönlich. Die etwas skurrile Tochter des Kurarztes soll wie vom Erdboden verschluckt sein."

„Ohja, ohja, man munkelt allerhand über dieses lustgetriebene Luder."

„Wie sie barbusig die schwachen Männer verführt."

„Und sie verschlingt wie täglich Brot."

„Wie sie aus diesem noblen Café einen Pfuhl der Sünde macht. Der arme Vater mit von eigenem Fleisch und Blut besudelten Ruf."

„Wenn ich's nicht besser wüsste, würd' ich meinen, es habe sie der Teufel geholt."
„Kein Wunder. Sie soll mit ganz Abbazia geschlafen haben."
„Allein bei dem Gedanken erröte ich."
„Ohja, meine Liebe, ist das nicht entsetzlich skandalös?"
Kaffeegeschirrgeklapper.
„Ja", dachte die Giuseppina, „unendlich leid tust du mir. So unendlich wie das Meer."

Ihr klebten die Haare auf der Stirn. Ihr Atem rannte mit ihrem Herzschlag um die Wette. Ihre Hände waren gewaltsam in das Pritschenholz verkrallt, noch lange nachdem der rustikale Seebär aufgehört hatte, sie unentwegt zu penetrieren. Seine Klinge abertausendmal in sie geführt, fühlte sie sich verbraucht wie ein alter Lappen, gelöscht wie eine Kerze. Sie fühlte nichts mehr in sich. Nicht mehr, wie sich ein rostiger Nagel ihren linken Finger aufrieb und dass Blut aus ihm heraustropfte. Sie schloss die Augen und genoss das tröstende Wegsein. Nie mehr daraus hervor. Als sie sie wieder zu öffnen wagte, sah sie Paris. Eine krakelige, dünne Messerschnitzerei für das Paradies. Ein Fest fürs Leben.

Das Atmen fiel der Doktorsfrau zusehends schwerer, bis sie endlich in einen Schlaf verfiel, der ihr zwar keine Träume, aber umso mehr Ruhe versprach. Livadić hielt noch lange die Hand seiner Frau, ehe sich die große Macht der Verzweiflung umkleidete in den Mantel unaussprechlicher Wut. Weiß vor Zorn sprang er auf, dass ihm das Monokel aus dem Auge fiel, und begann zu schreien. Aus voller Brust schrie er darauf los, alles, was er loswerden konnte, über seine verkommene Tochter, denjenigen, der sie ihm genommen hat, über die Unfähigkeit des Broschenberg, die bubenhafte Wichtigtuerei des Robinar, das unzumutbare Personal seines Hauses, über seine Schwäche und diejenige seiner Frau. Er schrie vom gnadenlosen Tag der Rache, und als er fertig war, sackte er wie vom Blitz getroffen auf die Erde und starrte und starrte mit weit aufgerissenen, leblosen Glubschern in die Ewigkeit. Als er um einiges später wieder zu sich kam, wurde er von seiner Witwe im Rollstuhl durch lange Gänge ohne Anfang und ohne Ende gefahren. Wo viel Licht war, aber auch viel Schatten. Er wollte etwas sagen, doch alles, was er von sich geben konnte, war sinn- und verständnisloses Gebrabbel, das an den weißen Wänden, dem weißen Boden, dem weißen Plafond und den weißen Fenstern widerhallte, wie ein niemals enden wollendes Echo.

Broschenberg schrieb Satz um Satz, Wort um Wort, Wahrheit um Wahrheit. Er schrieb nichts von Hoffnung oder Zuversicht. Er schrieb, was ihm den Verstand verdross. Er schrieb von der Dunkelheit und von der kühlen, gekünstelten Abscheu, die ihn seit seiner Ankunft umgab. Er schrieb von den Grenzen menschlicher Vernunft und von den Grenzen des menschlichen Geistes. Von der tief erschütternden, morbiden Macht und dem Wahnsinn der Sprache, die Liebe weiblich gemacht zu haben. Er schrieb von den Verirrungen und der ihn entwaffnenden Hilflosigkeit. Er schrieb, bis seine Augen trocken und das Licht fast zur Neige gegangen waren. Dann faltete er alles fein säuberlich zusammen, kuvertierte es und schickte es fort. Lange stand er in dieser Nacht auf seinem Balkon und suchte vergeblich das Licht der Künstlerin. Alles was war, waren die Wellen und ihre langen, rauschenden Begleiter. Er versuchte zu lauschen, doch verstand er ihre Sprache nicht. Sie flossen hinfort, weit weg ersterbend, um sich neu zu bilden und in einem anderen die Sehnsucht zu wecken von der grenzenlosen Geduld des Wassers.

IV

Früh morgens, der nebelige Dampf lag noch wie ein Schleier der Seligkeit über allem, setzte die *Sanja* ihre Segel. Der alte Miloš blickte ihr lange nach, bis sie ein winziger Mückenpunkt vor Mali Lošinj geworden war.

Unbehagen erregten die stacheligen Wutzel. In den schweren Netzen der Fischer gefangen, trieften sie neben seine Schritte.
„Das fängt ja gut an", war sein Aberglaube nahe. Viel hatte sich seit dem letzten Mal nicht verändert. Noch immer übten die gewaltigen Schiffe ihren Eindruck.
„Zu besten Zeiten könnten es ihrer Hunderte sein", hörte man gerne die Herrschaften sagen, wenn sie über ihre eifrige Reederei sprachen. Unbehütet und, selbst in besten Sommern in karger Wolle, gingen sie aus. Die Frau vom Livadić hieß es immer ihr Nest, aus dem sie ausgebrochen, und seit sie weg war, redete sie nur noch abfällig darüber. Der Wind kam zwischen den Schiffen her, und man merkte, dass die Neig der Woche sich zwischen die Häuser setzte. Ein paar tanzende Fähnchen huldigten den Gottestag, und Vaidić war froh, dass ihm nur wenige Menschen begegneten. Alle jedoch in kleinen Grüppchen. Die Damen in der Tracht, die Herren wie wohlgeborne Studenten, verstreuten sich die Anhöhe in Richtung der Kirch hinauf, von wo aus man, an besten Tagen, so war man sich hier sicher, bis nach Venedig sehen konnte. In eine der schattigeren Schluffe tauchend, machte sich Vaidić doppelt unsichtbar. Er wollte sich über den Laden vergewissern, den ihm der Blonde als Herkunftsstätte der Abzuholenden genannt hat. Vorbei an manchem geschlossenen Rollladen, wurde er bei einem verwitterten Schild aus Holz stutzig, unter dem der Metallhang nur zur Hälfte gezogen und die Tür dahinter offen war. Er bemühte die flüchtige Skizze, die er sich zur Orientierung gekritzelt hatte. Demnach war er an der richtigen. Er bückte sich zum Eingang hindurch und reckte seine Nase hinein. In kleinen Regalen standen Körbe, Weinflaschen, mit unterschiedlichstem Tand gefüllte Einmachgläser, in den Ecken – übereinander – bauchige Fässer. Von der Decke hingen ausgetrocknete Seesterne, Muscheln und rotgerüschte Sonnenschirme.
„Welch ein Krimskrams", dachte Vaidić. Und wie seine Manier es von ihm gebar, trat er zur Tür zurück und klopfte an.
„Hallo? Ist jemand hier?"

Ein Grummeln und Rumpeln ließ Vaidić herumfahren. Zwei wohlmollige Frauenzimmer rollten eines der großen Fässer durch den schmalen Eingang, ohne von ihm Notiz zu nehmen. Es roch nach altem Fisch. Vaidić hielt sich sein Taschentuch vor die Nase und grüßte noch einmal dumpf heraus: „Ich grüße Sie, meine Damen."

Während sie das Fass in die Ecke zu den anderen stellten, ohne ihn nur einmal anzusehen, sagte die Blonde: „Was machst du denn hier? Du bist neu hier. Ich habe dich hier noch nie gesehen."

„Selbst wenn du etwas kaufen möchtest, heute gibt's nichts. Wir haben geschlossen", sagte die Dunkelhaarige. Sie holte gerade einen Holzhammer aus einer der scheinbar allerhand zutage fördernden Ecken dieser verwitterten Greißlerei und klopfte damit den Fassdeckel fest.

„Ich suche Agnes und Ivanka."

„Kommst du von der Hafenkommandantur?", fragte die Blonde. Vaidić verneinte und, von Grund auf ehrlich und unverbogen, erschreckte er sich selbst mit seiner Lüge, die wie selbstverständlich sich zusammenfügte. So versuchte er sich einzureden, dass seine Mission eine gute war.

„Ich arbeite für einen Impresario."

Die Dunkelhaarige hörte zu hämmern auf. „Für einen Impresario?" Zum ersten Mal schaute sie Vaidić an.

„Ganz recht. Einen kunstsinnigen Herren, der es sich zur Aufgabe macht, junge Talente unter seine Fittiche zu nehmen."

„Junge Talente?", die Blonde klang verwirrt.

„Er formt Leben aus Träumen. Auch ich wollte stets angehimmelt und bewundert werden. Ich habe zwar eine gute Geige, aber die Begnadung, das ihr Gebührende zu entlocken, die ist nicht mehr als über jämmerliches Glimm hinausgekommen. Nun besagt aber der junge Herr, dass Agnes und Ivanka im Gesange so gefällig seien, dass er sie gerne reifen und zu gefeierten Künstlerinnen machen möchte."

„Künstlerinnen ....", sagte die Blonde.

„Und wer bist du?", fragte die Dunkelhaarige.

„Oh, Verzeihung." Vaidić lüftete seinen Hut. „Carlo, einfach Carlo. Ein bescheidener, treuer Diener." Etwas unbeholfen stand er da, als nichts war als Harren, und setzte nach: „Können Sie mir vielleicht sagen, wo ich besagte Damen finde?"

Die Blonde machte ein, zwei Schritte auf ihn zu und verrenkte sich, ungeschmeidig, in theatralischer Manier. Also verbleibend, in ungeradem Singsang, antwortete sie: „Du kleiner, feiner Carlo du. Hier hast du uns gefunden."

Die Dunkelhaarige blieb misstrauisch auf dem Fass sitzen.

„*Du brauchst aber keinen schnöden Vorwand, um uns zu besuchen. Was willst du wirklich?*"

Kurz davor, sich ertappt zu geben, beschloss Vaidić, das Lügengewebe fortzuspinnen, aus dem er ohnehin nicht wieder herauskonnte.

„*Der Impresario möchte euch kennenlernen. Er hat mich gebeten, euch nach Abbazia zu begleiten.*"

„*Und was haben wir davon?*"

„*Nie mehr Fässer dieser Art zu rollen. Das hier stinkt ja erbärmlich. Was ist denn da drin?*"

Die Dunkelhaarige sprang herunter, drehte das Fass, bis ein dicker Kork hervorragte, und zog ihn mit einem Plopp heraus. Was herausquoll unter benebelndstem Mief, waren aberzählige schwarze Nadeln.

„*Seeigel!*" *Vaidić wurde schlecht. Er drückte sein Taschentuch fester an die Nase. Jetzt hat er ihn eingeholt, der strafende Rauber, wie all jene, die, wie man in seinem Hause sagte, als Äußere sich tollkühn wagen in Lussin Piccolo. Seine Knie wurden weich.*

„*Ist dir nicht gut?*", *fragte die Blonde besorgt und stützte ihn.*

„*Ich hab' was, mit dem es sich gebührt, auf die neue Zukunft anzustoßen*", *ächzte er. Die Dunkelhaarige nahm die hellgrüne Bottiglia entgegen. Sie öffnete sie und schnupperte daran.*

„*Ich heiße Agnes.*" *Und sie nahm einen kräftigen Schluck.*

Merkwürdige Würfel regnete es. Fein rund gehobelte Köpfe. Der breit grinsende Doktor Livadić, der stechend starrende Ingenieur Armeni, die vor Güte und heuchlerischer Frömmigkeit blasse Doktorsfrau, der tabakkauende Erdnussschädel Robinar, der rotäugige, hustenverzerrte, faltige Abbate Tommaso. Alle kamen sie als Niederschlag auf die Erde, verzerrten und erweiterten sich in flache, immer größer werdende Pfützen. Und im Wiederhall des Tropfens hörte es sich so an, als würden sie in ein elendes Gelächter verfallen. Broschenberg hielt sich die Ohren zu und wachte aufgerieben auf. Halbdunkel war es noch draußen. Halb fünf Uhr, verriet ihm die Taschenuhr. Nein, nein. Er konnte nicht mehr schlafen. Ihm war nach Luft und Spazieren. Hinaus aus dem verschachtelten Raum, um nur einen Plafond über sich zu haben, der noch dunkelbläulich und mit den stärksten Sternen geschmückt. Hinunter durch die gräulichen, von roten Teppichen belegten Gänge, die selbst atemlos und leblos um ihn herum waren, beschleunigte er seinen Schritt. Hinter ihm viele kleine, die jedes Mal verstummten, wenn er innehielt, um nach ihnen zu lauschen. Sobald er sich umsah, war da nur ein langer, trauriger, gähnender Schlund. Im Café unten angekommen, war er sich sicher, dass ihm jemand gefolgt war. Er atmete einmal, zweimal, dreimal tief durch, drehte sich ruckartig um. Ein kleiner schwarzer Hund, der ihn herzzerreißend fixierte.

„Möchtest du auch hinaus, kleiner Kumpan?", fragte ihn der Fürst mit von Überraschung getragener Erleichterung. Das Tier winselte leise und legte seinen Kopf schief.

„Na, dann lass uns Jungg'sellen doch die jungfräuliche Tagesluft einsaugen geh'n. Auf dass uns wieder Leben, Liebe und Mut werde."

Er hob seinen vierbeinigen Verfolger auf und ging mit ihm in den Park hinaus. Die Luft und alles war noch feucht, und Broschenberg fror etwas. Er knöpfelte sein Wams enger und zog sich seinen Hut tiefer ins Gesicht, um der kalten Brise zu trotzen. Stramm und doch bedächtig setzte er, mit auf dem Rücken verschränkten Händen, seinen Morgenmarsch fort. Er war so in sich, dass er gar nicht bemerkte, wie die Möwen erwachten, ihre Kreise immer größer wurden und mit ihnen ihr neckisches Gekrächze erwuchs. Um das Rund mit den übermannshohen in voller Blüte stehenden Hortensien herum, sah Broschenberg unter der Markise vor der Glasfensterfront eine Staffelei in Richtung Meer stehen. Das Bild im Visier, steuerte er schnurstracks darauf zu und betrachtete es mit einiger Skepsis.

„So etwas hab' ich doch schon einmal g'sehn", murmelte er grübelnd vor sich hin.

Ohne Ort. Ohne Datum.
Ich stand da. Splitternackt unter meinem Nachthemd, und wie mir geheißen, streckte ich die Hand aus. Ich sollte so tun, als würde ich Vögel anlocken, doch Krudić war da, und kokett versuchte er, auf meinen Fingern die Balance zu finden. Nicht nötig also, so zu tun als ob, denn es war. Und wie viele anständige und unanständige Komplimente er mir machte. „Komm fort mit mir, komm fort!", schnatterte er. Ich stand da, gerührt wie fröhlich, und Mama malte. Mein Hemd, meine Beine, vergaß auf mein Gesicht. Mich schauderte, dass ich überm Blüthner hängen sollte als gute Meeresfee, und eine kribbelnde Gänsehaut umspannte mich bei diesem Gedanken, als trüge ich ein mit aberlauter krabbelnden Ameisen bestücktes Samt. „Bildhübsch, bildhübsch", kam es herauf, und als die Lippenliebkosungen begannen, hörte ich nichts in mir, außer einer ohrenverderbenden Dissonanz, und es war mir, als wär' ich das an mir herabgleitende, hauchdünne Etwas, das mich ausgeliefert zurückließ.

Luna neigte sich in ihrem Gewölb, als ob die Nacht eine endliche Kuppel wäre. Darunter pritschelten kleine Zungen aus der adriatischen Bucht.

„Jetzt halt doch einmal stille!" Sie strich mit dem kleinen Finger über die Borsten und kostete. „Ja, das ist es!" Sie malte weiter fort. „Und lass es, dich auf das himmlische Kind hinauszureden. Das kann doch niemand ernst nehmen."

Ihrer Tochter Nachthemd machte der Schein durchschimmern. Sie schloss die Augen. Königin muss sie sein, mindestens – Mutter einer solchen Anmut zu sein. Tief in ihren Zügen Reflexionen von nie Erloschenem aus verlorenen Tagen. Sie wusste, dass ihre Seele schwer genug war, dagegen aufgewogen zu werden, sich eben dieses Gesicht zu eigen zu machen.

„Was überlegst du?" Mit der Frage schlich der Schwall des ranzelnden Ehrenpreis einher, mit dem er die glibberige, durchfaltete Haut derer eingerieben, die sich ihr Alter zu bewahren erhofften.

„Ich muss malen. Ich muss sie irgendwie malen. Ich weiß nicht, wo ich anfangen soll." Winzig war ihre Stimme, umringt von den großen, schweren Büchern in den Regalen der jüngst eingerichteten Hausbibliothek.

„Sie entgleitet."

Die Knöchel massierten ihre Schulter. Sie schaute glasig und röchelte hinauf: „Herr Kurzarzt, erweis dich meiner würdig. Jetzt sofort!"

„Es wird werden", war sein Trost.

„Es ist unser Kind."

Sie schloss die Augen und ließ seinen Kuss kommen. Doch er kam nicht. Sie hörte nur den Atem und schmeckte die salzige Luft. Sie reckte sich hinauf, und mit einem Male war es ihr, als würde sie um dieses Gesicht werben. Sie hob die Lider und drehte den Pinsel über den Daumen.

„Ach Kind", vereinte sich ihr Seufzen mit dem schwachen Licht der Sterne.

Mit hochrotem Gesicht und dicken Tränen war auf einmal die Giuseppina aufgetaucht, nahm das Bild und warf es vor dem verdatterten und nicht wenig erschrockenen Broschenberg mit voller Wucht auf den Boden. Ein Wunder, dass es dabei nahezu unbeschädigt blieb, und der Fürst löste seinen Blick von dem unbeschreiblich schönen Gesicht auf den staubigen Steinen. Er stierte darauf in das von Zähren gänzlich in Besitz genommene Antlitz der aufgelösten Rabiaten.

Auf den aufwühlenden Brief Broschenbergs hin war Mahler sofort angereist. Er war sehr traurig.

„Schauen S', noch is' es zu früh für ein neues Kindertotenlied", versuchte der Fürst ihn zu beruhigen.

„Solch ein Mädel gibt's kein zweites Mal." Mahlers dünne Stimme wurde in die Unendlichkeit des Meeres getragen, als er an der Seite des Fürsten entlang des Kaiserpfades dem Abendrot entgegentrottete.

„Bestätigt ist hiermit nur", versuchte der faktentreue Broschenberg den unsteten Geist des von Emotionen geleiteten Kompositeurs zu wurzeln, „dass ungemeines Schindluder mit dem Fräulein Kurarzttochter getrieben worden ist. Dass sie daraufhin verschwindet, ist gleichsam logisch wie tragisch." Der Fürst trug das Tagebüchlein unterm Arm und ging stolz und groß gewachsen, als führte er eine Reliquie mit sich, die ihm ewiges Seelenheil versprach.

„Und dass das Trumm von Ingenieur auf diese unschöne Weise von uns gegangen worden ist ..."

Mahler riss die Arme auseinander und rief: „Aus! Aus! Aus!"
Und beide gingen weiter ohne ein Wort nebeneinander her. Nach einer Weile sah der Musikus, wie sich sein steif beamteter Begleiter mit etwas Ekel im Gesicht Schmutz von der Wange wischte. Mahler folgte dem halb entsetzten, halb erbosten Auge Broschenbergs, streckte seinen Zeigefinger aus und stellte mit überzeugender Kennermiene fest: „Sehen S', das ist der Krudić."

Eine Möwe erhob sich von der Pinie und segelte wasserwärts in die heraufkommende Abendbräune hinein.

„Ein Vogel", entfuhr es Broschenberg. Hätte er doch im Krudić ein menschliches Wesen vermutet. Mahler nickte und setzte ein schwaches Lächeln auf, während sich sein Geschau zusehends einer idyllischen Erinnerung zuwandte.

Abbazia (Tag unleserlich durchgestrichen, darüber eine kleine Blume gemalt; vermutlich ein Sonntag), 1901.
Wie sehr genieße ich die Tage. Die milde Sonne wärmt auch mein kleines Herz, das so viel der Liebe zu tragen hat. Die Bäume, die Steine, das Meer... überhaupt alles duftet, und die kleinen Vögel tirillieren Lieder, die den Odeur zu Gehör bringen und mein Inneres in wohlige Schwingungen zu versetzen wissen. Ich sitze auf der Gartenschaukel, neben mir der wohlerzogene und zurückhaltende Gustav, der halb im Witz, halb im Ernst, die Töne der Vogelmelodien herausanalysierte und mir zum Spielen auf ein Blatt notierte. Ich sang mit, und der Kompositeur neckte mich „Vögelchen". Wir steckten uns gegenseitig mit unserem Lachen an, nachdem ich versucht hatte, wie eine Amsel zu klingen. Da kam der Krudić in den Garten gesegelt, majestätisch und mit leiser Eifersucht in den Augen, als er

mich mit dem schönen Mann hier in bester Stimmung vorfand. Ich hielt mich aber nicht zurück und stellte meine beiden Verehrer einander vor. "Das Mädchen mit der Möwe" hieß mich Gustav schelmisch.

Sie waren so eine Weile sinnierend unterwegs gewesen, als sich eine graugebückte Gestalt aus dem abendlichen Dunst zunächst nur schemenhaft, mit der Zeit aber immer deutlicher abzuzeichnen begann.

„'n Abend, 'n Abend", lispelte der alte Miloš und lüftete das spärlich graubehaarte Haupt unter seinem Lumpenhut.

„Eine kleine Spende für einen ehrlichen und aufrichtigen Bürger", wandte er sich mit dem Ausdruck eines unschuldigen Dackelwelpen an den schlaksigen, eleganten Herrn mit den nachdenklichen Augen hinter den Brillengläsern. Mahler schaute verwirrt, lächelte verlegen und begann in den Taschen seines Ausgehrocks zu fingern, ob er nicht doch noch ein paar verwaiste Münzen von dort irgendwo auflesen könnte. Der alte Miloš beobachtete das Bemühen des Kompositeurs mit glänzend hüpfenden Pupillen, als wäre er ein Kind, das vor einem prachtvoll erleuchteten Christbaum einen Haufen wertvoller Überraschungsgeschenke erwartete.

„Schau an, schau an", musterte Broschenberg den farblosen Lumpen, den er als jenen wiedererkannt hatte, der den so geflissentlichen Manì in so unhaltbare Rage versetzt hatte.

„Lassen S' das, Mahler", beschwichtigte der Fürst den schon hilflos Suchenden und fischte eine Krone aus seiner Knopftasche, die er dem Miloš zuwarf. Diese fing er geschickt auf, prüfte sie im Mondschein, als hielte er sie für einen unschätzbaren Edelstein, und war zufrieden.

Aus dem Datenprotokoll zur "Causa Ana Livadić, in gewissenhafter Akribie verfasst vom zuständigen Ermittler Fürst Ferdinand Broschenberg, aus Wien entsandt vom k. k. Geheimen Rat, Datum des Poststempels: Abbazia, den 4. September 1904: Der vermeintlich einzige Zeuge des unmittelbaren Verschwindens der jungen Ana Livadić ist ein gewisser Miloš, den alle hierunter kennen und der sich selbst auch nur ‚der alte Miloš' nennet. Dieser obdachlose Streuner, der nichts von seiner Herkunft verrät, hat die Kurarzttochter, wie er im Ermittlungsgespräch geäußert hat, zu dem abendlichen Zeitpunkt ihres Verschwindens an der Mole gesehen: Spärlich bekleidet und an der Mauer tanzend, bevor sie, wie vom Erdbogen verschluckt, nie mehr wieder aufgetaucht war. Mit Berücksichtigung, dass der genannte Zeuge zu übermäßigem Alkoholgenuss neigt und dass, laut übereinstimmender Aussage mehrerer hier ansässiger Personen, jene Nacht von sichttrübendem Nebel durchwirkt war, und mangels des

Vorhandenseins anderer Zeugen ist den Ausführungen des alten Miloš die ihnen gebührende Achtung entgegenzubringen. Die im Gespräch anwesende Person, der Herr Hofoperndirektor Mahler, hat den zuständigen Ermittlungsbeamten darüber aufgeklärt, dass es sich beim in den Aufzeichnungen der verschwundenen Kurarzttochter geführten Namen Krudić nicht um eine Fantasie-Person, sondern um einen Vogel, eine gewöhnliche Seemöwe, handelt."

„Wieso hat Sie eigentlich der Manì so grob aus dem Café bugsiert?", fragte Broschenberg den brav erzählenden Miloš. Der hielt inne und grinste weiter so breit, als hätte er eine gespreizte Maulbirne bis in die Wangen. Eine Weile hielt er inne, ehe er sagte: „Wer die Wahrheit nicht verträgt, nur Gewalt zu tun versteht."
„Tun S' nicht so geheimnisvoll", wurde Broschenberg ungeduldig.

„Nach nörgelnden Witzeleien hat oben genannter seine Kenntnis darüber kundgetan, dass nebst der zahlreichen anderen Liebeleien der Verschwundenen, insbesondere der Manì, ein ganz besonderer Genussträger von Ana Livadićs Liebkosungen gewesen sein soll. In diesem Zusammenhang zitiere ich aus einem Eintrag der Kurarzttochter, der mir, obwohl er keine Namen beinhaltet, in diesem Zusammenhang passend erscheint. Er hat kein Datum und ist lediglich mit „Lustiger Jungferntag" überschrieben: „... und wie ich das biedere Café in Aufruhr versetzte. Mein üppiger Busen, wie ihn der Herrgott mir geformt, wogte noch mehr bei ihren Blicken ... er war sehr beschäftigt und ging dennoch mit mir hinten hinaus. Zuerst strenger, dann immer zärtlicher und schließlich suchten seine Finger meine kribbelige Gänsehaut, seine Lippen meine Lippen, meine Zunge seine Zunge... und ich fühlte in mir die Glückssalven auslösen, während er Meiniges knetete und mir eine lächerliche Fledermaus-Maske andichtete. Lustiger Jungferntag, möchtest du doch nie vergehen ..."

Tuchentweiß und mitgenommen, wie Mahler war, war es auch verständlich, dass er nicht mehr aufbleiben wollte und seine „abererbetene selige Ruh", wie er sagte, zu finden hoffte. Broschenberg setzte sich in ein Separée und bestellte beim Buben einen feinen Krambambuli, dazu das hausgemachte Trüffelkonfekt. Eine gewohnte Selbstbelohnung vor sich entschlüsselnden Fällen. Aber so unsicher wie hier war er sich noch nie dieser Sache gewesen. Nicht der Bub, sondern

Manì servierte ihm in seinem Überschwang den Nachttrunk, und Broschenberg bat ihn, sich für einen Moment zu setzen. Er kramte in den Innentaschen seines Wamses, resignierte aber und provozierte im mitleidig schauenden Manì die ihm sehr willkommene Frage: „Kann ich irgendwie zu Diensten sein?"

„Sehrwohl", mimte der Fürst seine Dankbarkeit.

„Bitt'schen, wenn S' so freundlich wären und mir eine wichtige Notiz auf diesen Zettel schreiben könnten, weil ich keinen Schreiber hab'."

So schnell konnte Broschenberg gar nicht schauen, wie der Manì Stift und Block parat hatte, und Broschenberg diktierte: „Meine liebe Comtessa, ich muss Sie morgen noch einmal vor meiner Abreise in aller Wichtigkeit und Diskretion treffen. Angenehme Nachtruhe."

Mit dieser Schriftprobe war bewiesen, dass niemand geringerer als Manì die Widmung in das Bändchen von Viktor Car-Emin geschrieben hatte und dass niemand geringerer als er der in der Eintragung der Kurarzttochter erwähnte wildgetriebene Liebhaber ist. Kaum hat dies der hiesige Polizeichef Robinar erfahren, war für ihn klar, dass Manì der Mörder von Ingenieur Armeni sein muss. Getrieben von Eifersucht, die, zugegebenermaßen, ein plausibles Motiv ist. Innerhalb von wenigen Tagen ward der heftigst protestierende Manì inhaftiert worden.

Was das Verschwinden der Ana Livadić angeht, so muss abschließend von einem zutiefst bedauerlichen Unglücksfall ausgegangen werden.

„Wissen Sie, ich könnte jetzt auslöchern. Das ist mein übler Zug. Aber ich bitte Sie, ersparen Sie mir das."

Die Balken an den Fenstern von Robinars Dienstzimmer ließen keinen Blick zu. Mit der flachen Hand wachtelte er, was von den schlechten Zigaretten übrig war, in ein gegenüberliegendes Eck. Dann stand er auf und beugte sich ganz nah über das Ohr des Geladenen, das von angehäuften Zuwidernissen Aufgeraute hineinzuschütten.

„Sie wissen, wie das Spiel läuft. Die Sache hat schon zuviel aufgewirbelt. Glauben Sie wirklich, ich lasse es zu, dass in diesem ach so gelobten Kaiserbad – in meinem hygienischen Orte – noch mehr so Anrüchiges hängen bleibt?"

Er starrte auf das unbewegte Gesicht, mehrere Sekunden lang. Dann setzte er sich hin und schlug mit aller Kraft auf den Schreibtisch.

„Nein!", wurde er laut. „Sicher nicht!" Dann lehnte er sich zurück und schaute in seine Unterlagen. Vaidić verschränkte die Beine.

„Das ist wichtig. Die Zungen sitzen locker, und das Ohr spitzt sich bei den übelsten Sensationen. Es soll nichts von Gerüchten bleiben. Schon gar nicht an meinem langzeitigen Freunde Livadić."

„Ich kenne seine Verdienste an krankgeschufteten Hofschranzen. Jetzt kommen von dort auch noch Nadelstiche."

„Eine ungute Sache. Genauso wie der Bruch, den die Ana vor dem heiligen Verlöbnis mit dem Armeni tat. Wenn Sie, so wie ich, gesehen hätten, wie er ihr ankam, dann müsste ich mich doch wohl sehr täuschen, dass sich hier nicht mehr zugetragen hätte als gewöhnliche Liebeleien."

„So redselig gefallen Sie mir, Vaidić. So lassen sich überflüssige und haltlose Bemerkungen versoffener Verwirrter noch leichter übersehen. Nur, wer soll es denn gewesen sein, der sie brüchig werden ließ?"

Vaidić lehnte sich nun seinerseits zurück. „Ich würde mich, an Ihrer Stelle, einmal bei dem wankelmütigen Oberkellner umhören."

Robinars Schreibtisch erbebte. „Manì, der Hund! Roch ich's doch!"

Mit einer bedenklichen Unruhe in der Magengegend schrieb Broschenberg im Balkonzimmer letzte Sätze in seinen Bericht. Er blies nach der Tinte, damit sie schneller trockne und nicht verwische, als es zaghaft an die Tür klopfte.

„Herein, bitte!"

Mit dem Rücken zur Tür hörte er zunächst nur ein leichtes Räuspern, danach eine unverkennbare Stimme: „Guten Abend, werter Herr Fürst. Ich habe gehört, dass Sie uns morgen bereits wieder verlassen, und wir haben noch kein vernünftiges Wort miteinander gewechselt."

„Aber bitte, treten S' doch ein, meine liebe Giuseppina."

Der Fürst hatte sich erhoben, war leichtfüßig wie Taglioni in Richtung des unerwarteten, doch ihm höchstwillkommenen Gast geeilt und hatte selbigen nach einem artigen Diener mit einem ehrwürdigen Handkuss bedacht.

„Bitte, nehmen S' doch Platz."

Und er spürte beim charmanten Lächeln der Giuseppina eine leichte Verliebtheit in seinem weitgereiften Körper aufkeimen. Und wie er diese Nacht mit ihr genoss. Es war eine wahrlich fürstliche Liebe. So dezent wie auch bestimmt.

„Sehen wir uns wieder?"

Stille.

„Und das Mädchen mit der Möwe?"
„Vergessen."
Dennoch musste er daran denken, als er in der sich mühsam Richtung Wien schleppenden Abbazia-Eisenbahn saß, während sich erstmals rotgüldene Strahlen der Sonne hinter Rijeka aus dem Meer reckten.

Die beiden Mädchen wurden unsanft vom ungehobelten Smutje vom Schiff gebracht. Ein blondgelockter Mann mit einem engelsgleichen Gesicht holte die beiden in eine Kutsche, und sie fuhren über nach Fisch und Kot stinkendes Pflaster. Aus den dunklen Gassen, in die das Licht der schimmlig leuchtend Laternen nicht kam, vernahmen sie Stimmen in einer Sprache, die ihnen fremd war, Rufe und Katzengejammer. Dann waren sie, geschwächt von der an ihnen zehrenden Angst und den aufgebürdeten Reisestrapazen, in einen kleinen, ohnmachtsähnlichen Schlummer gefallen. Der Blonde lächelte süßlich vor sich hin und begann mit den Zeigefingern seiner schmalen Klavierhände, wie ein Dirigent, die Konturen der „Aphroditen", wie er sie dabei nannte, nachzuzeichnen:
„Oh, ihr reizend' Aphroditen,
darf ich fragen, darf ich bitten –
aber nein, ich frage nicht,
denn die Liebe ist kein Licht."
Und er ließ sich die Wiener Schlagzeile auf der Zunge zergehen: „Fremder Schönling in Wiener Salons umwirbt Comtessen als Aphroditen."
Bald waren sie am Ziel angekommen. Die Kutsche hielt, der Blonde verband den zitternden Gestalten die Augen, hieß sie in grobbestimmtem Ton auszusteigen und sperrte sie in eine kleine Kammer beim Seiteneingang des Variétés. Er wischte sich die Hände in ein blankweißes Seidentüchlein und ging zielstrebig auf den Seitenvorhang zu. Aus dem Zuschauerraum drangen fröhliche und fordernde Stimmen, Applaudieren, Bravorufe, „Encores!", Lachen, Gläserklang und Zuprostereien. Ein Ruf vor allem machte ihn sicher, dass sein Schätzchen auf der Bühne stand: „Ausziehen! Zeig uns, was du hast! Mehr wollen wir sehen, mehr!"
Vorsichtig zog er den Vorhang beiseite. Sie war es: Sie tanzte einen erotischen Tanz, beugte ihren Körper gegen die lüsternen Blicke und Schaulustigen. Ihr lustvolles Stöhnen machte besonders einen dicklichen, bebrillten Herren in den vorderen Reihen gierig, der nach jedem ihrer aufreizenden Highkicks mit hochrotem Gesicht „Bravo, ma chère!"rief.

Die Anstrengung stand ihr überall am Körper, als sie in ihre Garderobe trat. Der Blonde empfing sie mit einem vielsagenden Lächeln, küsste sie wild und intensiv, begann die salzigen Tröpfchen an ihrem Hals und an ihrer Schulter aufzuschlecken.

„Du hast keine Pause, chérie", sagte er, als er fertig war.

„Ein Herr möchte dich sehen. Ich habe ein Treffen arrangiert. Sei gut zu ihm. Er ist ein Bankdirektor, und er bezahlt gut."

Ekel kam in ihr hoch, als sie den dicklichen Herren mit dem krebsfarbenen Antlitz empfing. Sie lächelte gezwungen, als er ihr umständlich einen Blumenstrauß überreichte als Zeichen seiner aufrichtigsten Bewunderung. Er setzte sich neben sie, sein Atem roch nach Räucherwurst. Er begann ihren Arm zu streicheln, sie pausenlos anzustarren.

„Und nun, mein Kind, wollen wir uns ausziehen."

Er fasste ihren seidenen Schal und zog ihn von ihren Schultern. Sie nahm ihn an sich, und wie von selbst begannen ihre Hände darum sich zu verkrampfen – so fest, dass sie von den Knochen weiß wurden. Sie würgte den Wehrlosen so lange, bis seine Augen rot waren und er nicht mehr japste. Wie ein Sack schweres Mehl plumpste er auf die Liege, die Zunge weit heraußen, als necke er den Tod. Weinend erbrach sie sich in einen Blumentopf.

„Ach Krudić", dachte sie und wünschte sich ihre Möwe zurück.

V

Paris ist mehr als die Idee von einem duftenden Baguette, habe ich mir sagen lassen.

Die Vorfreude war nicht in Worte zu fassen. Noch war von der Aufgeregtheit nichts zu spüren. Der Zug war wie jeder andere auch. Ein dampfendes Ungetüm, das sich durch den alten Nachmittag schleppte. Die Stadt der Liebe heißt sie. Die Stadt der Lichter. Die Stadt der lebenden Künstler und die der toten. Das Grab meines heimlichen Helden zu besuchen, trug mich hinfort vom Alltäglichen. Jede Reise verändert den Sinn. Ich bemühte mich, an dem, was an mir vorbeizog, etwas von dem Französischen zu erkennen, wovon so viele schwärmten. Dabei sieht ein französischer Baum nicht anders aus als ein österreichischer. Ich erschrak angesichts meiner Phantasielosigkeit. Aber wir waren im Gegensatz zu heute noch langsam. Alles hatte seine Zeit. Wie Herr Chopin, dessen Leben einem Klang glich. Wenn Sie mich fragen, wie es war, so frage ich Sie: Erlebten Sie je das Gemisch aus Ehrfurcht und Trauer, durchwärmt von sakralem Feierlichen? Dann werden Sie die Sehnsucht begreifen, die mich auf dem bedeckten Père Lachaise überkam: In der Zeit zurückzureisen, von den Zeigern herunter einen Rückwärtssalto zu vollführen, vor den Füßen von Herrn Chopin zu landen, um ihn zu verstehen. Die Sehnsucht, das Totsein überwinden zu wollen. Durch den herabhängenden, mit Staub und allerlei Menschelndem beladenen Dunst im Großraumwaggon spürte ich einen Blick. Das Unheimliche, das einem widerfährt. Es war eine schwarze Katze mit leuchtenden grünen Augen im Käfig einer kleinen schwarzhaarigen Dame. Das Katzenhafte wurde schon vielen nachgesagt. Gerade denjenigen Künstlern, die nicht wie Champagner auftreten, sondern alles, was in ihnen sprudelt, in ihre Werke legen.

Was ich Ihnen beiläufig noch sagen kann, ist, dass die französischen Schaffner eine ganz eigene Autorität haben. Kaum, dass der Uniformierte hereinkam, wurde es ruhiger. Trotzdem verstand ich ihn schwer und befürchtete, ihm einen viel zu kleinen Betrag ausgehändigt zu haben. Er räusperte nur halblaut und ging fort. Menschen, die allein sind, haben sehr viel Angst, müssen Sie wissen. Ich bin zwar auch Künstler, aber kein Liszt, den sie zum Engel gemacht haben, weil nach Paganini kein weiterer Teufel in der Musik zu ertragen gewesen wäre. Ich bin ungewöhnlich, in dem, was ich mache. Ich fühle etwas und schreibe es auf. Manche nennen es eine Gabe. Ich nenne es Notwendigkeit. Es zog mich fort, durch die Gegend und ließ mich ziehen. Die Treppen waren kalt und schmal. Zu kalt, um darauf *zu sitzen. Zu demütig für das jovial geschmiedete Geländer. Ich atmete feuchterdiges f-Moll.*

Der Atem wurde unregelmäßig. Weg von der Lektüre. Broschenberg wollte den ihn überkommenden Schwindel nicht wahrhaben. Ihm schien, als lehnte er sich unfürstlich an die Scheiben.

„So ein matter Schlosshund", seufzte es ihm hinter seinen schweren Lidern zu. Die Landschaft wurde langsamer, als hätte sie Gnade mit ihm. Er dankte seinem alten Herzen, endlich angekommen zu sein. Das Wegfahren war es, das er nicht mochte. Der Abschied drückte ihm immer auf die Lunge. Nunc zischte es ein unüberhörbares „Bienvenu!" an die Decke des Palastes. Die Sprache schmiegte sich unter den Hüten wie eine Romanze. Das Prunkstück der Compagnie Internationale des Wagons-Lits würzte es mit Sehnsüchten und Düften aus Tausendundeinernacht. Als würde dieses „Adieu!" am Ende für alle Schmerzen entschädigen.

Allein, die Seele seiner Stadt war wehleidig und bigott. Im Kaffeehaus huldigte man noch dem von Savoyen. Am Kahlenberg schlummerte die schönste Frau zur Zeit des Wiener Kongresses, die aus den meisten Mündern verschwunden war. Nicht allein, dass sie die Sängerei pflegte. Sie hieß so, dass sie in eine Runde um Schubert hätte passen können. Vorzeiten war es ein brütender Sommertag, da es den Broschenberg in die schattige Höhe getrieben hatte. Die ausgelassenen Gassenhauer daherwandernder Landgesellen hatten ihn ins Grün gedrängt.

„Auch uns Freunden sey die Klage gegönnt!"
„Nein. Welche Klage?"
Verstört schaute Broschenberg herum, der merkwürdigen Worte gewahr.
„In ihr ward offenbar, was Schönheit …"
„Schönheit. Wie kleidet sie sich tückisch … Wer?"
Nichts hatte er um sich als das ablenkende Blattwerk.
„Jugend …"
„Jugend. Als würde sie währen … Wo?"
Er hielt seine Finger gegen das blendende Licht vor seinen Augen.
„Anmut …"
„Anmut. Was ist es, das mich hier blendet?"
Er schaute angestrengt, was gegen das Helle auszumachen.
„Unschuld …"
„Papperlapapp. Zeig dich, du Heimliches. Die Unschuld kann keine Schuld verstecken."

Er versuchte den Kopf zu neigen, um etwas mehr des Schattens zu haben. „Talent ..."

„Talent ..."

Einmal geseufzt, machten sich erste Konturen auf.

„Und Güte ..."

„Wie majestätisch ..."

Seine Schritte wagten sich gemächlich voran.

„Über Herzen und Seelen vermag ..."

„Wie torkle ich, als wäre ich trunken. Einem dem Wasser abhanden gekommenen Seemann gleich. Was ist das? Was ist denn nur?"

Hinter die Blätter zerstreute sich das Licht, und das Unscheinbare wurde fest wie ein Stein.

„Bezaubernd durch Gesang der Schönsten Schönere ..."

Es machte Broschenberg still und füllte seinen Atem mit Rührung.

„Allbewundert, allgeschätzt, allgeliebt."

„Ja, jetzt sehe ich sie auch, werter Freiherr."

Er nahm den Hut ab und spürte die graue Wange an seinen Knöcheln. Er verneigte sich und wandte sich hinab, hinunter in die aufgeriebene Stadt mit dem greisen Gemüt, wohin Worte des von Hammar-Purgstall zogen. Wie in die Fernen, die er aufs Ambitionierteste erforschte.

„Nein, oh nein. Dort unten gibt's keine Palmen. Dein Gesicht liegt hier heroben unter diesem kalten Brocken, und du hast es, vor lauter Liebe, erfrieren lassen."

Er versuchte, den lieben Augustin der Landgesellen geflissentlich zu überhören. Und durch das Nachmittagsgeläute klang es: „Das habe ich nicht mit Absicht getan."

Mittlerweile schaute er den Kummer mit betagter Gelassenheit. Damals war es sogleich zu Herzen gegangen, was ihm nicht gelingen wollte. Broschenberg musste husten. Etwas reizte ihn von innen. Schon eine Weile wollte es aus ihm heraus. Tunlichst hatte er einen jeden Arzt gemieden, wohlwissend, was es war. Er schaute sich das Treiben an und weidete sich am Anblick einer jungen Blonden, die Blumen mitgebracht hatte.

„Wie schön", meinte des Fürsten Lächeln. Das Ihre meinte ihn nicht. In einer Uniform vergrub sie ihre schlanken Finger, das Glück des Ankommens nicht mehr auslassend.

„Jaja, das Alter macht das Gestern."

Noch einmal pfiff es hinein, wohl sein Dasein zu verkünden. Die Tasche auf seinem Schoß war genug für die Tage. Die Türen gingen auf, und alles, was so fern schien, schwallte mit einem Male zu ihm herein. Vorsichtig erhob er sich, sich nicht den Kopf zu stoßen an den niedrigen Gestellen, und kletterte aus dem Waggon, um seinen ersten Schritt in der vielerorts gepriesenen Stadt zu tun.

Er hatte eine Weile nicht mehr gesprochen. Das Zurückgewandte aber voll Entschlossene im Blick. Ich schaute ihn an, er schaute mich an. Dann verlor er das Ernste und begann laut zu lachen.
„So nobel können nur die französischen Bäume wachsen."
Ich wandte mich aus dem Wagen und schluckte. Wie die Soldaten standen steif und makellos die Bäume der Allee. Das Pflaster verriet, dass wir der Stadt immer näher kamen.
„Der Klang von Aufbegehren", vermeinte ich ihn sagen zu hören. Doch er dämmerte vor sich hin, der Anstrengungen Überhand abzuschütteln. Ich war die Fliege in seinem Wagen. Ich war die Fliege auf seinem Jackett, als er aufs Herzlichste empfangen wurde an der launenhaft geschwungenen Seine. Der andere Mann führte ihn durch eine angelehnte Tür in einen schönen Salon, der ein Auge auf das geheimnisvoll erzählende Wasser hatte. Ich setzte mich auf den Flügel. Große Lust hatte er, das Instrument zu berühren.
„Nur zu", sagte der Mann.
„Eigentlich habe ich keine Lust", log er. So also kann ein Seufzen aussehen. Langsam, also im Wortsinn, näherte er sich dem Instrument. Wie ein zaghaft Verliebter der Frau, von der er das Herz voll hat. Seine langen, bleichen Finger ruhten für eine Weile auf dem glatten Deckel, und seine Gedanken gingen ihm verloren.
„Ich bitte Euch, Monsieur."

Sorgsam schaute er sich um, in dem Wust das vertraute Gesicht auszumachen. Die ewig junge Ungeduld konnte ihn nicht anstecken. So hatte es den Anschein, und so kannte man den Broschenberg. Aufrecht wie der Domturm seiner Stadt wusste ihn keine Menschenwut je aus seinem Stand zu bringen. Hätte man ihn allerdings besser gekannt, hätte man sehen können, wie sich in derartigen Momenten der kleine Finger seiner linken Hand im Walzerrhythmus zu beugen und zu strecken begann. Nur der Herrgott wusste, dass ihm im Kopf Straußens Accelerationen pochten. Der Drang, Unordnung in Ordnung zu verwandeln.

„Niemand heißt also derjenige, der mich abholen geschickt wurde."

Sein leiser Selbstsarkasmus verpuffte im Überschwang an ihm vorbeiziehender Ankömmlinge, die sich, unüberhörbar, mit Freunden zu einem Vergnügen verabredeten. Von einer schwarzen Katze war die Rede, und ihr Schnurren legte sich wie ein neckisches Mittagslüftchen um Broschenbergs Ohren. Er sah sich den lieben, blauen Augen gegenüber, die ihm Welten aufmachten und verschlossen. Er lächelte zurück und wollte die Arme heben, um sie aufzufangen. Doch er war zu schwach. Schon einmal war ihm der Arm schlaff geworden, als er sich aufgemacht hatte, sich von dem eisernen Drachen ins Paradies führen zu lassen. Nun war er auf einmal nicht nur lose, sondern es schüttelte ihn.

„He da! Was machen S' da mit meiner Tasche? Voleur!"

„Pardon, Monsieur, Ihr wart wohl in Gedanken."

Oja, das war er. Tatsächlich. In Gedanken. Eine Art Verwirrung, wie man sie kennt an einem vorher noch nie betretenen Ort, wo Kopf und Füße nicht wissen wohin. Und als er weggerissen wurde von seinem ersten, man möchte fast sagen andächtigen Versuch, die in vielen Wiener Blättern parfümiert geschilderte Luft zu schnuppern, traute er zunächst seinen Augen nicht. Hofmarschall Radetzky zerrte an seinem Gepäck.

„Mais non, ich bin nur der Serviteur vom Monsieur le Préfet."

Ein Dienstmann in Schwarz mit der Attitüde eines in Santa Lucia siegreichen böhmischen Helden und einem „Bienvenu, Monsieur le princier" auf den Lippen unterm struppigen, weißen Schnauzer.

„Paris, ich komme", schmunzelte Broschenberg und folgte steten Schrittes seiner getragenen Tasche hinterher.

„Ich bitte Euch, Monsieur."

Ein merkwürdiger Glanz auffordernden Charmes lag in dieser Bitte. Und ein Stück nannte er. Er liebte den Vater der Melodie. Ungemein liebte er ihn. Er schloss die Augen und hörte den schallenden Beifall sich mit dem Orchestertutti vermengen. Von dieser einzigartigen Melange schrieb er nach Hause. Neues Selbstvertrauen wuchs in ihm, als er die Stadt genoss, das Kärntnertor hinunter. Apollonisch klang es aus den Worten. Für ihn Balsam.

„Schauen S', so is' das halt bei uns." Und er lächelte ihn an, diesen Doktor, der schon ganz andere Klavierfinger geschüttelt hatte. Doch wollte er ihn in jenem Augenblicke nicht danach fragen. Große Erwartungen regten sich auf seinen Lippen und in seinen Augen.

„Ach, wissen Sie, ich möchte Sie umarmen."

Sie wissen bestimmt, dass das Gesicht nicht das Herz ist. Bestimmt hätte er es auch gewusst, wäre er nicht jung gewesen. Voller Freundschaft, Sehnsucht und Liebe. Noch einmal kam das: „Je vous en prie."

Ich merkte, wie schwer ihm die zur Schau getragene Zurückhaltung fiel. Nur nichts überstürzen. Er richtete sich den Klavierhocker her, während der Bittsteller bereits gespannt pulsierend die Daumen seiner gefalteten Hände aneinanderrieb. Er beobachtete, wie sich der junge, magere Mann vor das Instrument setzte, wie er in einen Schlummer verfiel, ehe er die Klaviatur zu streicheln begann. Ich konnte sehen, wie ihm ein „Mon Dieu, comme un chat ..." über den Mund schlich.

„Vielen Dank, die Reise war sehr angenehm", verschwieg Broschenberg höflich die Strapaz und bohrte die Silbergabel in den lauwarmen Pomme Dauphine.
„Nehmt nur und esst, es freut mich sehr, wenn es Euch schmeckt."
„Ganz ausgezeichnet, Madame. Fürwahr, ganz ausgezeichnet." Und tatsächlich übertraf es seine bereits blühenden Erwartungen die französische Küche betreffend. Überhaupt war die Stadt eine einzige Schwärmerei.
„Ach, Paris", hatte der Fürst den Tenor im Ohr, dem stets ein Hauch unerfüllter Sehnsucht voranging. Doch das Paradies war es nicht. Es war genauso staubig und real. Laut, drollig und verworren. Noch ehe das fruchtige Rubin den Geschmack der knusprig gebratenen Ente à l'orange veredelt hatte, trug man dem Broschenberg zu, zur allgemeinen Erheiterung der Tafel, erneut die Begebenheit vom Bahnhof zu schildern. Der Préfet konnte nicht an sich halten. Er lachte wie ein vor Freude wieherndes Pferd.
„Ach nein, der gute Pierre, ein Feldmarschall. Was habe ich mir da nur ins Haus geholt!"
Diesem blasphemischen Überschwange zu entgegnen, verschwieg der Fürst, dass nach dem eher unheldenhaft Verschiedenen nicht nur Musik, sondern auch eine Straße hieß. Wien war schnell mit dem Taufen gegen das währende Vergessen. Es war die dunkle Seele, die die Stadt umschleierte.
„Zu köstlich!", durchbrach Monsieur le Préfet und erhob sein Glas: „Willkommen in Paris, à la santé!"
„Nicht die Gesundheit meint er", flüsterte Chevrier von der Sûreté dem Broschenberg. Und als hätte er es vernommen, hielt der Maître, wie Pierre seinen Herrn zu nennen pflegte, inne. In betonter Dezenz tupfte er sich mit einer elendsweißen Serviette die vom dichten, schwarzgrau melierten Moustache umwucherten Mundwinkel ab, ließ seine Hände, eine über der anderen, auf den Tisch nieder, beugte sich nach vor und bemühte sich darin, einen furchterregenden Blick zu schicken.
„Es war einer jener Herbstmorgen, da der Nebel alles verschlang, was ihm zu nahe kam", hub er schaurig gedämpft an. „Die Men-

schenleere war erdrückend. Allein, eine schwarze Katze schrie aus der Rue de la Santé. Ein elendiger Laut, der sich um jede Ecke wand. ‚Hol ihn der Teufel! Hol ihn der Teufel!', also schrie sie dem entlegenen Schlummern entgegen, um es daraufhin wieder seinem stummen Dasein zu überlassen. Hinter dem grauen Vorhang klang es, als würde jemand mit hohlen Knochen auf das nackte Pflaster schlagen. Immer und immer wieder."

Der Préfet nahm seine Gabel bei den Zinken, schob ein wenig die zart-limonenfarbene Tischdecke beiseite und klopfte rhythmisch auf das hochglanzlackierte Mahagoni: „Pam-pa-dam-pa-dam."

Ein verborgenes Rügen seiner Frau Gemahlin und er legte die Gabel an ihren angestammten Platz zurück. Bedächtig streichelte er über das kühle Silber, worin das Lumière des Lusters blitzte:

„Pam-pa-dam-pa-dam."

Wieder verfiel er in den gedämpften Ton: „Es war eine schwarze, vergitterte Karosse, die über das Pflaster glitt. Zwei Rappen vorgespannt. Ungerührte Gendarmen auf dem Bock lenkten den Wagen durch den ausgestoßenen Atem der Stadt. An einer farblosen übermannshohen Mauer brachten sie das Vehikel zum Stehen. Der eine meinte, die Katze aus dem Innern gehört zu haben. Er sprang hinab, um Nachschau zu halten. Doch was ihm entgegenfiel, war keine fauchende Bestie. Etwas Dünnes, in Lumpen Gehülltes kam ihm durch die geöffnete Luke entgegen, flutschte ohne viel Gerumpel über die Rampe und kam am feuchten Stein zu seinen Füßen zu liegen. Wie der Griff eines großen Prügels sah der Hals aus."

Ohne die anderen zu beachten, fischte der Préfet das Messer und fuchtelte damit in der Gegend seiner Kehle herum. „Ein rostiges Messer quer durch. Bei der einen Seite hinein, bei der anderen wieder heraus." Süffisanz fuhr ihm ins Gesicht und er erhob sein Glas erneut: „A la santé!"

Broschenberg kaute den letzten Bissen seines Vogels hinunter und legte das Besteck, wie es sich gehörte, zurück auf den mit Soßenresten benetzten Teller.

„Der arme Kerl", resümierte er die grauenvolle Geschichte, woraufhin er Chevriers Entrüsten, Madames unbemerktes Nicken und des Maîtres aufgeregtes Verkutzen erntete.

„Aber, aber. Nicht so sentimental, mein lieber Broschenberg. Der hat sich an Frau und Kind vergangen und die von eigener Hand geführte Ermordung seines Nebenbuhlers seinerseits als von ihm beobachtete Tötung hingestellt."

„Tatsächlich?"

„Jetzt ist es aber genug. Weshalb unseren verehrten Gast bei Tische mit Derartigem zu ennuyieren", rügte Madame.

„Ihr müsst meinen werten Gemahl wohl entschuldigen. Jahrelang höre ich schon seine Fantastereien."

„Schon gut, schon gut", beschwichtigte Broschenberg.

„Ennuyiert bin ich nun gewiss nicht. Im Gegenteil, neugierig macht's."

„Geschichten sind meine Spezialität. Vor allem, um verborgenen Fragen die Antwort zu schicken." Spitzbübisch schaute der Préfet zwischen Broschenberg und Chevrier hin und her. Allein sein Schnauzer schien ernster geworden zu sein, zumal er unter dem Luster schwärzer schimmerte als zuvor. „Wisst Ihr, unser schönes Land erhob sich auf Lasten vieler Unlauterer."

Ich habe auch von Jean-Tobie gehört, wie er sich nannte. Das erste und einzige Mal, da ich mich an einem der vielen einsamen Abende inspirationslos der dämmernden Straße hingab. Ich war voll von Ideen, die nicht herauskonnten. Stets war es still. Wie ich das genoss, als wäre es von mir befohlen. Da hörte ich's krachen. Von dem kleinen Platz hinter den Häusern. Was das nur war? Aus dem Eingang fleuchten kräftige Gestalten, die Schweres auf einen Wagen hoben. Eine Zeit lang beobachtete ich dies Treiben, gewahr, dass dies nicht der Krach war, den ich vernommen.

„Noch an Tisch!", brummte es.

„So ein schweres Glump hat die arme Seel'!", brummte es zurück.

„A Künstler halt, die ham gar kan Sinn für das Praktische!"

„Aber freilich – und unsereins hat's dann doppelt zu tragen. Himmel, das is a Trumm! Bei drei! Und – Hauruck! Eins, zwei und hepp!"

Schon landete der Tisch bei dem anderen Mobiliar. Es hatte den Anschein wie der fahrende Laden eines Trödlers. Ich weiß nicht warum. Fragen Sie mich das nicht. Aber die Neugier besiegte meine Scheu, meine Füße schneller als meine Zunge, meine Zunge schneller als mein Denken.

„Guten Abend, meine Herren! Ja sagen S', was ist denn da los? Noch selten ist mir hier solch ein Treiben unterkommen. Was ist das alles für ein Zeug?!"

Der eine war dick und groß. Eine blaue Kappe hatte er auf, und der Schweiß stand ihm auf der verrunzelten Stirn. Mit dem Handrücken wischte er darüber und schaute mich an, als wär ich ein zugelaufener, sprechender Pudel.

„Ja mei", schnaufte er. Ein Eingesessener mit einer lauten und aufdringlichen Stimme. „Wissen S' eh, wie das so ist, wenn ma zu de

Engerln kommt, dann bleibt die Schufterei bei denen, die was noch alles beieinander haben."

„Geh, schau d'erm doch an", fistelte der Andere. Ebenso robust gebaut, jedoch etwas kleiner und kantiger als der Erste. Seine Haare standen ihm wirr zu Berge, und gelangweilte Augen ruhten im unrasierten Gesicht. „Der hat doch keine Ahnung von nix." Er atmete geräuschvoll durch die Nase aus. „Wissen S', da is einer g'storben. Irgend a Klimperer, den keiner kennt. So a Musikus."

Der Dicke nickte beflissen, die Ausführungen seines Kollegen zu bestätigen. „Ja, mein Herr. So ein Musikant. Ganz ein junger. Angeblich zu viel schwarze Galle."

„Ach was, angeblich! Verhungert is er! Hat erm ja nix eingebracht, sei Musiziererei." Der Kantige dämpfte seine dünne Stimme: „Unter uns, mein Herr. Wissen S' doch, wie das is'. Allein Geld regiert die Welt, und nicht die Fantasterei."

Die Fantasterei. Was wär ich ohne sie? Keine Zeile könnte ich ohne sie verfertigen. Und gerade in jenem Augenblicke vermisste ich sie mehr denn je, die mich verlassen und leergefegt. Ich beließ es bei einer eher stummen Geste der Zustimmung, um nicht weiter darauf eingehen zu müssen. Zuviel Mitleid hatte ich. Eine Hoffnung weniger. Dann gab es wieder dieses Krawallen. Ich hatte mich derart erschreckt, dass ich zusammenzuckte.

„Mei, derschrocken hat er sich", kommentierte der Dicke. Holz klang und zerbarst. Es pochte ungemein, als schlüge man um die Hausecke einen Ketzer ans Kreuz.

„Was, um Himmels willen ...?!" Weiterzufragen brauchte ich nicht. Der Kantige deutete in die Seitengasse. „Der Bruder des Dahingeschiedenen. Der is auch nit mehr ganz sauber."

Der Dicke kicherte. Ich wandte mich in die Richtung.

„Aber mein Herr", beschwichtigte er.

„Geh, lass erm nur. Aber g'warnt haben wollen wir ihn."

Hinter meinem Rücken verschwanden die beiden wieder ins Haus, als ich den Schlägen nachging. Ums Eck in einen kleinen Durchstieg. Ein elegant gekleideter Hagerer schwang eine Hacke und schlug mit voller Wucht auf eine bräunliche Kommode ein. Mit jedem Hieb klang es, als würde das Holz vor Schmerzen stöhnen. Mit jedem Hieb rief er: „Das hast du nun davon!"

Eine Weile stand ich vor dem merkwürdigen Treiben. Bis ich bemerkte, dass die Kommode Pedale hatte und ein Klavier war. Ein altes.

„Und noch eins! Und noch eins!"

Er hieb immer weiter. Immer weiter, bis der Kasten in sich zusammenbrach und klimpernd in den Straßenstaub krachte. Welch ein

Sakrileg! Ich ertappte mich dabei, wie mir ein „Oh Gott!" entkam, die Worte des Schulkapellmeisters in den Ohren, der meines Sitznachbarn verbogene Tute erbost durch die Luft fuchtelte: „Ein Musikinstrument demolieren! Reiß er doch gleich dem Walzerkönig sein Herz heraus! Keine Achtung hat er vor der heiligsten Seel' ihrem Corpus."

So wurd' ich Zeuge von diesem Mord. Erschüttert und außer Atem, als hätte ich diese Untat begangen. Ich weiß nicht, ob mein Herz noch Rhythmus hatte, als sich der Totschläger mit irrem Blick, das Beil geschultert, nach mir wandte.

„Das hast du nun davon", dacht' ich mir. Angewurzelt sah ich mich bereits entzwei. Ich wagte keinen Rührer.

„Da sehen Sie mal", krächzte er, ohne auch nur einen Schritt auf mich zuzukommen. Er nahm die Hacke herunter und deutete mit dem Auge auf die Misere, ohne sich von mir abzuwenden.

„Wissen Sie, wer das gebaut hat? Wissen Sie das?"

Natürlich wusste ich es nicht. Er hieß ihn einen Wahnsinnigen. Einen gewissen Herrn Schmidt. „Ein Allerweltsname aus einem Niemandsdorf", wie er es nannte. Tatsächlich irgendwo aus dem Herzogtum Nassau. Die blanken Klauen der Wutentbrannten kratzten bereits an den Mauern der ausgedienten Stadtfeste, als er schon „in seinem dunklen Laboratorium herumwerkelte". Ein Klavierbauer also.

„Nein, diese Ehre verdient er nicht."

Ein dunkles Laboratorium also.

„Weiß der Teufel, in welchem Pariser Keller!" Er stampfte mit seinem schweren Absatz auf die entzahnte Tastatur.

Verrückt also.

„Verrückt ist gar kein Ausdruck. Vernudelt, ja – das muss sein Kopf g'wesen sein."

Vernudelt ... was auch immer. Vorstellen konnte ich mir darunter nichts.

„Angeblich hätte er sich als Taglöhner am Main herumgeschlagen und dort, an der Seine, war er auf einmal Jean-Tobie. Wie nobel."

Wie auch immer, geschickte Hände musste er gehabt haben, denn eines Tages seien Joseph-Ignace Guillotin und Charles Henri Sanson, der Henker von Paris, bei ihm aufgetaucht. Etwas besonders Humanes für die Vollstreckung legten sie ihm vor. Der Handwerker war beeindruckt.

„Der Hundling hat die Guillotine gebaut!", schrie er und sprang, nicht mehr zu bändigen, auf den zerschundenen Überresten des Instruments herum.

„Und darauf komponierte mein Bruder Musik ..."

„Damit geht's nicht nur schnell, sondern auch ohne Wehwehchen. Und seit es unser ehrwürdiges Trapez hierfür gibt, nennen wir es wie ein Apotheker. La Santé."

„Eine grauenhafte Stadtrandfestung", warf die Madame seufzend ein und empfahl sich, das Mädchen zu holen, um abzuservieren.

„La Santé …", murmelte Broschenberg und hustete seine Schockierung in die Serviette. Ein bisschen Blut war dabei. Ach, solange es keiner merkt. Er verlor sich in den eiskalten Resten des vorzüglichen Mahls, von dem auch nicht mehr übrig geblieben war als ausgefranste Knochen und ein undefinierbares Gemälde aus Soßenbraun, Karottenrot und Kartoffelbronze. Der Rest vom Schützenfest.

„Alsdann, mein Lieber, bevor wir uns in medias res begeben", hub der Gastgeber an, „auf unser aller Santé." Er hob sein Glas erneut, prostete Chevrier und dem Broschenberg verschmitzt zu, woraufhin er genussvoll das Rubin süffelte.

„Ein ganz feiner Tropfen, im Wortsinn das Blut von Bordeaux!"

Nachdem das dünne, blasse Mädchen, das kaum mehr als sechzehn Lenze zu schätzen war, das übrige Geschirr abgetragen und auf das ihr zugetragene Geheiß, ungestört bleiben zu wollen, den Raum verlassen hatte, verfinsterte sich des Préfets Miene wie der Himmel über der Stadt. Die reizvolle Lebendigkeit, die dem Ankömmling entgegengeschlagen, ward zugedeckt.

„Nun", brummte er, „möchten wir Euch die eigentliche Pikanterie darlegen."

„Paris ohne Pikanterie? Undenkbar!", warf Broschenberg ein. Waren doch die Gazetten voll davon, gerade auch in Wien.

„Hinter den Kulissen der legersten Bühne ist nichts ein Kinderspiel."

„Wem sagen Sie das, Monsieur."

Der Fürst knüllte die Serviette in seiner Hosentasche, ein besseres Versteck war ihm nicht eingefallen, während ihm die Flammen ins Gedächtnis schossen. Alles überragten sie, was er bisher gekannt. Hoch kletterten sie in die Nacht, als wollten sie Besitz von ihr ergreifen. Ahnung wollte er keine haben, und doch wurde sie bestätigt, als von irgendwoher die Rufe drangen: Das Ringtheater brennt! Die komische Oper war's. Was Anfang des Jahres in Paris unter die Leute kam, wurde gen Ende den Wienern zu ihrem Vergnügen vorgesetzt. „Les Contes d'Hoffman" – ein verfluchtes Stück. Er mochte nicht an sie denken. Nicht an ihr Gesicht. Die Kerzen lagen in ihren Augen, und sie lächelte eines jener Lächeln, das ihn für immer aus der Bahn werfen konnte, direkt in ihr Herz hinein. Für sie war Offenbach eine Champagnerperle. Und sie sein ganzes Er.

„Kommen Sie doch mit mir." Ihre Stimme war weich wie im Morgentaue benetztes Moos. Seine Pflichtbesessenheit rang ihn nieder.

„Verzeihen Sie, der Empfang des verehrten Kollegen ist in meiner Position unabkömmlich."

Nichts als Ausflüchte, ihre Enttäuschung ein leiser Schatten. Nein, er mochte nicht an ihr Gesicht denken. An das Grübchen um ihre Mundwinkel, wenn sie sich zwischen Unterhalten und Freuen nicht entscheiden konnte.

„Endlich der Offenbach in Wien. Ach, wie fehlte mir das zu meinem Gemüte. Eine zauberhafte, fantastische Operette. Verkürzt zwar, aber wie tief ist auch Hoffmann getaucht."

Und der andere hätte gesagt: „Nicht minder könnte ich Ihnen beipflichten, Gnädigste. Sie sind allein?"

Oder er hätte gelacht. Oder gesagt: „Hoffmann, der Teufel."

Nein, er mochte nicht an ihr Gesicht denken. An das blanke Entsetzen, als die heißen Zungen durch den Vorhang schlugen und mit Todesverachtung auf sie zeigten. Soviel war in jenem Augenblicke erloschen. Offenbachs letztes Werk. Ihr Gesicht war geschmolzen.

Ein Brummen des Préfets und er war wieder zurück.

„Entschuldigung, ich war für einen Augenblick in Gedanken." Broschenberg nippte an seinem Wein.

„Ich befürchtete, ich hätte Euch in einer Weise an die unanständigsten Träume verloren."

„Von denen man sagt, sie seien in dieser Stadt Fleisch geworden."

„So weit scheint Ihr also doch nicht weg gewesen zu sein."

„Näher, als Sie bemeinen." Der Fürst fand langsam zu seiner ihm eingewachsenen Sicherheit zurück.

„Nun denn, da wir alle wieder beieinander sind, lassen wir uns über Mysterien sprechen, die sich seit geraumer Zeit hier zutragen und die uns in außerordentliche Sorge versetzen."

Wie auf ein Stichwort atmete Chevrier einmal kurz geräuschvoll aus und zog ein zusammengefaltetes Blatt Papier aus der Innenseite seiner Weste. Er legte es mit Bedacht vor sich auf den Tisch und schob es zum Broschenberg hinüber.

„Was ist denn das?"

„Seht selbst", forderte Chevrier knapp. Der Bogen war etwas grau und verknittert. Spuren von mit ihm in Berührung gekommenem Wasser machten ihm raue, centimegroße Dellen. „Wie eine alte, seegereiste Schatzkarte", bemerkte Broschenberg, nahm das Blatt in die Hand. Er wog es, als prüfe er die Menge von Eingekauftem oder die

Echtheit einer Edelmünze. Dann legte er es vor sich hin und faltete es mit aller Vorsicht auf.

Larghetto.
Mit diesem Gedanken spielte er. Auf einmal war sie erschienen.
„Darf ich vorstellen, Monsieur? Meine liebe Frau Gemahlin."
Ein Baisemain für eine orientalische Prinzessin. Wache, leuchtende Augen unter tiefen Brauen, die ihn herausforderten. Dezent die Freude ihrer rosigen, molligen Lippen. Von unbeschreiblichem Glanz die Nacht ihres Haares. So hätte man sich die Traunwieser vorstellen wollen. Die schönste Frau zur Zeit des Wiener Kongresses, die kein Gesicht hat. Wenn ein Orientalist es sagt.
„Welch eine Freude, Euch kennenzulernen, Maestro. Willkommen in Paris."
„Ganz meinerseits", war er geschmeichelt. Die Ferne wurde ihm nah.
„Sie ist eine außerordentliche Begabung auf dem Piano", machte sie ihr Mann noch mehr glänzen. Neben der Fülle ihrer Jugend stand er wie ein jahrreicher Pascha, der sein wertvollstes Stück präsentiert. Es nimmt nicht wunder, wenn man einen jungen, wilden Kompositeur aussticht. Die Habsucht der heimlichen Lüstlinge. Er lächelte höflich und fing die Zeit ein.

Espressivo.
Ihre kräftigen, eleganten Finger entlockten dem Instrument eine Sprache, die ihn den Atem anhalten ließ. Die Augen schloss er, und er sah, wie das weiße Seidentuch im Himmelshauch tanzte. Es duftete nach Frühling. Einer schwerelosen Taubenfeder gleich kitzelte es seine Wange, doch war er zu langsam, es zu fassen. Nacht war's. Der Mond, groß und freundlich, machte alles weiß und gelb. Alles wurde großes Sehnen. Diese Poesie streichelte ihn ganz sanft von innen, und die Gänsehaut kam ihm. Wo bist du? Wo bist du nur? Weit kannst du nicht sein. Im jungen Baum ein einsames Blenden. Nelken, unverkennbar. Er wurde groß und wollte danach greifen. Eine Träne war's, die er pflückte. Gedankenverloren suchte er sich darin. Doch alles, was er sah, war dumpfes Erinnern. Ein Herz, das Flügel bekam, in vertrauten Händen sich so heimisch fühlte. Weibliche Hände, schöne Hände, warme Hände. Wie eine Schwester trägt sie es in umnachteter Liebe und zeigt es hin auf eine große Lichtung, wo neun violett umschleierte weibliche Wesen, starr wie Orgelpfeifen, um drei schön gezeichnete, schlanke Birken standen und das Schweigen mit

sanftem Nebeldunst teilten. Dann bekam er das Tuch in die Finger. Die Seide im Mond wie zerbrechliches Glas. Lange hielt er's an seine Nase. Wie Schmetterlingsflügel. Wie Liebe. Mir war, als entspannten sich seine Züge. Selten noch war er in letzter Zeit so benommen und gelöst. Lange, nachdem sie den letzten Ton gespielt, öffnete er wieder die Augen. Voll Wasser waren sie. Er konnte nichts sagen.

„*Hat es Euch nicht gefallen, Monsieur?*" *Der Pascha stand leicht verunsichert.*

„*Gefallen ...*", *schluckte er für sich den ersten Teil seiner Antwort.*
„*Ich habe selten ein Klavier so erzählen gehört.*"

Zur Zufriedenstellung des Gastgebers.

„*Die Stimme dieser Instrumente, sie vermag mit tiefgründigem Charme zu erzählen.*" *Und bei sich:* „*Von den entlegensten Geheimnissen der Nacht.*"

Piano.
Längst war es kein Gedanke mehr. Es wurde ein Geheimnis. Das Blatt schimmerte golden von den halb herabgebrannten Kerzen. Noch immer klangen in mir die kleinen Wellen unter dem großen Seufzen, als er nach einem langen, leeren Moment zur Feder griff.

„*A Madame*", *flüsterte er, und eine der beiden Kerzen erlosch.*

„Na, da schau her, was haben wir denn da?" Broschenberg war von den handgeschriebenen Noten überrascht. Auf fein säuberlich gezogenen Linien saßen die sechzehn schwarzen Punkte der Notenköpfe. Klein und fein. Leise summte er es vor sich her.

„Klingt wie ein großes Seufzen", äußerte er seinen ersten Eindruck.
„Sechsvierteltakt, in b-Moll ... nichts Fröhliches."
„Im Gegenteil", warf der Préfet ein.
„‚Obscur et terrible' beschrieb niemand Geringerer als unser Charpentier diesen an Düsternis schwerlich zu überbietenden Ton."
„Sehr sonderlich", nickte Chevrier.
„Angeblich hätten sich verzweifelte Liebende nach dem Hören dieses Stückes gegenseitig Gift in den Wein geschüttet."
„Gift?", Broschenberg versuchte die ihm unangenehme Vermutung, dass er der Einzige bei Tisch wäre, dem das Stück nicht geläufig war, zu übertauchen.

Chevrier nickte nur.

„Was hat es auf sich mit diesem Blatt?", warf er seinen nächsten Anker aus.

„Das Mysterium ...", warf der Préfet in den Raum.

„Vor ein paar Jahren hat es damit angefangen", Chevrier beugte sich mit verschränkten Armen über die Kante zum Fürsten hin. Einer, der direkt ist, aber nicht viel von sich hergibt. Ein sehr ambitionierter Kollege, spürte Broschenberg sofort. Seine Neugier war geweckt.

„Sie ist schon länger wach als ich, und stets ist sie noch immer munter, wenn ich bereits mehr müde als sonstwas bin."

Nach kurzem Kramen in seiner Westentasche steckte Chevrier dem Broschenberg ein Stück Zeitungspapier entgegen.

„Aus der Quotidien", sagte er knapp, während er seine alte Position einnahm. Broschenberg klemmte das Monokel ein.

„Wieder Männermord im Etablissement-Viertel. Die Polizei tappt weiterhin im Dunkeln", las er halblaut vor sich her.

„Der Erste war ein Bankdirektor. Ein sehr wohlhabender Mann", eröffnete ihm der von der Sûreté.

„Das ewige Ende der Weihnachtsgänse?"

„Oh nein", erwiderte Chevrier trocken.

„Kein Geld, kein Gold, kein Schmuck wurde geraubt."

„Schon wieder eines dieser fleischlichen Desaster", schüttelte Broschenberg den Kopf.

„Doch sind es nicht irgendwelche Toten. Allesamt lagen sie wie im Schlaf auf dem Rücken in dunklen Gassen. Am Montmartre. Fein gekleidet. Kein Blut zu sehen, nichts. Außer in der Kehlengegend die Male von würgendem Druck."

„Das Unwerk eines Einzelnen ...", grübelte Broschenberg vor sich her.

„Eine grauenvolle Mordgeilheit, der Einhalt zu gebieten ist!"

Der Préfet ballte seine Hände zu Fäusten. Mordgeilheit. Bei der Wortwahl des blutigen Ehrgeizes legte sich ein bitterer Geschmack auf Broschenbergs Zunge, der eine eigenartige Übelkeit in ihn hinunterschickte.

„Darob sollten keine voreiligen Schlüsse gezogen werden. Nicht alle ergötzen sich an ihren Taten. Wie viel dahinterstecken mag, lässt sich in unserer Angelegenheit zumeist erst im Nachhinein erkennen."

„Aber ich bitte Euch, mein Lieber. Das Augenscheinliche liegt doch klar. Die Männer im Etablissementviertel sterben wie die Fliegen. Und sie bekommen sogar einen Liebesbrief mit auf den Weg."

Der Préfet deutete auf die Noten. „Jemand, der mordet und seinen Opfern Chopin als Stecktuch hinterlässt, der fuhrwerkt wie ein Gourmet. Er genießt, was er tut, und möchte uns alle zum Narren halten."

„Chopin?"

„Ja natürlich. Das ist der Beginn einer Nocturne."

Er summte die Melodie.

Auch zu der Zeit, da ich für mich und meine Wände spielte – für Publikum klimperte ich viel zu bescheiden –, füllte es den Raum mit einem blaugrauen Schleier. Das Mondlicht schlich durch das rotgeschliffene Zierglas. Zunächst dachte ich an sie. Wie der Schmerz in ihren Augen, in ihrem Haar, in ihrer Gestalt, auf ihren Terrakottalippen und in ihren beinah unsichtbaren Sommersprossen mich zu verzaubern verstand. Mich in den Zustand des ersten hoffnungslosen Verliebtseins hineinwarf. Ihre Stimme habe ich verloren. Nur das Gesicht, das Gesicht trug ich noch. Ich war so ganz bei mir. In mir. Meine Knochen wurden Säulen eines Tempels, die von dem allerheiligsten Schmerz erfüllt waren. Ich begriff darin mein Sein, sah mich in allen Bestandteilen.

„Das bin ich." Der Raum war gleichgültig gegenüber meinem Flüstern.

„Und das bist du." Noch immer war er gleichgültig, als ich an ihn dachte. Daran, was er gemacht hat. Den Tempel der Nacht füllte er mit Stimme, mit unausweichlichem Fühlen.

„Wie konntest du das nur schaffen? Wie? Was ist das? Nocturne. Worin liegt dein Geheimnis? Dass du mir die Nacht mühevoll und tröstend zugleich machst? Dass ich nicht anders kann, als alles heraufzubeschwören, das meinen Tempel schändet? Dass ich nicht anders kann, als mir zu wünschen, mit dir zu sein und dem, was ich immer wieder hören kann – über dein verlorenes Herz hinaus? Dein unbeschreibliches Gefühl, das mich anspricht."

Als er geendigt hatte, der letzte Ton verklungen, war es noch stiller als zuvor. Langsam schwebten seine Hände von den Tasten. Ihr Schweigen war die aufrichtigste Ovation. Ihr Gatte zwang seine Mundwinkel in die Höhe. Ich sah die Scherben des rotgeschliffenen Zierglases auf dem Boden. Jede einzelne war rubinschön, wie das Blut, das von meinem Finger auf eine weiße Taste tropfte.

„Das also ist dein Geheimnis."

„Dabei nicht alles", ergänzte der Préfet. „Es sind nicht nur einfach dahergeschriebene Noten. Es ist, es ist …" Die Luft blieb ihm vor Aufgeregtheit weg.

„Was Monsieur le Préfet sagen möchte: Es ist die Handschrift von Chopin." Broschenberg sperrte die Augen auf:

„Welcher Mörder macht sich die Mühe, wie ein exquisiter Kompositeur zu schreiben?"

„Ein exquisiter, ein ausgekochter, ein sich in jedem Maß überlegen fühlender Lump!", polterte Chevrier.

„Für mich könnte er genausogut eine Raubkatze sein", führte Broschenberg seine Überlegungen fort.

„So unsichtbar, wie ihr ihn beschreibt. Aber bitte nennt mir doch ein einziges Phantom mit Begabung, und ich will auf der Stelle ein Kürbis sein. Begabt ist er, doch ob er weiß, was er tut, dessen bin ich mir nicht so wirklich sicher."

Er zupfte seinen fadrigen, grauen Spitzbart mit Daumen und Zeigefinger. Zehn Opfer gab es in den letzten drei Jahren. Fünf waren es im ersten Jahr. Fünf in den vergangenen beiden Jahren. Ein Bankier, alleinstehend, sechsundfünfzig Jahre alt, wohlhabend und rechtschaffen, sei zunächst aus Aug und Sinn verschwunden, ehe er leblos aufgefunden wurde. Ein verwitweter Gymnasiallehrer, dreiundvierzig Jahre alt, der sehr spartanisch und ordentlich gelebt haben soll, bei seinen Studenten höchsten Respekt genoss und laut seinem Umfeld nicht zimperlich bei der Züchtigung nach Widerworten war, sah aus, als hätte er bei einem Spaziergang in einer Seitengasse, nächst eines Etablissements, einen Herzstillstand erlitten. Unweit davon schleckte der Hund einer Spaziergängerin die Stirn eines geschiedenen Apothekers, dem man ob seiner Gabe für jedes Wehwehchen ein Mittelchen zu haben, liebevoll als „den Quacksalber" kannte. Beinah an gleicher Stelle lag ein unbekannter, unfruchtbarer Tattergreis, geschätztes Alter zwischen fünfundsiebzig und achtzig Jahren, dessen verlotterte Kleidung die Vermutung nahelegte, es mit einem Herumtreiber zu tun zu haben. Ein zugereister Student aus der Schweiz und ein Soldat, beide in ihren Zwanzigern, lagen wie Frühlingsgenießende auf einem Viertelgrün. Der Sohn eines namhaften, wohlhabenden Händlers, als Filou verschrien, um die Dreißig, ein siebenundvierzigjähriger Bauarbeiter und ein pensionierter, doch rundum wohlbekannter Richter, der sich mit eiserner Unerbittlichkeit erarbeitet hatte, gefürchtet zu werden, lagen im dunklen Cul einer neu propagierten Lokalität auf Montmartres Pflaster. Chevriers Ausführungen wurden vom telegraphischen Zucken seiner Finger auf das düsterschimmernde Tischholz begleitet.

„Wie heißt denn diese Lokalität?", fragte Broschenberg nach.

„Le Félin Taquin."

„Die neckische Raubkatze", warf der Préfet ein.

„Raubkatze also …"

„Heute Nacht schleicht einer meiner besten Leute in ihrem Revier", grinste der Mann von der Sûreté.

„Und was ist es, das die Raubkatze so neckisch macht?"

Chevriers Augen schlossen sich seinem Grinsen an: „Sagt bloß, Ihr habt noch nie von der koketten Minou gehört?"

„Nicht, dass ich wüsste", gab sich der Fürst zugeknöpft.

„Keine belustigt so wie sie. Man erzählt sich, der Bruder des Inhabers habe sie irgendwo aus dem Meer gefischt und mit nach Paris gebracht. Seitdem lässt er sein Kätzchen nach allen Facetten der Kunst tanzen. Kaum ein Abend, an dem sie nicht das Publikum an sich laben lässt. Heruntergekommen war die Félin, nun ist sie in dem Maße verrufen, dass sie das geilste Kätzchen hat, das sogar imstande wäre, einen Frommen mit Keuschheitsgürtel zu verführen", glühte der Préfet.

„Außerdem gehen andere Gerüchte, die bemeinen, sie wäre des Bösen Edelhure", setzte Chevrier eine gedämpfte Fußnote. Anstatt sich beeindruckt zu zeigen, fragte Broschenberg nach einem Moment des Schweigens: „Wie kommt's?"

Die Stimme des Préfets hallte in Broschenbergs Ohren: „Nichts ist sündhafter als die Frucht der Versuchung."

Von draußen mahnten die Glocken der Notre Dame.

Von unendlichem Liebreiz bist du getragen, der mein Herz in der Sonne hält und sagt: „Spüre die Strahlen, die voller Wärme und Leben sind."

Und ich hörte in mir, was die Rosen zum Blühen bringt. Ihre Haare waren Honig, ihr Mund waren Erdbeeren, ihre Wangen frische, volle Milch. Singend saß sie vor ihrem Karren und flocht eine weiße Rose in den schönen Kranz. Ihre zarte Stimme traf die eingängigen Töne der Melodie zwar nicht zur Gänze, jedoch lag ihr Geist in jeder Faser dieser Melodie. Ich erkannte sie sofort. Sie war von ihm.

„Was singst du da?", fragte ich.

„Les Murmures de la Seine, Monsieur", antwortete sie brav, ohne von ihrer Arbeit aufzusehen. Murmures de la Seine ... wie konnte man es nur so nennen. Später musste ich von der unendlich scheinenden Trivialität verlegerischer Fantasien erfahren. Und „Wie Wasser klingt's" habe ich noch mehr als wie im Ohr. Wenn es denn so rasch verfließt wie das höchste der Gefühle. Hauptsache, die kaschierte Aufrichtigkeit befriedigt. Jedes Mehr, jede gefühlte Aufrichtigkeit macht mehr Unbehagen. Nichts wie mit offenen Armen in die Maskerade! Elendige Unbedarftheit lag in ihrem Singen, und ich suchte den Himmel. Les Murmures de la Seine ... Furchtbare Ungeheuer schauten auf mich herab. Ich schauderte. Sie schien es zu bemerken.

„Die Schreckensteine schauen auf uns im Guten herab, Monsieur."

Bizarre Fratzen von bockshörnigen Teufeln ließen mich daran zweifeln.

„Wirklich, Monsieur. Das Böse soll sich vor seinem eigenen Antlitz fürchten und das Weite suchen."

Sie kauerten auf der Dame, krallten sich in ihre Schultern, in ihr Haupt und lauerten.

„Ihr dürft ihnen nicht ins Auge starren, Monsieur. Sie lassen einen nicht mehr los und fordern das Leben für ihre Gnade."

Dann begann die Notre Dame zu sprechen. Hohl und eindringlich.

„Ich verzeihe nichts. Ich vergesse nichts. Ich habe gesehen, was du gemacht hast. Mutter bin ich dir allein im Trost. Glaube mir und ich werde dich behüten in deiner Stadt, die dich in Versuchung führt. Schau mich an und erinnere dich an mein Gesicht. Ich werde dein Auge sein in deiner letzten Stunde, und du wirst mich halten und sagen: Nimm mich hin, Frau. Nimm mich hin. Dein bin ich. Und du wirst leben ewig, wie ich es dir versprochen habe."

Die Menschen nahmen keine Notiz davon. Sie hasteten über den Platz wie Diebe, die vor sich selber flohen. Das Mädchen setzte sich einen seiner Kränze ins honiggelbe Haar, als der Abend die Place orange machte. Es zupfte eine der weißen Rosen heraus und hielt sie mir entgegen.

„Die möchte ich Euch schenken, Monsieur."

Ich schaute überrascht in das emporgerichtete Türkis in ihrem Blick.

„Weil Ihr verstanden habt." Sie lächelte.

„Denise schlägt zur vollen", bemerkte Chevrier und schaute hinaus in die Nacht vor dem Fenster. Selbst ihre Glocken benennen sie nach dionysischen Frauenzimmern. Mit Mühe konnte Broschenberg ein Gähnen unterdrücken.

„Spät ist's geworden."
Der Préfet holte Gewissheit auf seiner Taschenuhr.

„Seid Ihr sicher, mein lieber Broschenberg, dass Ihr nicht in meinem Haus bleiben wollt?"

„Eure Gastfreundschaft in Ehren, ich war immer gern mein eigener Mann."

„Nun denn, lasst uns trinken auf die Schönheit der Nacht."

Das Kristall klang messerscharf. Der Préfet stellte sein Glas zurück auf den Tisch. Dann zerknüllte er das Notenpapier.

„Aber nicht doch", sagte Broschenberg. „Es wäre schade um eine der wenigen Gemeinsamkeiten, die wir haben."

VI

"Die Nacht ist der Tag der Seelen", das habe ich in einem Buch gelesen. Staubig und selbstvergessen lag es auf dem Leiterwagen zwischen allerlei Gerümpel. Ich hatte Mitleid mit Büchern. Es fiel mir schwer, sie ihrem Schicksal zu überlassen. Es war auch aus einem zerlumpten Sack gefallen, den der Dicke achtlos über die von der Zeit schwarz genagten Sprossen geworfen hatte. Über zerbrochenes Geschirr. Eine große weiße Narbe war geblieben.

"Auf seiner Nasen is g'legen", war er belustigt.

"Na, er hat halt keine Kraft mehr g'habt", spielte der Kantige sein Bedauern. Mein Entsetzen war wohl lauter als mein Schweigen, denn er ging zurück, fischte das Buch heraus, befreite es umständlich vom Mehl der Zeit, das wie Knöchelweiß aussah und auf seinem Ärmel haften blieb. Er streckte es mir entgegen: "Wollen S' das haben?"

Ich schluckte anstatt zu antworten.

"Gehen S', nehmen S' das doch. Es braucht keiner."

Der Dicke nickte grinsend im Hintergrund. "Wobei, naja, ich hätt' a Leberwurst zum Einpacken." Er kuderte drauflos.

Ich rettete ein Kalb vor dem Schlachter, entriss das Buch, hielt es unterm Mantel an meinen Bauch gepresst und verabschiedete mich um die nächste Ecke. Eine Weile hörte ich noch Kudern, dann nur mehr, wie Vergangenes über Vergangenem krachte, knarzte und brach.

Broschenberg prüfte den Zettel mit der Adresse. Er zeigte ihn dem Kutscher.

„Oui, Monsieur. Es ist dieses Haus."

„Merci, merci", sagte er und steckte ihm ein paar Münzen zu. Die prachtvolle Fassade im Laternenlicht erwartete ihn mit ihrem Stolz. Der Türring hing im Maul eines pechfarbenen Hundes, dessen spitze Ohren kecken Teufelshörnchen zum Verwechseln ähnelten. Auf dem Schädel trug er eine spitze Krone, die aussah wie ein Feuerkranz.

„Cave Canem", hauchte der Fürst in die dünne Decke der späten Stunde hinaus und betätigte etwas scheu das kalte Eisen. Er spürte, wie es ihm auf die Lunge drückte. Noch einmal erzeugte er hinter der massiv gearbeiteten, floral verzierten Holzpforte fernes Hallen. Ein älterer, aber kräftiger Herr, dem Hund wie aus dem Gesicht geschnitten, blinzelte misstraurisch aus einer beinah unsichtbaren Luke.

„Qui est-ce? Wer da, so spät?"

„Fürst Broschenberg, mit Verlaub."

„Was wollet Ihr, Monsieur le princier? Baronesse Mathilde? Um diese Zeit? Seid Ihr auch kein Streuner?"

„Aber wo, gottlob! Ich werde erwartet." Broschenberg faltete den Zettel mit der Adresse zusammen und steckte ihn durch die Luke. Der Hundemann fixierte ihn wie einen frechen Rotzbengel, der behauptete, der Papst von Avignon zu sein.

„Geben Sie es ihr, und sie wird verstehen."

„Attendez!"

Wie bei derart penibler Vorsicht überhaupt etwas in dieser Stadt passieren könne, war dem Fürst in diesem Moment ein Rätsel. Die Flammenkrone loderte, als sich die Luke schloss und er mit diesem Cerberos alleine blieb.

„Die Nacht ist der Tag der Seelen. Entschlafen könnte ich darin für jedes Leuchten. Ihren Mantel möchte ich tragen, um alles zu erkennen, was mir fremd war. Einverleiben möchte ich mir ihren geduldigen Rachen. Eins sein mit ihr. Seele werden. Alles Leben entfleucht dem Tage. Es gibt keine Träume mehr. Alles muss begriffen werden, Knochen haben, Fleisch und Wahrhaftigkeit. Du scheinheilige Tagstadt. Keinen Menschen kann ich umarmen, ohne ins Leere zu fallen!"

Ein schwimmender Nebel machte mich blind, rostig scharf breitete es sich in mir aus. Ich weinte. Um mich war nichts mehr. Allein die Stimme der Worte blieb in mir.

„Die Nacht ist der Tag der Seelen ..."

Und die Erinnerung von blassem Bleistift. Die Noten großen Seufzens und die vier Worte: Chopin, du hast recht. Nicht ohne Hoffnung verlor ich meine letzte Träne in dem abgegriffenen, leicht vergilbten Papier, das voll war von undefinierbaren Flecken. Nocturne. Ich schlug das Buch zu, drückte es an mich, hielt den Atem an und war mir sicher: Paris, je viens!

„Ich kann es fürwahr nicht glauben."

Die Alte schlürfte Heißes aus ihrem geblümten Porzellan. Ein aromatischer Duft dampfte heraus, dem Broschenberg direkt in die Nase. Er konnte nicht sagen, was es war, aber es tat ihm wohl, und er genoss, wie es seinem Husten lindernd kam.

„Und doch ist es nicht anders." Eine Milde kam in ihr zerfurchtes Antlitz, wie sie nur den weitgereiften Damen innenwohnte. Das einzige Strenge an ihr machte er in ihrem silbernen Haar aus. Nach hinten gestrammt, wuchs es wie in einem zerfransten Wollknäuel aus.

„Wisst Ihr, Monsieur, die Comtessa und ich ... wie soll ich es sagen. Sie war mir wie eine Tochter. Ich habe sie mit einem jungen Maler zusammengebracht. Ich kann mich nicht mehr an seinen Namen erinnern. Ich glaube, er kam irgendwo aus dem Süden. Seine Porträts begeisterten, und in den Ihren erkannte er nicht nur ihre außergewöhnliche Begabung. Er sprach, ja er sprach sogar von einer Melancholie, die er in ihren Versuchen erkannte, wie sie Chopin nicht eigener hätte sein können."

„Ich habe sie malen sehen", stimmte Broschenberg zu.

Ihre Augen, das Schönste und Jugendlichste an ihr, begannen zu leuchten. „Was hat sie denn geschaffen?"

Lange schaute der Fürst ins Nichts. Er hatte sich entschlossen, die Vergangenheit ruhen zu lassen. Warum Fuchsteufel auch hatte ihn sein Stolz gefesselt.

„Das Mädchen mit der Möwe."

Der Baronesse fiel der Löffel aus der Hand. „Mon Dieu", schluchzte sie beinah lautlos, während ihr die Farbe aus dem Gesicht wich.

„Ist Ihnen nicht wohl, Madame?"

Sie schluckte und schien in den Mustern der fein gearbeiteten Tischdecke nach neuer Fassung zu wühlen. „Nein, oh nein", sagte sie ohne Atem. „Nein, nur ein Augenblick der Schwäche." Sie suchte den Halt in Broschenbergs Unerschütterlichkeit. „Es ist ein schönes Bild."

„Es ist ein außergewöhnliches Bild", präzisierte Broschenberg. „Allein, ich dachte, es wäre vernichtet."

„Detruit?" Es fiel auf ihn wie ein Barrabas, der gerügt wurde, weil er nicht glauben konnte. „Mais pas du tout!" Schwerfällig erhob sie sich aus ihrem weichen Stuhl und stützte sich dabei auf den beiseite gelegten Hugo. Notre Dame de Paris.

„Bitte kommt, Herr Fürst."

Langsam folgte er ihr und fühlte die Last von Jahren auf sich. Von Momenten weite Ferne, waren sie nun ein Gestern.

(Das leidige Gewölk über Abbazia hatte sich noch immer befleißigt, den Unglanz dieses unliebsamen Geheimnisses zu cachieren.)

„Selbst ein Gesicht hat sie, das mir nicht wirklich scheint." Die Giuseppina hatte ihre nackte Schulter an der seinen gerieben. So jung ist er niemals mehr gewesen. Sie hatte ihm Farben in dem Grau erweckt, in denen er nie zuvor gelegen. Mit ihren Flammen hatte sie das vernichtende Feuer bekämpft, wobei es ihm unheimlich leicht geworden. „Alles lässt sich jedoch nie verbergen", hatte er gedacht. Den unausgesprochenen Zweifel in seinen Augen hat sie lesen gekonnt: „Ist es der patschige Manì wirklich gewesen?" Robinar war mit schneidigem Getös ins Lokal herein und hatte Mani vom Fleck weg verhaftet. Grob hatte er den Kellner hinter sich her gezerrt: „Zier dich nicht, du Mordslump, Elendiger! Wehe dir, ich fische dir dein Herzweh aus unserer Bucht. Jadransko more!" Wäre er der selbsternannte Luchs wirklich gewesen, hätte er bemerkt, wie die Giuseppina vom Fenster weggegangen. Unwillig von der Neugierde unter dem rosaroten Hut berührt zu werden. Broschenberg spürte noch immer, wie sich kurz darauf ihr Atem seiden über ihn gelegt. Unausgesprochenes schmerzt mehr, darum hatte sie versucht, es zu lindern. „Ich mag Abschiede auch nicht."

„Ich bedau're, dass es sie gibt", war er ehrlich gewesen.

„Müssen Sie wirklich fort?"

„Nun, bauen wir auf das Wiedersehen." Lange hatte er auf den Zettel geschaut und an ihre Worte Worte gedacht: „Besuchen Sie mich."

Er spürte die Umarmung, als es über weiche Teppiche und durch blumige Couleurs ging. Das Haus der Baronesse war, als hätten sich hier sämtliche Rosenkavaliere verewigt. Als würden sie über Jahr und Tag für das Gestern verehrt. Genauso bunt wie einsam war es. Sie tauchten ein in Dunkelrot. Viele Fenster schauten im fahlen Widerlichte auf eindrücklichste Landschaften. Märchenwiesen, Gebirgsbäche, Lavendelfelder. Auf einmal kam ein Leuchten. Sie standen vor einem kleinen Schwanenfußbett. Darüber entblößtes Karmin, darin schemenhaft die schwarzen Ränder eines unsichtbaren Fenêtres.

„All das sind die Augen der Giuseppina."

Faune in den Pyrenäen verwirrten den Broschenberg. Die Baronesse hob ihr Kinn gen das blinde Fenster.

„Dort, genau dort oben. Da hing es."

Den Broschenberg durchzuckte es, als wäre ein Zeus'scher Blitz speergerade in ihn hineingefahren. Mit einem Male entwaffnete ihn der über Jahrzehnte ausgesperrte Erzfeind: das schier Unmögliche. Er wandte sich nach der Baronesse, die vor dem flackernden Gesicht des grimmigen Hundemannes, der das Licht gebracht hatte, wie eine Mahnfigur wirkte. Er glaubte, seine Worte von jemand Fremdes gesprochen.

„Bitte sagen Sie es. Sagen Sie es, werte Baronesse. Sagen Sie es, damit ich es zumindest glauben kann."

Nach einer Marter des Schweigens hörte er es: „Dort oben hing das Mädchen mit der Möwe."

Nun war es auf der Welt. Neugeboren, auferstanden aus verborgenen Trümmern.

„Wo ist es?", fragte der Fürst mit gebrochener Stimme.

„Ach, es ist schon lange nicht mehr hier. Vor einiger Zeit wurde es gestohlen. Ich glaube, es war meine letzte Soirée. Zugleich das letzte Mal, da ich die Comtessa unter meinem Dach wusste. Am nächsten Morgen trieb mich wohl die Hoffnung in dieses Zimmer, nichts von ihr verloren zu haben."

Es war ein lauer Juniabend. Ich nahm mir, auf gut Glück, ein Zimmer im Quartier Latin. Eine kleine, hübsche Pension und erschwinglich. Die Stadt hieß mich mit einem Lächeln Willkommen. In Person stand es vor mir. Ein schüchternes Mädchen, das mir den Schlüssel aushändigte.

„Ihr seid zum ersten Mal in unserem sagenhaften Bourg?"

Noch nie zuvor hatte ich jemanden die Muse, deren Luft Baudelaire, Toulouse-Lautrec und Chopin geatmet haben, als „Städtchen" bezeichnen hören.

„Ich sehe wohl so aus", griff ich ihren Sinn für Humor auf und schaute auf mein Gepäck hinab.

„Ein kleiner Koffer für eine kleine Stadt."

„Numéro treize", sagte sie in ihrer unermüdlichen Heiterkeit.

„Wenn Ihr noch etwas benötigt, mein Name ist Claudette."

„Claudette", repetierte ich von ihrem Gemüte angesteckt.

„Merci", und ich umklammerte die Dreizehn.

„Monsieur!", rief sie mir nach, „attendez! Ich habe etwas vergessen!"

Einen Deut später war ich in den Salon der Baronesse Mathilde eingeladen. Eine eigentümliche Person, die sich irgendwann in den Kopf gesetzt hat, verirrten Geistern, wie meiner Wenigkeit, Raum zu geben für ihre Spinnereien. Im Nachhinein fragte ich mich, wie sie von meiner Anwesenheit je hatte erfahren können. Damals fühlte ich mich fraglos geehrt. Ich kannte niemanden in Paris. Womöglich war mir mein Name vorausgeeilt.

„Elle est une sorcière, sagt man." Offenbar verbargen sich hinter der Timidité sämtliche Untiefen aus der Gegend.

„Dann nichts wie in den Hexenkessel."

Claudette kicherte. Der Salon der Baronesse Mathilde befand sich in einem kleinen, schmucken Häuschen in Richtung Montmartre.

„Monsieur le poète!"

Ich fühlte mich angesprochen. Die gereifte Eleganz in Oliv stand im Bogen hinter dem Lidschatten der hereinbrechenden Nacht.

„Monsieur le poète! Ich wusste, Ihr würdet kommen!" Noch nie hatte ich eine Stimme lächeln hören.

„Bei Baronesse Mathilde?", fragte ich unbeholfen. Im nächsten Augenblicke war ich in der Begleitung der Comtessa Giuseppina. Vorzeiten kletterte ich über Felsen. Ich mühte mich über die bizarren Fänge, Blute an den Fingern und Klingen in der Lunge. Hinter dem gleißenden Licht flüsterte mir Kristall entgegen. Ich glitt die matte Wiese hinab, die sich dezent mit Frühlingsblüte zurückhielt. Eine Weile ging ich gegen den Strom, ließ mich hinab und tauchte mein Gesicht in scherbenfrostiges Glas. Herzförmige Steine ruhten und ich mit ihnen. Ich war ein Ungeborener. Als ich wieder zu mir kam, saß ich in der Wiese, und was mir vom Gebirgsbach gegeben, tropfte aus meinem Haar. Ein verdorrtes Gänseblümchen wollte ich zupfen, da ward ich umgeben von zwei lustigen Gesellen, die Neckisches ihren Flöten entlockten und auf ihren dünnen Ziegenbeinen herumhüpften. Einer setzte sich zu mir ins Gras.

„Weshalb Missmut, Gesell? Sei doch froh."

Der andere setzte sich dazu. „Schön ist die Welt, und noch bist du nicht entbunden von diesem Mutterleibe."

Sie hüpften wieder auf, einer riss das Gänseblümchen aus und gab es mir. „Pass gut darauf auf, es ist ein Schatz."

Dann sprangen sie übermütig in den Brocken herum und musizierten das Grau schön. Ich war überwältigt. So ein Bild hatte ich noch nie gesehen.

„Ja, das ist berühmt", war mein Rundherum überzeugt, und ich war es auch.

„Die Giuseppina fängt Leben ein."

Seitdem war ich getauft.

„Pasné", schmetterte ich ehrlich. Die Baronesse umarmte mich wie einen verlorenen Sohn. Viel hatte ich bereits gelesen von den vielgepriesenen Cours de Salon. Der Klatsch wurde verzehrt wie fettige Sonntagsbraten. Aus Paris natürlich mit einer Sauce, die Weltschmerz zu versüßen verstand. Mir konnte jedoch nichts das Unausgesprochene verbergen: Ein Raum von kerzenerleuchtetem Creme. Die Baronesse legte mir ihre flache Hand auf die Brust, mit geschlossenen Lidern. Sie murmelte etwas vor sich her, das, meiner Vermutung nach, wie eine Frage klang. Dann intonierte sie in inbrünstigem: „La-La" Chopins b-Moll-Nocturne, die mir heute noch ungebrochen im Kopf ist. Einmal schnaufte sie tief aus.

„Ihr seid aber kein Musikus. Dennoch habt Ihr eine poetische Ader in Euch, die sich rankt und windet, die blüht, die Honig und Dornen kennt. Ihr sucht keine Grenzen, aus der Enge schafft Ihr Universum. Der Leere gebt Ihr Rahmen, die Ketten des Vorstellbaren veredelt Ihr."

Lächelnd senkte sie die Hand: „Ihr seid ein Dichter." Die Giuseppina flüsterte in meine Verwunderung: „Das ist ihr typisches Ritual, Erstkontakt mit ihren Salonbesuchern aufzubauen."

„Ja, es stimmt, Verehrte. Alles stimmt. Ich schreibe …"

Ein Spazierstock klopfte an den Türrahmen. Die Baronesse verfiel in überschwängliche Überraschtheit und erschrak. Ein Hagerer mit vollem, dreieckigem, schwarzem Barte, Melone und ohne Augen war aufgetaucht, das Dunkel aus dem Gang im Rücken. Die Baronesse umarmte den gespenstischen Ankömmling mit den großen schwefelfarbenen Scheiben in den Höhlen wie einen verlorenen Sohn. Sie legte ihm ihre flache Hand auf die Brust und von Neuem begann das Prozedere.

„Ihr seid aber kein Peinteur. Dennoch habt Ihr Farben in Euch, die schärfer blitzen als Schieferfelsen. Die Zeit ist Euer Elixier, Ihr wisst um die Bedeutung der Ruhe und die Magie der Langsamkeit. Aus dem Kleinen holt Ihr die Finessen, die in jeder Faser nachklingen und Herzen unbeschreiblich zum Stillstand bringen können." Erfüllt senkte sie die Hand: „Ihr seid ein Musikus."

Der Mann nahm die Melone ab, verneigte sich, gerade bleibend wie ein Stock, und die Baronesse geleitete ihn zu uns her.

„Darf ich bekannt machen, Comtessa Giuseppina, eine Dame der Farben. Monsieur Pasné, ein Mann der Worte. Monsieur Erik, ein Mann der Töne."

Aus seinen toten Scheiben wurde ein eleganter Kneifer vor lebhaften Knöpfen. Seine Hand war kalt.

„Enchanté!"

„Wollen wir uns nicht setzen?"

„Un instant, Mesdames, erlaubt mir."

Monsieur Erik zauberte aus der Innentasche seines Jacketts zwei blaue Blumen mit so merkwürdigen Blüten, wie ich sie noch nie gesehen habe. Er roch kurz daran, hob den Kopf, als könne er den Duft in seiner Nase bewahren.

„La magie de l'odeur." In der Hand eine dieser Phantasien, für die Comtessa und für eine Baronesse.

„Wie reizend", die Baronesse war angetan.

„Diese Couleur, als hättet Ihr sie aus einem meiner Bilder gestohlen", die Comtessa war auch angetan. Monsieur Erik schwieg und drehte sich den Hocker vor dem pechfarbenen Pianino niedriger. Es quietschte leise. Niedergesessen, legte er seine Hände auf die Knie. Die Teppiche füllten sich mit Schweigen. Die Kerzen hielten den Atem an. Dann regnete das Blau auf uns herab. Eine Träne, die nicht rinnen wollte, erstarrte auf meiner Wange.

Es wird gesagt. Klar und ergreifend. Nichts schwingt, bleibt ewig. Alles ist klein, will klein bleiben. Ist hier. Heute. Jetzt. Und morgen. Nicht gestern. Ein bisschen gehen, ein bisschen hüpfen. Nachdenken, aber nicht zu weit. Nicht zu eilig. Pause machen. Stehenbleiben. Die Finger zählen. Die Hände wärmen. Das Herz, Herz sein lassen. Atmen. Sein. Durch Schwefelscheiben. Mein Körper hat ein Zimmer. Die Arme sind Flügel. Die Schritte zagen. Leichtes ist schwer. Schweres ist leicht. Knirscht leicht auf Kiesel. Tropfen kommen. Mehr und mehr. Atmen. Kommen und gehen. Es trocknet kalt. Atmen. Pause. Nichts mehr.

Monsieur Erik legte seine Hände auf die Knie, und ich verstand. Aber Chopin konnte er mir nicht entreißen. Keiner applaudierte. Keiner sprach. Keiner atmete. Dann sah ich einen Engel. Ein junger Mann mit einem markant schönen Gesicht, klaren Augen und hellem, langem Haar.

„Waaah!", die Baronesse schreckte hoch, fasste sich jedoch schnell wieder und kam mit ausgestreckter Hand auf den Jüngling zugeeilt.

„Ihr seid kein Dichter! Dennoch habt Ihr Stimmen in Euch, die Formen verraten. Das Menschliche bewegt Euch. Die weibliche Natur legte Euch Wege, Ihr wisst Hartes und Raues zu überwinden und sucht Eure Befriedigung im ursprünglichen Sein. Schweres liegt auf Euren Händen. Nach Großem und Ewigem strebt Ihr." Lächelnd senkte sie die Hand. „Ihr seid ein Sculpteur."

Das Engelsgesicht nickte, griff sich an den Hals und bedeutete stumm zu sein.

„Oje, wie bedauerlich", bemitleidete die Baronesse. „Aber eine Idee habe ich, was wir allesamt gemeinsam genießen können." Sie führte uns durch einen im Dunkeln gelegenen Gang hinein in ein von unzähligen Bildern verhangenes diabolisches Rot. Monsieur Erik betrachtete die knorrigen Wurzeln eines Baumes. Das Engelsgesicht folgte der Koketterie einer Wassernymphe. Ich schaute in einen Sonnenuntergang. Comtessa Giuseppina stand in Fassungslosigkeit: „Das sind ja meine Kinder! Jedes Einzelne von ihnen!"

Die Baronesse stand befriedigt. „So ist es, meine Herren! Hier sehen Sie mit den unvergleichlichen Augen unserer werten Comtessa hier."

„Très bien, en detail", sagte Monsieur Erik, der von seiner Wurzel nicht loskam.

„Gefühlte Poesie", sagte ich. Das Engelsgesicht machte den altbekannten Feinschmeckerdeut.

„Also, ich weiß nicht, was ich sagen soll", sagte die Giuseppina.

„Und das kommt wirklich nicht oft vor", zwinkerte die Baronesse, die bald darauf etwas mehr Ernst suchte.

„Nun, kein Zweifel, dass wir hier alles Besonderheiten der wohl bedeutendsten Malereien unserer Kreise vereint finden. Jedoch möchte ich das Augenmerk auf dieses eine hier richten."

„Das Mädchen mit der Möwe …", murmelte Broschenberg.
„Ja, das Mädchen mit der Möwe", bestärkte die Baronesse.
„Besondersten Eindruck machte es, wie es schien, auf den melancholischen Dichter und auf diesen stummen Bildhauer."
„Wie hieß der?"
„Wenn ich das noch wüsste", grübelte die Baronesse.
„Haben Sie ihn denn nicht eingeladen?"
„Meine Salons sind, verzeiht, waren, nicht derart strenger Etikette unterworfen. Manche habe ich eingeladen, manche haben meine Gäste mitgebracht, manche hat die Comtessa Giuseppina eingeladen, manche haben sich hierher verirrt."
„Ein offenes Haus sozusagen."
„Oja. Nie werde ich aber vergessen, wie die beiden Herrschaften vor dem Bild, ja, regelrecht knieten. Lange brachte ich sie nicht davon weg. Dann war ich mit der Comtessa allein. So gerührt sah ich sie noch nie. Sie hatte oft ihre Fassung. Ja, ich habe ihre Bilder gesammelt. Ich liebe jedes einzelne. Keines gibt es zweimal. Auch sie war eine Tochter für mich. So hielt ich sie. Früher, wisst Ihr, hat sie mir zu jedem ihrer Bilder unzählige Geschichten gewusst. Das hier war das Einzige, zu dem sie ständig schwieg. ‚Es ist nicht gelungen', tat sie es immer ab. Als sie sich von mir löste und die Tränen aus dem Gesicht wischte, hat sie mir offenbart, dass sie am nächsten Morgen wieder nach Italien aufbrechen wollte. Das traf mich ungemein, wie Ihr Euch gewiss vorstellen könnt. Natürlich wollte ich es nicht glauben. Seit ich verwitwet bin, ist die Hoffnung alles, was ich noch habe. Und diese wurde tags darauf doppelt zerstört."
Sie schaute auf das leere Fenster, als könnte sie das, was vergangen, wieder heraufbeschwören.
„Klavier habe ich auch keines bemerkt", sagte Broschenberg, um die bitteren Gedanken etwas zu zerstreuen.
„Ich habe es verschenkt. An einen jungen Studenten. Ein gewisser Monsieur Durey. Er schien mir Talent zu haben. Das ist mehr wert als jeder noch so glänzende Centime."
„Es freut mich wirklich sehr, dass Ihr es genauso seht, Baronesse."

Langsam hob sie die Hand und legte sie dem Broschenberg auf die Brust. „Ihr seid ein Mensch. – Was führt Euch eigentlich nach Paris?", kam es aus dem Heute.

„Das weiß ich noch nicht so genau."

„Himmel, incroyable! Wo hast du das denn her?" Bosse klopfte nervös mit seinem Holzbein.

„Aus dem schicken Hexenhäuschen. Ist es nicht zum Niederknien?"

Bosse tat einen Schritt näher. „Diable! Bin ich verrückt, oder ist sie das?"

„Das ist sie."

„Hmm ... etwas merkwürdig. Aber geil, geil ist sie." Er fuhr sich mit der Hand zwischen die Beine. „Selbst da auf der Stelle könnte ich sie vögeln."

„Pass nur auf, dass sie dir ihn nicht abbeißt."

„Das soll sie nur wagen, Miststück! Dann hat sie für die längste Zeit ein Trällerzünglein gehabt! Dann ist ihr die Süße der Erdbeeren auf ewig bittere Erinnerung!"

„Sieh dich vor! Es ist kein Honigschlecken."

„Na und, es war doch nicht meine Idee, dass du in dieses verluderte Wien zum Ficken gehst."

„Gute Ware will geprüft sein. Und geschadet hat's dem verschnürten Geist auch nicht."

„Und was ist mit der toten Göre?"

„Sie schweigt besser als alle Gebotstafeln zusammen."

„Naja ...", Bosse zeichnete ihre Konturen nach. „Eine wahre Goldgrube ist sie, das muss man ihr lassen." Dann hielt er inne. „Sag mal, ist das ein Papagei?"

„Das ist eine Möwe, Bruderherz."

„Unser Schnuckelkätzchen ist Kunst", Bosse prustete los. Als er sich wieder beruhigt hatte, senkten sich seine buschigen Brauen. Er öffnete sein Wadenholz, nahm einen silbernen Dolch mit Ledergriff heraus und stach dem Mädchen in die Kehle.

„Vernichte es!", befahl er. Der Bruder nickte, nahm das Bild vom Sims und warf es ins Feuer. Zuerst fing das Meer an zu brennen.

„Was hast du eigentlich der Hexe gesagt?"

Der mit dem Engelsgesicht schloss und öffnete den Mund wie eine Forelle. Bosse schaute zuerst verdattert, dann kam sein alles verschlingendes Lachen zurück.

Motte steckte sich eine Zigarette an. Er hasste die monarchische Art Chevriers. Dennoch hatte er sich einen Namen als Ringküsser gemacht. Was tut man nicht alles für Dinge, die einem im Blut liegen. Schon als Junge spielte er lieber den Gendarmen. Er kriegte sie alle. Er spuckte über das Pflaster und lehnte sich an die müde Laterne. Grauenhafter Tabak. Jeden Winkel kannte er am Montmartre. Jede Bettwanze. Er spitzte die Ohren. Er nahm einen tiefen Zug. Kein Zweifel, das Holzbein klackte die Rue herauf. Bosse mochte zwar der zwielichtigste Kerl sein, der ihm je untergekommen, aber auf seine Uhr war Verlass. Jetzt musste er nur noch bis einhundertfünfunddreißig zählen.

Die längste Zeit war dieses Eck blind gewesen. Die Idee einer Pfarrei, die im ersten Stein lag, konnte sich nicht lange halten. Zumindest wurde sie nicht ernst genug genommen. Genausowenig wie die einer blitzpolierten Kanzlei, deren braves Papier hier wahrlich verblichen wäre. Am Ende stand ein lustiger kleiner Mann aus der Auvergne. Er sah sich das ihn um einen Kopf überragende Mauerwerk an, das aus dem Pavé wucherte. Mit der Hand die Ziegel beklopfend, zwitscherte er: „Mon p'lais, mon p'lais", als konnte er kein „a" sprechen. Wenige Monate später kam er angefahren und ließ sich beim Abladen mannshoher Automaten helfen. Wie ein Gulliver zwischen seinen Riesen fuhrwerkte er, und die Leute hatten zu gaffen. Die Geburtsstunde von Monsieur Archimèdes Automatenkabinett war eine Attraktion. Seine Spezialität waren weibliche Märchenfiguren. Raiponce, Blanche-Neige, Cendrillon, La Belle au bois dormant und Le Petit Chaperon Rouge beherrschten seine Vitrine und überwältigten alles mit ihrer monströsen Anmut. Rapunzels Haar wuchs, Schneewittchens Lippen bluteten, Aschenputtel weinte, Dornröschen stach sich, Rotkäppchens Augen weiteten sich vor Furcht, bis sie an langen Federn heraussprangen und mit ihrem Glaskörper an die Scheibe schlugen. Spätestens da erschraken alle und machten einen Satz zurück. Nur Bosse nicht. Der labte sich daran, verbrachte Stunden und schaute. Er verzehrte einen glacierten Apfel, während Rotkäppchens Kopf in einem gierenden Wolfsmaul verschwand. Die Knochen schauten heraus. Bosse konnte sich nicht mehr halten und prustete drauflos. Sein pomme glacée entfiel ihm und rollte einem lustigen, kleinen Mann vor die Füße. Monsieur Archimède hob ihn mit einem „Tiens!" auf, betrachtete ihn argwöhnisch und verschwand mit ihm in seinem Kabinett. Brodelnde Wut trieb Bosse hinterher: „Na warte, Dieb!"
Die Ladenglocke war eine Furie.
„Bienvenu dans mon p'lais."
Beinah stolperte Bosse über diese zur Schau gestellte Fröhlichkeit.
„Dort drüben, Monsieur, ist, was Ihr begehrt."

In einem hinteren, halb von einem Vorhang verdeckten Raume lebten alle verstorbenen Franzosen. Verblüfft, wusste seine Wut nicht wohin.

„Das Geheimnis", Monsieur Archimède zog eine längliche Schublade aus dem Regal und holte eine Fratze heraus, „sind Totenmasken." Die halbgeschlossenen Schlitze sahen alles, und die gequollenen, übereinander gewölbten Lippen waren wahrer als jedes Wort.

„Was willst du von mir?!" Bosse hob die Faust.

„Seht doch, dort."

Er folgte dem Zeigefinger. „Um Himmels willen! Napoleon!"

Der hob seinen Arm in die Höhe und präsentierte den glänzenden, angebissenen Apfel. Die andere behandschuhte Hand am Säbel, hub er an: „Das Schlimmste in allen Dingen ist die Unentschlossenheit."

Das gab Bosse den Rest. Er stürmte auf Bonaparte los und wollte seinen Happen zurück. Doch zu hoch war's. Am Orden blieb er hängen. Sein Hemd riss entzwei, er fiel zu Boden, der selbstherrliche Hüne mit einem Rumms auf ihn drauf und zerschmetterte ihm das Bein. Bosse brüllte wie ein in die Falle geratener Löwe. Der Apfel rollte Monsieur Archimède vor die Füße.

„Tiens!" Er ließ sich ihn schmecken. „Fast so gut wie der Honig aus der Auvergne." Alle Finger schleckte er sich ab.

Nach einem Jahr, auf die Stunde genau, stand Bosse wieder vor dem Laden. Rotkäppchens Kopf war nicht nachgewachsen. Sein Bein auch nicht. Verschlossen war's. Energisch mühte er das Holzglied und pochte an die Tür.

„Archimède! Archimède! Meine Rechnung will ich, Drecksau!"

Ein glacierter Apfel rollte daher. Der kleine lustige Mann nickte stumm und nahm den Schlüssel unter seinem kleinen, runden Hut hervor. Gerne spekulierte sich Motte den Rest zusammen. Er malte sich Monsieur Archimède aus, der ab diesem Tag spurlos verschwunden war, wie er leblos von seinem Schneewittchen baumelte, begleitet von seinem sprichwörtlich gewordenen „Auvergner Lächeln". Nach weiteren Wochen wurde, raunend bezeugt von dutzenden Passanten, die Tafel des Automatenkabinetts abgenommen. Eine traurige Leere blieb. Keine drei Tage darauf brach ein Feuer aus. Nichts blieb, außer dem Stein, der eine Pfarrei hätte werden sollen. Motte amüsierte diese Ironie. Aus der Asche erwuchs ein rabenschwarzes Haus, dessen Dach wie eine Grenadiermütze saß, aus der Pantherohren ragten.

Motte tötete die Zigarette ab.

„Einhundertfünfunddreißig."

Leuchtende Katzenaugen fixierten ihn. Le Félin Taquin war geöffnet.

Sie saß vor dem Spiegel und zog die Wangen ein. Er sollte nichts bemerken.

„Lass mich das machen."

„Meinetwegen."

Mit Agnes brauchte es kein Französisch. Man hatte sie in Mali Lošinj aufgelesen. Sie stand von ihrem Bett auf und nahm Ana den Lidstift aus der Hand.

„Ich bin die kokette Minou. Nichts anderes."

„Na, dann wollen wir doch dafür sorgen, dass er sein Lieblingskätzchen bekommt."

Agnes schnurrte, und Ana zeigte ihre Beißerchen. Taque-Toque-Taque. Ein freches Hüpfen mit trotzigem Akzent. Sie kannte die Schritte, die kamen. Die Tür ging auf, und er blieb mit leuchtenden Augen auf der Schwelle stehen.

„Na, mein Täubchen?"

Wie ein Geist schwebte er herein, leckte Agnes den Hals, packte sie an den Schultern und warf sie zurück ins Bett.

„Bleib, wo du hingehörst, bis ich dich rufe!"

Sie rollte sich ein und war nur mehr zerbrochenes Poerzellan.

„Lass dich anschauen!"

Ana ließ. Er musterte eine Weile ihr Gesicht. Seine hölzernen Lippen spürte sie schon gar nicht mehr. Ihre Finger krampften sich in den Sessellack.

„Du bist noch nicht fertig! Beeil dich! Der Herr wartet schon!"

Das nach parfümierten Kehrricht muffelnde Etwas machte ihr nichts mehr aus. Gewohnt war sie die Donnerstagsblindheit. Hinab ging's. Mehr als einhundertfünfzig Takte lang, wenn sie es ein bisschen zu langsam nahm. Sie kannte die Tage nicht mehr. Wie konnte die Erlösung so bitter sein …

„Wo ist Ivanka?"

Agnes schwieg und streichelte ihre Haare.

„Wo ist Ivanka?", wiederholte sie tränenerstickt.

„Eben haben sie sie weggebracht. Dieser Blonde hat ihr die Wangen wund geschlagen und …"

„Und?"

„Ich weiß es nicht. Vielleicht ist es auch gut, dass wir nicht alles wissen und nicht alles verstehen."

„Lass uns fortgehen."

„Aber wohin, meine Kleine?"

„Ganz egal."

„Nein …"

„Er hat vergessen abzuschließen."

„Nein …"

Agnes ließ ihre Schultern hängen. Ana setzte sich auf.

„Ich möchte frei sein, nicht mehr ich selbst sein, die Welt bunt machen."

Ana schaute mitleidig. „Ach, Mädchen."

Ana erhob sich und breitete ihre Flügel aus. Zweimal, dreimal flog sie durch das Zimmer. Noch ein Blick. Agnes schüttelte traurig den Kopf.

„Mach's gut. Pass auf dich auf, meine Kleine."

Nicht einmal drehte sie sich mehr um durch die unaufmerksame Stille. Draußen empfing sie kühler Herbst.

„Ja, ja. Glaubt nur den Couleurs vom Montmartre, Mademoiselle. Es müssen himmlische Mußestunden gewesen sein. Schaut nur den Glanz unter dem Regennass. Wo, wenn nicht da, kann die Traurigkeit ihre schönste Vollendung erfahren." Sein weißes Haar wirbelte in alle Richtungen.

„Man nennt mich den mirakulösen Mirac. Nein, das ist eigentlich verkehrt. Richtig heißt's der Wunderliche, aber mirakulös gefällt mir besser."

„Der alte Miloš!"

„Nein, Mademoiselle. Mirac, schlicht und ergreifend. M wie Montmartre, i wie inoubliable, r wie raffiné, a wie abracadabrantesque, c wie charmant. Alles in allem M… irac."

Da stand er nun, das altersschwache Akkordeon um seinen untersetzten Leib. Ana fühlte seine Besorgnis.

„Ihr seid nicht von hier?"

Er ließ seine Augen wandern. Der Platz an der Laterne war leer. „Kommt mit, hier seid Ihr nicht sicher."

Tatsächlich hätte sie nicht wirklich gewusst, wohin. Er durchlief mit ihr eine schmale Seitengasse, eine wundgetretene Treppe hinab. In einer schiefgemauerten Nische verbarg sich eine kleine Tür. Mirac klopfte. Zweimal lang und viermal kurz. Ein kleiner Junge öffnete.

„Brav, petit." Mirac tätschelte ihn. Er flüsterte ihm etwas ins Ohr und schickte ihn fort.

„Bienvenu in meinem bescheidenen Reich. Mehr bieten als Zimmer und Küche kann ich nicht. Wollt Ihr Euch setzen, Mademoiselle?"

Sie schüttelte den Kopf.

„Das ist auch gut so, denn heute ist ein trauriger Tag. Und dessen wollen wir uns stehend erinnern …" Er richtete sich sein Akkordeon ein. „Heute ist Chopin gestorben."

Chopin. Ihre Finger erinnerten sich, ihr Herz tat sich schwer. Armenis Atem hatte sie im Nacken, Vaters Augen und Didenkos Schwanz.
„Nur zu, spiel doch was Hübsches."
B-Moll war ihr recht. Düstere Heiserkeit. Allem zum Trotz alles zu sagen. Auszubrechen aus diesem baumelnden Käfig.
„Zeig mir deine Flügel und ich führe dich über alles hinweg."
„Ach, Krudić."
Der Blüthner seufzte, wurde ruhig und langsam.
„Spiele, wie dir ist", monierte Mahler. Alles, jeden Traum, jeden Schmerz. Jede Nacht, Königin sein wirst du. Alles, alles. Ruhig, langsam, schattig, still. Didenko applaudierte verhalten, der Vater nörgelte: „Spiel doch was Launigeres!"
Armeni grub sich in ihren Busen: „Hör auf deinen Vater, für deinen schönen Namenstag."

Mirac quälte es aus seinem schnarrenden Aerophon. Chopin ist tot, Chopin ist tot. Als alles gesagt war, schnallte er seinen Kasten ab und stellte ihn auf einen mickrigen Schemel.
„Es ist traurig genug, mein Kind. Aber ich wäre nicht Mirac, hätte ich nicht etwas Besonderes für dich."
Er kramte in seinem Wams, fand nichts, klatschte einmal in die Hände und hatte auf einmal ein gelbliches Papier.
„Du liebst die Musik zur Bitterkeit. Gleichgesinnte spüren das. Was ich hier habe, ist etwas ganz Besonderes. Es ist dieses Stück, in der Hand, wie sie der Kompositeur selbst hatte. Das will ich dir schenken, denn ich bin mir sicher, du wirst es zu ehren wissen und dich daran stets an den mirakulösen Mirac erinnern."
Ana staunte nicht schlecht und traute sich kaum, das Manuskript zu berühren.
„Wo habt Ihr das her?"
Mirac schaute gespielt ernsthaft und legte die Finger auf die Lippen.
„Danke, Monsieur. Es ist seit langer Zeit ein Geschenk, das mir wirklich etwas bedeutet."
„So nimm es schon hin und lass es unter uns bleiben."
„Gewiss."
Das hat also Chopin geschrieben. Ein Schauer lief ihr über den Rücken, auf ihre Arme. Feine, klare, scharfe Punkte, die Empfindung waren.
„Du lebst, Guter", dachte sie.
„Du lebst, du bist nicht tot. Du lebst." Sie hob das Blatt an ihre Lippen.

„Du bist hier. Endlich." Mahler stand auf dem Balkon und sehnte sich nach neuer Sonne. Sein ihm so liebes Wasser spendete ihm Trost. So leise wie möglich setzte sie ihre Schritte. Bedächtig. Nicht eilen. Die Tinte flimmerte, so frisch war sie. Sie schloss die Augen, atmete flach und schwer. Nein, sie kann nicht mehr. Sie schlich und hatte die Hand am Griff, als Mahler sagte: „Ich verzeihe dir, ich verzeihe dir alles."

Sie nahm das Blatt von den Lippen, faltete es und steckte es unter ihr Kleid. „Ich weiß nicht, wie ich Euch danken soll."

Auf einmal stach ihr. Jemand zerrte an ihren Haaren und rüttelte ihren Kopf. Ihr wurde schwindlig. Vor ihr drehten sich ein kleiner Junge, der auf sie deutete, und Mirac, der etwas Schepperndes aus der Luft fischte.

„Tut mir leid, Mademoiselle. Der mirakulöse Mirac ist dort zu Hause, wo das liebe Geld wohnt." Er schnupperte am Geldsack und glänzte: „Pecunia non olet."

Alles verschwamm und das war das letzte Mal, dass sie weinte. Sie hielt die letzte Fermate so lange sie Luft hatte.

„Gefällt es dir hier?"
Ich nickte. In Wirklichkeit konnte ich es nicht sagen. In mir verdichtete sich die Angst, etwas finden zu wollen, das es gar nicht mehr gibt. Ich sah auch hier dieses Grau, allein es wirkte wie aufgetragen. Mit ihrem Lächeln an meiner Seite schien mir wieder alles möglich.
„Komm, ich möchte dir etwas zeigen."
Sie nahm mir das Halstuch ab und band es um meine Augen.
„Jetzt musst du mir vertrauen."
Ich hörte das Murmeln der Seine. Claudette nahm meine Hand. Ein bisschen zog sie mich, denn meine Schritte waren zu klein. Wir gingen nicht lange. Als sie stehenblieb, schmeckte ich den Saal und die würzige Luft, die sich um mich tat wie ein gutmütiger Hüne. Auch ein bisschen Salbei. Es löste mich.
„Vertraust du mir?", flüsterte sie mir ins Ohr.
„Ohja", flüsterte ich zurück.
„Was wünschst du dir?"
„Ich wünsche mir, dass ..."
„Oh, verzeiht, er ist blind, und ich muss ihm alles erklären ... ohja, ich verspreche, dass wir leiser sein werden. Pssssst."
„Was ist los?"
„Wir waren zu laut."
„War das der Glöckner?"

Sie kicherte in ihren Ärmel hinein.
„Was wünschst du dir also?"
Sie hauchte es warm: „Ich wünsche mir, dass alles Schöne in mir leben bleibt."
„Dafür gebe ich dir die Sterne."
Dann fiel das Tuch von meinen Augen. Klang wurde alles. Zum ersten Male fühlte ich mich von der Qual des Dichters befreit, denn es waren keine Worte mehr. Alles Aussprechliche war überwunden. Gold regnete auf uns, und wir entschwebten in Mutterblau. Alles wurde Seele. Unendlich hoch. Unendlich leicht. Eins wurde mit allem. Ihr Kuss blühte wie eine junge Anemone. Und ich wusste: Chopin war nicht tot.

Alle Vorhänge zog er zu. Mollig und dicht. Gerne spürte er das Seidige zwischen seinen Fingern. Echte Handarbeit aus einer Näherei. Neununddreißig Honigkerzen umflackerten Nyx, die aus einem dornenumrankten Ebenholzthron ihren Speer gegen das Tageslicht hielt, das sich in ihren Schlund flüchtete. An ihrem Schattenrocksaum wand sich Selene, verborgen vor den Augen von Paris. Einem jungen, äußerst begabten Künstler war es anvertraut, dem man Wunderdinge nachsagte. Er ließ es sich kosten. Was herauskam, war ein solches. Demut hatte er und Furcht. Er vergötterte, was es war. Obgleich der Schöpfer darob dem Wahnsinn anheim gefallen sein soll. Gerüchte waren nicht seine Sache, und den Wahnsinn beherrschte er. Die Heimlichkeit, zu dieser Stunde, den Platz. Das Bett, auf das Selenes Blut tropfte, erregte seine Fantasien. Die Wand lachte hohl. Er nahm den Pfropfen aus der Wandverkleidung. Den Blondschopf kannte er wohl und setzte die geheime Tür in Bewegung. Der mit dem Engelsgesicht bückte sich durch mit ausgestreckter Hand. Zufrieden nahm er das Bündel entgegen, verschwand und schob den Schatten herein. In der Ecke blieb er stehen. „Da bist du nun also." Nachtblaue Hochschuhe, ebensolche Ajour-Strümpfe, ein kurzes, getigertes Beinkleid, ein fleischfarbenes Mieder, das unter dem Umhang halb verborgen war, einen verdreckten Jutebeutel über dem Kopf. Er zupfte ihn herunter, warf ihn in die Ecke.
„Pour l'amour du ciel! Un Félin!"
Ihre Augen saßen hinter dem Gesicht eines Panthers. Die Begehrteste aller Begehrten, die Verrufenste aller Verrufenen, die Verborgenste aller Verborgenen.
„Die kokette Minou ... Wirklich eine Katze ..."

Herunter ging sie auf alle Viere und miaute auf das Bett zu. Ein Schüsselchen stellte er ihr hin. Sie schnupperte. Champagner! Zaghaft begann sie zu schleppern. Die Perlen sprangen auf ihrer Zunge.
„Edel", sagte er.
„Sehr edel."
Sie kannte das Spiel. Als nächstes würde er sagen: „Nein, warte. Nicht so schnell. Komm wieder auf die Beine, mein Kätzchen." Sie würde fragend den Kopf schief legen und ihn locken hören: „Na komm nur, sei nicht so scheu. Noch beiße ich nicht."
Elegant würde sie sich erheben, er würde amüsiert schnurren. Doch bot er diesmal nicht den Platz auf seinem Schoß, wo er ihre schlanken Beine betatschte. Auch erzählte er nicht davon, wie sehr er sich derart an seiner zugeknöpften Frau aufgeilen würde, da er keine Nonne und nicht vor hätte, wie in einem Kloster zu leben. Er begann auch nicht ihrer Körperarchitektur eine goldene Kuppel aufzusetzen und ihre vorausgesagte jungfräuliche Jugendlichkeit mit Lorbeeren zu kränzen. Er sagte nicht, dass sie der labendste Quell seiner besten Jahre sei. Er bedauerte nicht, dass die Anmut des Nonnenballetts ohne Wirkung blieb. Er ließ sie nicht die verzehrende Glut sehen, wie er ewig dem Teufel ein Schnäppchen schlagen mochte, dafür, seinen Zwilling aufgefressen zu haben, während er bei einem seiner Auftritte in der Opéra Comique die für ein Amüsement verkauften Seelenschuldnisse eingelöst hatte. Hoffmann, der Teufel! Er nahm nicht den Schelmenknaufstock, mit dem sie ihn für sein armseliges Gejammer das entblößte Gesäß verdreschen sollte, bis ihm das Wasser aus den Augen lief und ihm der kleine Tod Befriedigung verschaffte. Nichts von alledem geschah. Irritiert machte sie eine Runde um die Schüssel und räkelte sich auf die Seide.
„Miau?"
„Nein, warte. Nicht so schnell. Komm wieder auf die Beine, mein Kätzchen." Fragend legte es den Kopf schief.
„Na komm nur, sei nicht scheu. Noch beiße ich nicht."
Sie überragte ihn um gut zwei Hand breit.
„Gefällt dir dieses Bild?"
Im fahlen Scheine verzehrte das Elend alles, was sich ihm in den Weg stellte.
„Je croix pas, Monsieur."
Er küsste ihre Hand und lächelte.
„Mir nämlich auch nicht, chérie. Nicht mehr. Da muss ein Neues her. Hast du eine Idee?"
„Non, Monsieur."
„Du und dein Nein." Er hielt amüsiert inne. „Aber warte, man sagt, du seist musikalisch. Spielst du Klavier?"

„Oui, Monsieur. Früher einmal."
„Spiel mir doch etwas Hübsches. Machst du mir diese Freude?"
Der Panther fixierte ihn in beklemmender Hypnose, in wilder scheuer Starre. Das Pianino harrte verborgen zwischen zwei Regalen. Die Katze schlich. Ihn durchfuhr die gedämpfte Stimme, bis er es nicht mehr aushielt. „Hör auf!", schrie er. „Warum ausgerechnet das?!"
„Gefällt es Euch nicht, Monsieur?"
„Nicht mehr." Er fasste ihre Schulter: „Möchtest du dich mir nicht zeigen?" Er grinste: „Ich könnte dich köpfen lassen."
Sie fuhr ihre Krallen aus.

„Wer außer dir hat noch dieses Bild gesehen?"
„So gut wie jeder, der in diesem verdammten Raum war." Bosse zog eine unmütige Grimasse.
„Ich meine, wer mit dir in diesem Raum war?"
„Die Hexe, der Fummelkastenklimperer und so ein Dichterpimpf."
„Welcher Dichterpimpf?"
„Keine Ahnung. Pâté oder so ähnlich. Keiner von hier. Einer, der glaubte, hier das Paradies zu finden."
„Das Paradies? Hier? Der muss sich ja mächtig verirrt haben." Bosse ließ das Bündel Geld durch seine Finger flattern. „Formidable. Er zahlt gut. Wollen wir hoffen, dass es so bleibt."
Der Blick sezierte das Engelsgesicht.
„Schon gut, mon frère. Ich bin kein Idiot."
„Darauf würde ich gar nichts wetten."
„Das war nie deine Stärke."
Draußen wurde es laut. Das Horn füllte sich.
„Auch die Gier ist ein Luder. Geh und hol die Mädchen!"
Zurück blieb ein eiskalter Hauch.

Noch einmal genoss er die Süße, bevor das letzte Licht den Lebenskampf verlor. Ein letztes Zucken, ein leises Zittern und alles, was hell war, wurde dünner, weißer Rauch. Tot. Diese verdammte Katze musste dahinterstecken. Keine Verführungskunst bleibt ohne Verderben. Wenn er nur wüsste, was es war. Nein, bei Gott, es war kein Paradies. Aber verdient hat es das nicht, sein Paris. Es war immer sein Paris. Immer. Die Unholde, die ihn schmerzten, sollten keine Gnade erfahren. Lichträuber! Das größte aller Verbrechen kennt kein Verzeihen! Zurück in die Leere. Sie brachte ihn zur Raserei. Sie machte ihn um das Bett kreisen, bis es aus den Kissen kam: „Komm schlafen."

Bis er weiterkreiste und dann noch den Baldrian nahm, den der Docteur empfahl. Bis er dann doch neben ihr zu liegen sich schickte, ihre kalte Schulter berührte und ihr sagte: „Je t'aime",
obwohl sie es gar nicht mehr hörte. Obwohl es gar nicht mehr gemeint war. Bis er einschlief, um dem ernsten Gesicht des Monsieur le Juge zu begegnen: „Ihr habt mein Vertrauen. Erlaubt, dass ich mein Nickerchen halte", und er ihn gar nicht mehr wach kriegte. Bis er aus dem Bette aufstand, den alten Atem liegen ließ, mit bloßen Füßen hunterschlich, in den Garten und das große Bedürfnis danach hatte, aus der morgendlichen Feuchte gekommene Würmer zu zertreten. Sombre. So friedlich lagen sie alle, so nahezu unversehrt, dass das Phantom „Marchand de Sable" hieß, der ihnen sogar ein Nachtlied zurückließ. Nocturne. Er streckte ihm neckisch die Zunge entgegen. Als säße er neben ihm und hörte er Hoffmann durch einen Halbverbrannten: „Die Liebe fürs Leben ist nur ein Wahn. Nur Sinneslust trägt uns hinan."

Dann erstickte sein Zwilling und mit der Comique jedes Lachen. Zurück in die Ohnmacht. Sie brachte ihn zur Raserei, bis ihn der Panther für seine zehrende Impotenz strafte, immer und immer wieder. Diese Augen. Offen und glanzlos. Sie ließen geschehen und urteilten nicht.

„Wenn Ihr mich seht, Monsieur, kostet es Euch das Leben."
Es half nichts. Um dem Phantom beizukommen, hieße es hinabzusteigen, selbst unsichtbar zu werden, nicht mehr als ein Schatten. Selene zu retten und Nyx vom Thron zu stürzen. Fett verschlang sie die Sterne.

„Ein Brechmittel brauchst du", krächzte er. Der übrige Champagner prickelte lange in ihm. Erstmals glaubte er, die dunkle Königin Licht spucken zu sehen.

„Oja, spuck nur. Spucke auf mein Paris."
Lange saß er mit sich und seinem Schwur. Dann hielt ihn nichts mehr. Mit aller Vorsicht verschloss er das Geheime hinter offenherzigem Altrosa. Sein Tritt hallte ihm hinterher. Fest setzte er ihn, wie immer als wäre nichts.

„Bonne nuit, Monsieur le Préfet."
„Bonne nuit", hob er seinen Zylinder, die verschlafenen Trauerränder der Place Vendôme im Rücken.

VII

„Kommet näher, kommet ran!
Schauet das Spektakel an!
Kennt Ihr Farben, kennt Ihr Lachen?
Kennt Ihr wunderliche Sachen?
Tretet ein und lasst Euch staunen!
Über Geister, Lust und Launen!
Und ich bitt' Euch, wem's gefällt –
in den Hut hinein das Geld!"

Der Bauch der Katze war wieder gut gefüllt. Der wunderliche Mirac zählte strahlend die Münzen aus seinem zerbeulten Chapeau. Die Noctambules waren ausgeschwärmt, die Mirakel der Nacht zu erforschen. Herausfordernd bot sie sich dar, gelblichweiß verschleiert, darunter bunt geschminkt. Eine heimliche Versuchung.

„Gefehlt haben mir diese gustiösen Pralinés", streichelte François ihre Visage.

„Was musstest du auch in diesem Kaff anfangen?"

„Mes études..."

„Mes études, mes études... hier spielt das Leben!"

„Aus dir spricht der Neid, mon cher Anatole."

„Meinst du wirklich?"

François grinste breit. Anatole schlenkerte um die Colonne Morris herum. Eine aufrechte Melderin von Novitäten.

„Da!"

Der runde Knauf seines Spazierstockes wurde Zeiger. Er fuhr hinein in diesen rosaroten Raum. Auf einer faltenreichen Decke lockte Bastet. Légère, Belle, Cachée.

„Das ist Praliné, mein Freund."

Mit offenem Mund starrte François in den Raum hinein. Bastet zwinkerte ihm zu und schickte ihm ein Küsschen auf die glühend gewordenen Backen. Anatole stupfte den Übermannten.

„Hallo, aufgewacht! Weißt du, wer das ist?"

François brabbelte: „Bastet, je t'adore."

„Nein, nix Bastet. Wer auch immer dir da oben dein Kästchen durcheinander bringt."

„Bastet...", berührte er ihre Katzennasenspitze.

„Nein. Das, mein Freund, das ist die Kokette aus der Félin Taquin. Kennst du sie?"

„Nein...", tönte François.

„Na siehst du. Dort spielt das Leben! Nichts wie hin!"

„Entrez, edle Herren und lasst Euch's gefallen,
gefesselt zu werden von launischen Krallen,
verzaubert zu werden von magischen Welten,
von nahe und fern – nur hier und nur selten!"

„Na, wie wär's, junger Mann. Der mirakulöse Mirac wird es Euch ewig danken."
Anatole wühlte in seiner Hosentasche. „Für zwei wär's angenehm."
François drehte seine leeren Säcke um.
„Na gut", seufzte Anatole, „typisch Künstler."

Die Giuseppina stellte die Balken schräg. Der Mond drückte sein feistes Antlitz ans Glas.
„Du alter Voyeur."
Sie schaute über die fernen Dächer und rückte die Staffelei in den Schein. Eigentlich hatte sie die frisch verwitwete Baronesse wie eine Tochter angenommen. Ihr Salon war ein unverrückbarer Felsen im fortschnellenden Strom des wuselnden Drumherum gewesen.
„Nie möchte ich verlieren, was mir im Leben etwas bedeutet", beteuerte sie. Daraufhin hat sie damit begonnen, ihre Wände mit Blumen zu schmücken, die sie bekommen hat. Bei ihren Zählversuchen an langen Winterabenden war sie nie über einhundertachtzigtausend hinausgekommen. Allein die Giuseppina hatte elf weiße Chryanthemen, vierzehn gelbe Narzissen, drei Veilchen, fünfundvierzig rote Tulpen und zweihundertsiebenundzwanzig rote Rosen aufgemalt.
„Ich möchte sie pflücken", war ihr Honigwort. Dass sie etwas aus ihrem Talent mache, wurde sie nach Paris geschickt, wo der Rede nach nie eine Klinke unberührt von Künstlerhand bliebe. Zwar war es nicht ganz so, aber idyllischer Paravent. Ihr Talent, die Feinheit des Natürlichen mit dem Sinn einer Träumerin zu verbinden. Als erdiges Tagkind darüber in Erstaunen zu versetzen, vertraute Welten in märchenhafte zu verwandeln, das hat ihr niemand zugetraut. Mit Kindesbeinen über verdorrte Wiesen zu laufen, war die Ausnahme.
„Das geziemt sich nicht für ein Mädchen deiner Familie!"
Der alte toskanische Adel hatte seine Prinzipien. Dennoch lag sie, unbewusst, zwischen den Halmen, die durch ihr Sommerkleid stachen. Lavendelweiß ließen sich die Wolkenkissen in saftwiegenden Pinienarmen nieder, und ein vom Meerwind herausgeblasener Marienkäfer krabbelte verwirrt, doch ohne Hast, auf ihr schattenblasses Kinderknie. Gewissenlos drängte ihr längster Finger hinterher. Fraglos blieb der Krabbler sitzen wie eine gewucherte Brennnesselblase. Alles hatte sie vor sich. Seine kleinen, flinken Läuferchen, seinen

zum Schutz halb geöffneten Umhang, bis er beschloss, seiner Umwelt, die ihm grob gekommen, zu misstrauen. Ignorierend saß er unter seinem Mantel, harrte seiner Dinge und starrte mit Totenkopfaugen dem unsichtbaren Feinde entgegen. Der Vater starrte zurück.

„Aha", meinte er über ihrer stolz hergezeigte Naturzeichnung und beließ es dabei. Mit Rührung verabschiedete er sie alsdann in die Künstlerstadt, die Jahreszeitengemüter des Landguts und die ausgetretenen Wege des Lebens in den Wangen des Großvaters an der Wand.

Giuseppina schaute über die fernen Dächer in der Nacht. Irgendwo schlummerte die Welt der Baronesse. Ihr Atem ging gemächlich, ihre Augen malten bunt, ihre Stimme erinnerte leise. Auf der Suche nach dem goldenen Rädchen, das, so war Mathilde überzeugt, die Ewigkeit vergangener Beauté bewahren und die abartige Maschinerie zähmen könne. Ratlos zitterte sie vor der lodernden Stange: „Unheimlich sind mir die Dinge, die uns sogar die Nacht nehmen können." Sie legte die flache Hand an das kühle Metall: „Nichts Gutes sehe ich am Ende. Eine immerwährende Anämie, die in uns nichts als Chaos anrichtet."

Dann sackte sie unter der Straßenlaterne in sich zusammen. Drei Tage später kam sie wieder zu sich, stand auf, als wäre nichts geschehen, und bewunderte die Wand hinter ihrem Lehnsessel. Sie hielt die Nase über die noch feuchte Chrysantheme.

„Wirklich bezaubernd, meine Gute. Aber leider viel zu real."

Sie fingerte ein undurchsichtiges Glasfläschchen aus ihrem Dekolleté.

„Lass dich inspirieren."

Ein verirrter Hund kläffte durch die Gasse. Es hallte von den Häusern zu ihr herauf. Die Giuseppina zog eine schmale Schublade auf und nahm ein undurchsichtiges Glasfläschchen heraus. Die verblassten, eingravierten Zeichen vergegenwärtigte sie unter ihren Kuppen. „A toi, nuit", und darunter eine magische Melodie.

„Spielt es doch noch einmal für mich. Ich bitte Euch."

„Aber ..." – sie suchte nach einer Ausrede. Ihre Finger waren steif und voller Ehrfurcht vor dem, was sie aus der Tiefe erweckten. Seine sanfte Bestimmtheit auf ihrer Schulter ließ sie schmelzen. „Möchtet Ihr es mir nicht noch einmal zeigen?"

„Weshalb, Demoiselle? Ihr kennt bereits alle Geheimnisse."

„Aber ..."

„Wahrlich, wie Ihr erzählt, so hätte ich gerne geschrieben. Ich bitte Euch, spielt. Diesen kleinen Gefallen."

Aufrecht saß sein schmaler Körper, seine Lippen vibrierten, sein Haar war glimmende Asche, sein Blick entrückt. Sie machte die Augen zu und legte ihre Finger auf die Tasten, als berührte sie seine eingefallenen, zerbrechlichen Wangen. Es zog durch sie wie wildes Gewölk. Sie fürchtete, ihr Atmen war zu laut. Eine Perle von Nachttau rollte ihren Handrücken hinab. Sie fiel und klammerte sich an das Blatt eines Veilchens.

„Mathilde ..."

Von ferne hörte sie ihren Namen. Sie hielt inne. Doch er sagte nichts mehr. Er sah noch immer gleich, schmale Rinnsale unter den dunkelumringten Lidern. Er holte einen Bleistift hervor, prüfte, scheinbar zufrieden, seine Spitze, beugte sich über sie und zeichnete ein Kreuz ans Ende der Seite.

„Lassen wir es so gut sein."

Er ging aus dem Zimmer. Einsam lag der Schreiber auf dem Stuhl. Vorne war er tatsächlich wie eine Nadel. Sie ließ ihn fallen und sog das Blut von ihrem Daumen. Das Vergehen konnte sie nicht ertragen. Dass es Dinge gab, die sie nicht halten konnte. Dass das ewige Leben nur mehr schwache Hoffnung war. Ihr gab sie sich hin und legte ihr Ohr auf das Instrument. Es schwieg ihr frostig entgegen.

„Demoiselle ..."

Sie fuhr auf, hinein in sein seidenes Lächeln.

„Ihr habt mich berührt."

Er stellte ein kleines, undurchsichtiges Flakon neben ihr auf den Stuhl, das im Schimmer etwas von Granat hatte.

„Ich möchte, dass Ihr es habt, so wie ein bedeutender Mensch einst wollte, dass ich es habe."

Sie wagte kaum, es zu berühren. „Es sieht lieblich aus." „A toi, nuit" stand ziervoll geschrieben. Es duftete nach Veilchen.

„Ich ..."

„Doch", sagte er, „Ihr könnt."

„Aber, wenn wir uns nicht mehr wiedersehen?"

Er legte den Finger an den Mund und zeichnete das Kreuz unter der Nocturne nach. Das war das letzte Mal, dass seine Haut der ihren nahe kam.

Die Giuseppina stellte den kastenhohen, schmalen Spiegel mit dem prächtigen goldenen Rahmen neben der Staffelei auf. Sie stand sich gegenüber.

„Jetzt zeige ich Euch, was Fantasie hat, Euer Wunderartigkeit."

Nach einem kurzen Moment des Zögerns holte sie das große Stundenglas aus dem unscheinbaren schmalen Regal und stellte es auf den Kopf.

„Sechzig Minuten rinnt der Sable Noir, bis zum Ende der Zeit", wie der wirre Betagte auf dem Marché aux Puces auf die Markierung gedeutet: „Genau da hört die Kunst auf."

Sein Akkordeon schien ihr frech zu kichern. Eine Herausforderung ganz nach ihrem Geschmack.

„Ich werde nicht an mir selbst scheitern", hatte sie mehr sich denn der Baronesse versichert. Sie kaufte den kleinen Mahner, nichts zu verschwenden, das unwiederbringlich an ihrem Rücken haften würde wie ein dürstender Egel.

„Der mirakulöse Mirac wird es Euch ewig danken!"

Der Sand, in einem dünnen Faden, zwängte sich, Korn um Korn, durch den schmalen Rachen und machte einen kleinen Berg wie von Asche. Sie drückte den Kloß in ihrem Hals hinunter, der ihr oberhalb der Lunge liegen blieb.

„Nein", sie war heiser, „du kannst mir nichts anhaben."

Sie nahm den Pfropfen aus dem Fläschchen. Es roch nach Unkraut und Erde. Ein tiefer Atemzug und sie nahm einen großen Schluck. Bitter blieb es haften.

„Jetzt bin ich kein Tagkind. Ich bin's, die Königin der Nacht."

Der Wind schälte ihr die Kleider vom Leib. Die Sonne ermattete und tünchte das Rundherum in lediges Ocker. Des Himmels edle Unschuld wob sie in ihren Kokon. Sein Brautkleid trug sie. Der Käfer krabbelte auf einen geknickten Halm. Er verkündete den Neid der Rosen. Sie kletterte ihm hinterdrein. Der Halm wuchs empor, bis er an die Watte stieß. Sie ließ sich hineinfallen. Es war der Handschuh des Bräutigams. Seine Stimme erfüllte alles, sie gehorchte.

„Seid meine Königin, lebt mit mir Eure Bestimmung. Kein Geschick soll je verschwendet sein."

Sein Antlitz wollte sie schauen. Ein märchenhaftes Schloss tat sich vor ihr auf, mit gewundenen Türmen, flammengelben Dächern und Wänden, die von frischem Lebkuchen dufteten. Die Bäume neigten sich zu einer verwachsenen Allee, die zu einem gläsernen Portal führten.

„Zu deiner Gebühr", piepste der Käfer in ihrem Rücken. Ihre Finger verschwammen in dem täuschenden Wasserfall. Durch ihn hindurch erschrak sie vor der fremden Gestalt. Ein nebeliger Schleier wallte um ihre Beine. Gelbgrüne Kugeln mit schwarzen Ritzen stierten ihr neugierig entgegen. Das Haupt einer nachtfarbenen Katze, ihre Lieblingskapotte zwischen wachsam aufgestellten Spitzohren. Sie fuhr ihre Krallen aus. Sie schlug sich an die Wange. Elfenbeinschwarz machte sie ihr Gesicht. So authentisch wie möglich sollte es sein. Ihr erstes Selbstportrait.

François kratzte nervös am Holz. Sollte er gehen? Sollte er bleiben? Je näher er Türen kam, desto mehr verlor er seine Überzeugung, in dem, was er tat, entsprechen zu können. Hinter einer jeden könnte ihn ein „Nein" in fesselnde Hilflosigkeit werfen. Das würde ihn wahnsinnig machen. Ein, zwei Schritte zurück und der gefühllose Atem der abbröckelnden Tapetenwand legte sich auf seinen Rücken. Im Couloir schmeckte es nach abgestandener Feuchte.
„Was für eine schäbige Höhle, in der sie sich verkriecht", dachte er.

Als wäre es eben, zitterte der Griffel über das umgedrehte Geschenkpapier.
„Waas?! So stellst du dir das Paradies vor?"
François hob resignierend die Schultern. „Alle, die davon reden, sprechen darüber."
In jungen Jahren erfüllte ihn die Erhabenheit in wulstige Rahmen gefasster Szenarien. Über dem glattummantelten, cremefarbenen Kachelofen saßen zwei Knaben mit aufgeweckten Gesichtern, die Nasen in das von allerlei Gehäkeltem verzierte Wohnzimmer hinein. Bewegung durchfuhr von abgestandenen Keksen geschwängertes Raumaroma.
„Das sind meine Brüder. Sie leben im Himmel."
Seine Tante war groß, sehr schlank und hatte schön gebürstetes, weißes Haar. Um ihre Mundwinkel legte sich Verschmitztes.
„Bestimmt geben sie dir etwas von ihrem Talent ab."
Talent. Für ihn damals nur ein Wort, mit dem sich nicht viel anfangen ließ. Er nahm es zur Kenntnis. Als Knabe, der sich über alles freute, was er bekommen konnte. Sie setzte ihn zurück in den weichen grünen Sessel mit den hohen, gebogenen Lehnen. Er verschwand hinter einer altrot gezeichneten Porzellankanne, aus der die Hagebutte dampfte. Ein Getränk, so Madame la tante, wie es alle Kinder gerne haben. Zumindest zu ihrer Zeit war es so gewesen. Belustigt beobachtete sie, wie der Honig vom Löffel ihres Neffen in dicken Fäden in die Boule tropfte. Er rührte und rührte, bis nichts mehr klebte und sich das Saure dem Süßen ergab.
„Du hast doch bald Geburtstag, nicht wahr?"
Während er, nippend, seiner Zustimmung Ton zu verschaffen versuchte, der durch den eigenartigen Tee, von dem er, aus purer naiver Höflichkeit, nie zugab, dass er ihm nicht zum Geschmacke stand, auf den Tassengrund niedersank, sagte sie „Hokuspokus" und zauberte

ein Päckchen in glitzerndem Papier hervor. Er kannte die kleinen goldenen Sterne um den Jongleur Joyeux mit den färbigen Locken.

Ein lustiger Geselle, kaum größer als er, war Herrscher über alle magischen Figuren geträumter Erzählungen. Cendrillon, La Belle au bois dormant, Le Chat botté. Dermaßen gigantesk überstiegen sie alle seine Vorstellungen. Ein bisschen Angst hatte er wohl. Wie die Knaben in seinen Jahren behielt er es für sich.

„Unsere Träume sind mindestens so groß wie die Forellen der Fischer." Der Geselle streckte seine kurzen Arme, so weit er konnte, auseinander. Die Tante kam hinter einem großen, hölzernen, rotbackigen Mädchen hervor. Einen kleinen gestiefelten Kater in den Händen, der, zog man ihn auf, im Sauseschritt drauflos marschierte. Ihren kleinen, seinefarbenen Hut balancierte sie wie ein orientalisches Diadem.

„Bon Choix!" Monsieur Archimède zog den Kater, dessen Beine langsam geworden waren, erneut auf und ließ ihn über den Tresen laufen. „Ich bekam ihn von meiner Großmutter. Ein echtes Wunderding. Als Knabe von fünf, sechs Jahren, da zog ich ihn auf und bis zu diesem Tage wurde er nicht müde."

Die Tante prüfte die aufgetragene Farbe, die keine Blässe zeigte. „Er scheint über die Lenze keinen Schaden davongetragen zu haben."

„Mitnichten, meine Teure. Ich lebe für die Qualité des Vergnügens. Bei mir ist sie unsterblich." Durch sein kindlich leichtes Gegrinse hindurch fragte er: „Nehmt Ihr ihn denn?"

Die Tante nickte, mit den Gedanken wohl sehr weit zurück.

„Très bien!" Er packte den kleinen Automaten bei den Beinen, legte ihn in eine mit Hobellocken ausgelegte Schachtel, tätschelte ihm die geweißigten Wangen mit den orangeroten Schatten und tröstete: „Nicht lange wirst du schlafen, mein Guter. Harre aus." Mit Bedacht steckte er den Deckel darauf, als hüte er darin seine porzellane Jugend. Er packte es in glitzerndes Papier und gab's der Tante.

„Bon anniversaire."

Zwar sagte sie „Zerreiß es nur!", doch Schönes machte François nicht gerne kaputt. Vorsichtig zupfte er an der Schleife und erwiderte das Lachen des Jongleurs.

Anatole strebte durch die Menge auf einen schmalen, kariert gedeckten Tisch zu. Schräg vis-à-vis zur Bühne stand er zwischen der schwarzen Wand und auf dem Weg zur Toilette. François, ihm hinterdrein, ohne zu wissen wohin, verharrte vor dem ihm angewiesenen Platz. Zwei Mademoisellen saßen da. Ihre Augen glänzten matt im gedämpften Lichte, und trunkenes Amüsement drückte ihnen sanfte Grübchen in die pfirsichjungen Wangen.

„Sind wir hier auch richtig?" Er zupfte Anatoles Ärmel, der sich den Stuhl herrichtete. „Sind wir das?"

Anatole stellte sich suchend. „Hmm, ich weiß nicht recht."

„Idiot", zischte François und errötete im Anblick der „Nathalie", wie sie sich zwinkernd vorstellte und die Asche ihrer langen Zigarette in einen katzenohrgeformten cendrier schnippte.

„Das ist Amélie."

Die andere nippte an einer sprudelnden Flüssigkeit in einem schlanken Glas. Anatole gesellte sich zu ihrer Keckheit.

„Bonsoir chérie." Er schickte ihr ein Küsschen über den Tisch.

„Und wer ist dieser schüchterne Wonneproppen?" Nathalies raues Timbre legte sich wie ein Schal aus Elsternfedern um die Ohren der jungen Männer.

„Das ist François, ein Künstler."

„So sieht er auch aus." Nathalie ließ etwas Qualm um ihre apfelroten Lippen tanzen. „Hast du dich verlaufen, Süßer?"

„Ein bisschen war ich eifersüchtig, das gebe ich zu." Die Baronesse faltete dem Broschenberg das Laken auseinander. „Und das Einzige, was ich von ihm heute noch hätte, das habe ich verloren."

„Nur keinen Umstand, Gnädigste." Er schickte sich an, seiner Gastgeberin zu helfen.

„Nein, nein." Sie zog dem Fürsten energisch den Zipfel aus den Fingern. „Unter meinem Dach seid Ihr König."

Er lächelte milde, wohinter sich weniger die Freude über die Majestät, denn die Vermutung verbarg, dass ihr nicht seine Hilfsbereitschaft, sondern die Tatsache Plage auferlegte, dass Chopin ihr nicht näher Aufmerksamkeit zuteil werden hatte lassen.

„Aber wo, mein Lieber. Wir waren jung und dumm. Nichts Besseres hatten wir zu tun, dem Herzen über Gebühr Glauben zu schenken."

„Und was haben Sie geglaubt, Madame?"

Die Baronesse zog das Laken stramm und spannte es schlampig über die Pölster. „Das sollte genügen." Demonstrativ verteilte sie die Stofffalten mit flacher Hand über die gesamte Liegestatt. „Kennt Ihr Paris?" Sie deutete mit ihrer Handfläche um die von zahlreichen Bildern behangenen Wände, und ein Schatten legte sich um ihre Züge: „Das ist es nicht mehr."

Heute hatten sich fünf neue Schüler angekündigt. Er trug des Morgens diesen Gram mit sich durch den Jardin. Der Schatten der Blätter legte sich über seine Miene. Alle, die ihn spielen gehört, konnten dies nicht erschauen.
„Die Nacht bekommt Blüten, wenn er seine Stimme erhebt. Sanft ist sie, brüchig. Voller taufeuchter, mondgelber Seide. Eine Eleganz, welche die edelsten Chandellen ehrfürchtig erstarren lässt. Eine Eleganz, welche all das heiligt, was wir schon oft ausgesprochen, ohne es je wirklich zu fühlen. Nun ist es da und es rührt mich zu dicken, sprachlosen Tränen, die mein Gesicht freiwaschen von dem, was jede Natürlichkeit verborgen. Tout était béat."
Eine junge Baronesse, die bei ihm lernen wollte, ließ diesen Überschaum via einen dünnen, befrackten Garçon in seine Rocktasche wandern.
„Was habt Ihr, Monsieur?"
„Heute muss ich fünf Stunden geben."
Der kleine Mann mit dem weiten Kragen, den wachen Augen und den hellen, rötlichbraunen Locken, der dem vehement gesetzten Schritt des verbraucht Aussehenden einen geeigneten Kontrapunkt zu setzen sich bemühte, fischte eines der schwebenden feuilles aus der Luft, betrachtete es neugierig von allen Seiten, um es schließlich von sich zu werfen.
„Warum?"
„Kutschen und weiße Handschuhe sind teuer. Und ohne sie hätte man keinen guten Geschmack."

Die Nacht lässt ihren Schleier fallen,
es senkt der Schlaf sich auf Paris:
Das ist die Zeit der Nachtigallen,
die Zeit, die stets mich träumen hieß.
Wenn rings die Schatten niedersteigen,
Heil dem, der schauen darf in sich!
Wie lieb' ich dieser Nächte Schweigen!
Ihr Nachtigallen, singt für mich!

Der Pantomime formte den Mund zu den en derrière gesungenen Worten von Pierre-Jean de Bétranger. Bewusst falsch und über Gebühr entlockte es vereinzeltes Gekicher. Motte drängelte sich durch die Voyeure. Manchmal war ihm seine Gabe, von Verdächtigen alles zu behalten, lästige Bürde.

„Ihr seid mein bestes Pferd im Stall", hatte ihn Chevrier gehätschelt. Über die Leiche des Bankdirektors gebeugt, brauchte er keine

Instruktionen, sondern nur mehr Witterung aufzunehmen. Der Dunstkreis von Bosse konnte nicht verkehrt sein. Aber irgendetwas anderes roch mit.

„Was denn?"

Cheverier brauchte stets über alles sofort Kenntnis. Motte rümpfte die Nase. „Je ne sais pas."

Es war eine Nuance zuviel, die Bosse nicht kleidete. Chevrier hatte Motte im Süden aufgegabelt.

„Warum Motte?"

Eine tiefe Furche legte die Besorgnis über die Stirn seines Vorgesetzten, der dessen struppige Unbändigkeit in der Provinz in sicherer Entfernung gewusst.

„Wer sich selbst vorstellen kann zu morden, der weiß am besten, wo sich die Ratten verkriechen."

Mehr an Argumenten bedurfte es in dieser Situation nicht. Gleiches verlangte nach Gleichem. Er machte sich groß und spähte durch die Zylinder hindurch. Da war sie. Nathalie steckte sich die Zigarette in der Senkrechten an. Das war sein Zeichen. Er näherte sich dem etwas abgelegenen Tisch und stützte, von hinten, Anatole die Hände auf die Schultern, sodass dieser an abruptem Aufhüpfen gehindert wurde.

„Oha, Cheri."

Nathalie ließ eine dünne, weiße Schwade aus ihrem Rachen.

„Soir", warf Motte durch seinen breiten Mund in die Runde. François bedachte den knappen Gruß des Ungeziemten mit einem zurückhaltenden Kopfdeut.

„Soir", erwiderte Amélie, die in mädchenhaftes Kichern verfiel, als Anatole erneut versuchte, sich aufzurichten, Motte ihn wieder zurückdrückte und ihm halblaut „Das gilt auch dir, mein Hübscher" ins Ohr säuselte. Ohne zu fragen, angelte er sich einen verwaisten Stuhl aus der Nachbarschaft und platzierte sich zwischen dem verstörten Schnauben Anatoles und der erfrischend gespielten Unschuld Amélies.

„Na hör mal! Was fällt dir ein? Wer bist du denn überhaupt, dich zu erdreisten, uns ungefragt deine Gesellschaft aufzudrängen?!"

François war die Rage des Freundes sichtlich unangenehm. „Reiß dich zusammen, es ist doch nichts geschehen."

„Calmes-toi, Kleiner. Schließlich warst du es, der mich eingeladen hat. Verdirb mir also nicht die Laune mit deinen Mätzchen. Lang genug war ich für aufgescheuchte Hühner die Glucke."

Lange ließ Nathalie das vom Glimmstingel Eingesogene in ihrem Mund schwelgen. „Außerdem, von ungefragt kann keine Rede sein. Deine Freunde sind auch mir willkommen."

Motte hielt Anatole die Hand entgegen: „Nenn mich ruhig copain."

„Einen Teufel werde ich! Ich lass' mich doch hier nicht zum Affen machen!"

„Das machst du schon von selbst, mein lieber hysterischer Schimpanse."

„Lass einfach gut sein", beschwichtigte François. Anatole verschränkte die Arme und grummelte verstimmt vor sich hin. Motte konnte nicht mehr an sich halten. Er brüllte los vor Lachen. Was für eine herrliche Kulisse von Verrückten. Eine bessere hätte sich nicht zusammenfinden können.

„Was macht Ihr eigentlich so, Monsieur?", versuchte François sich höflich an Konversation.

„Das ist doch kein Monsieur." Nathalie spitzte neckisch die Lippen.

„Ach", zeichnete Motte seine Rolle überzeugend, „meistens spiele ich Räuber und Gendarm." Er zog einen der umherschwirrenden Tabletträger am Ärmel zu sich heran. „Ich sitze auf dem Trockenen. Ändere das!"

„Tout de suite!"

„Gut, denn sonst werden wir zwei keine Freunde!"

Dann hielt Motte François die Hand entgegen: „Nenn mich ruhig copain."

„Woher kommst du so spät?"

Zu lange hatte er gehofft, sie wäre dieser Frage überdrüssig geworden. Er hängte sein Jackett über den Stuhl. „Ich komme von Débrouillard." Zumindest war es nicht gelogen. Er wusste, wie zuwider ihr der schlaksige Gutachter war. Von seinem Studio aus konnte man die Tuilerien sehen, nächtens ein eingefriedeter Zwinger alltäglicher Lebendigkeit. Verborgen lag dort seine Phantasie, die er mit der koketten Minou hatte. Er liebte sie, wie sie es wollte, und sie liebte ihn, wie er es wollte. Er streichelte über ihre milchige Wange. Er zupfte an ihrer frivolen Maskerade, aus der neckischen Raubkatze einen Menschen zu machen, ihr Gesicht zu entlarven. Er hatte noch ihren Geruch bei sich. Und die verräterische, schwebende Melodie.

„Verdammt noch eins, ich bin der Sphinx verfallen", dachte er über die Straße in die gereifte Pariser Nacht hinaus. Der Arc ein in der Ferne verschwimmender Nebel.

„Komm wieder rein, du erkältest dich noch."

Débrouillard hatte eine dünne Mappe unterm Arm.

„Hier habe ich etwas für dich." Er drückte den Zeigefinger auf das glänzende, rotbraune Leder. „Möchtest du es wirklich sehen?"

„Ich muss …"

„Nun denn …"

Er öffnete die Lasche und holte ein großes Kuvert hervor. Heraus nahm er einen Packen Blätter, die er, eines nach dem anderen, vor ihm ausbreitete. Seine anfangs gelangweilte Neugierde wandte sich in schlagartiges Interesse, als sich im mühsamen Lichte die feinen Striche zu vertrauten Visagen zusammensetzten.

„Alle Männer, die seitan im Namen der Nocturne das Zeitliche gesegnet haben."

„Incroyable!"

N°1: Ein feister Bankdirektor / N°2: Ein wohlhabender Bankier

Die Oper schwieg steif und eitel herüber. Er rührte in seinen noch heißen, ausgegebenen Francs. Er leckte sich dezent den Schlagobers aus den Mundwinkeln und schaute den trügerischen Frühherbsthimmel. Die Gazette vor sich auf dem Tisch zusammengefaltet, hatte er seine Tasse darauf gestellt, dem launischen Wind, der eine übliche Brise bittersäuerlicher Schwaden aus den erkalteten Aschenbechern herüberschickte, die ihm Sodbrennen machte, die Blätterfreude zu nehmen. Er mochte das Grausige, das sich unter seiner Zunge angesammelt hatte, nicht schlucken. So unauffällig wie möglich ließ er den üblen Speichel in seine Serviette laufen. Seine beringten Finger tanzten ungläubig und blendeten sein Gegenüber.

„Die Causa des Pauvre ..."

„Nichts als der puren Missgunst geschuldet, Monsieur le directeur."

„Solange er nicht verbreitet, dass Armut eine Tugend sei, können wir von leichter Cholera sprechen."

„Ist denn garantiert, dass keine Pest daraus wird?" Er zuzelte genussvoll an seiner chocolat.

„Garantiert ist, dass es dieser Schokolade an Süße fehlt ... und der Tod."

„Aber Monsieur le directeur, Ihr meint doch nicht ..."

Er ertränkte zwei, drei Würfel Zucker. „Geld regiert die Welt und hat sie erst zum Drehen gebracht."

„Gewiss, aber ..."

Er prüfte zufrieden das Resultat. „Für meinen Namen und für all das, was ich erreicht habe, sei mir gestattet, ein bisschen Gott zu spielen."

„Aber Monsieur le directeur, ist das nicht zuviel des Guten?"

„Glaubt Ihr, der Mensch lebt von Luft und Liebe allein?" Wie einen Dirigentenstab hob er den Kaffeelöffel und deutete damit über die Schulter seines Gegenüber. „Glaubt Ihr, die hat sich von alleine gebaut? Glaubt Ihr, da drinnen trällern keine Goldkehlchen?"

„Wie wollt Ihr es anstellen?"

„Es wurde mir jemand empfohlen, der verlässlich ist. Ich habe eine Invitation für heute Abend. Ich nehme an, Euch ist die Félin ein Begriff?"

„Wer kennt ihn nicht, den neuen Lusttempel, der Monsieur Archimède vergessen hat lassen."

„Angeblich gibt es dort eine Neue. Sie soll unwiderstehlich sein."

„Tatsächlich?"

„Ihr begleitet mich."

Er legte die Gazette auf seinen Schoß, als er die großzügige Bratenscheibe auf einem goldumrandeten Teller einherwandern sah. Er öffnete den Hemdknopf unter seinem schwabbeligen Doppelkinn. „Na, dann wollen wir mal." Er nahm das Besteck und rief durch die Türe: „Nehmt die welken Fleurs von meinem Tische!"

N°3: Ein verwitweter Gymnasiallehrer

Nicht mehr brauchte er als ein Zimmer. Klein, dunkel und kalt barg es ihn abseits jedweder Fröhlichkeit.

„Dummes, oberflächliches Getue! Warum bist du nicht erstickt, Elendige, an deinem Puder?!"

„Le Professeur" war er, so wie es an seiner Tür geschrieben. Wie sie huschten, die Federn und Stifte über die Bögen. Etwas zu fest schlug er das Züchtigungszepter in seiner Hand. Rötlichblau verfärbte es sich um den plötzlichen Schmerz. Er presste drauf und verschloss ihn mit den Lippen. Junge Augen waren neugierig.

„Schreibt weiter, Michel!"

Geschichte war wichtig. Sehr viel wichtiger als die Zukunft. Letztere kommt, lauert bedrohlich, um zu vergehen. Erstere geht, um für immer zu bleiben. In guten wie in schlechten Tagen. Das Heute lebt immer vom Gestern. Das Rattern und Quietschen der metallenen Züge in der Stadt waren Zukunftsmusik. Er ging durch die Reihen, wandte sich dem großen Fenster zu und nahm den Kneifer herunter, ließ ihn vor seiner Knopflasche baumeln, um nicht klar zu sehen, wie die Ungetüme der wertvollsten Zeiten strahlen.

„Wie gefällt dir mein neuer Hut?"

Fliederfarben standen ihr immer ausgezeichnet. Sie wussten, ihr frühlingshaftes Wesen zu unterstreichen.

„Erlaubst du mir, dich auszuführen?"

Sie liebte seine unbeholfene Art, ihr nach knapp zwanzig Jahren Ehe noch immer so beizukommen, als wäre es ihr allererstes Rendezvous. Wie ein unbedarfter Schuljunge. „Lass uns doch die Tramway ausprobieren."

Er lächelte schwach, obgleich ihm die Carrosse lieber gewesen wäre.

„Dass du einmal mit der Zeit gehst", schmunzelte sie. Dann war da nur mehr ein metallisches Kreischen, ein lila Stück Flieder auf seinem Schuh und die Geschichte Königin. Schmuck wurde draußen für die Feier des großen Tages präpariert.

„In Heerscharen werden sie kommen, dich zu lobpreisen …", dachte er und sah sich die kleine, dünne Kerze unter ihrem Bild anzünden. „Mein Feuer lebt."

Er spürte die Augen in seinem Rücken. Er drehte sich um. Drei Hiebe erntete Michel dafür, dass er sich von seiner Majestät abgewandt hatte. Er packte ihn am Kragen und stellte ihn in die Ecke. Während das Schreiben beflissener wurde und sich der Raum in Gehorsam aufrichtete, beschloss er dero Hoheit zu betrügen.

„Ich höre dich bereits schnurren", und er drückte so lange auf die Hand, bis sie schmerzte.

N°4: Ein geschiedener Apotheker

Er schnupperte an dem Fläschchen. Großartig. Es war ihm wieder einmal gelungen. Sein Onkel hatte ein derartiges bereits für eine anmutige, bei Chopin lernende Person gefertigt. Er tupfte etwas davon auf einen kühlen Lappen und legte ihn dem aufgebrachten Monsieur le Préfet auf die Stirn und unter die Nase.

„Das mag helfen."

„Das will ich hoffen."

„Ihr werdet keine Albträume von männerverzehrenden Monstren mehr haben."

„Nicht umsonst habe ich Euch aufgesucht."

„Nicht umsonst nennt man mich den Quacksalber."

„Stimmt es, dass Ihr nun geschieden seid?"

„Gewiss Die Sinne unserer Polizei sind vorzüglich."

„Eure Frau Gemahlin war eine entzückende Person. Ich kann mich gut an sie erinnern."

„Nicht gut genug, Monsieur." Der Apotheker tupfte dem Daliegenden die Schläfen.

„Wie meint ihr das?"

„Der Wankelmut ist Schuld an allem. Was kann ein braver Ehemann denn ausrichten gegen den unwiderstehlichen Reiz eines dahergelaufenen Beau?" Gedankenverloren schaute er in das Fläschchen.

„Ich habe selbst einem als unheilbar Geltenden weit mehr als die prognostizierten Lebensjahre geschenkt, nur hierfür fand ich kein Mittelchen." Er nahm eine Pipette und forderte: „Mund auf!"

Der Préfet tat, wie ihm geheißen, und der Apotheker zählte ihm sieben Tröpfchen unter die Zunge. „Auf keinen Fall mehr! Sonst werdet Ihr die Fatalen so schnell nicht wieder los!"

„Compris."

Er pfropfte den Flakon zu und stellte ihn in sein kleines Etagère zurück.

„Ihr solltet Euch ablenken, mein Guter."

„Quoi?"

„Sich selbst etwas erlauben, quasi über die Klostermauern hinauszuschauen, die Lasten zerbrochener Ehe abwerfen und gegen den Strom schwimmen."

„Ob mir der rebellische Vogel noch einmal geflattert kommen wird?"

„Lasst Euch doch von einer Katze heimsuchen."

„Eine Katze?"

Seine Frau kam zu spät. Sie schlich sich durch die Hintertüre, um nicht durch das Glöckchen verraten zu werden. Er tat so, als würde er schlafen, als wüsste er nichts und doch hörte er alles. Sie zog ihre Schuhe aus und schlich in die Kiste. Sie suchte seine Schultern unter der Daunendecke. Er fing an zu schnarchen.

„Nun denn", lächelte der Apotheker, „warum nicht über den eigenen Schatten springen?"

N°5: Ein unbekannter Tattergreis

Er wusste nicht mehr, wann er seinen Namen verloren. Der Kleine, der ihm den wässrigen Suppenbrei in die Schüssel schlatzte, irgendwo in einem blinden Fleck der Stadt der Träume, hatte ihn wieder gefragt.

„Ich glaube, ich habe nie etwas geheißen. Aber deine Küche, wahrlich, die heißt wohl was."

„Haute Cuisine findet ja auch dort oben statt", der Kleine fuchtelte desorientiert über seinem Kopf herum.

„Dort, wo das Geld zum Himmel stinkt", schnupperte der Alte hinterdrein. Er schlepperte und trenschte mit jedem Schlürfer etwas auf seine Lumpen.

„Ich war auch einmal dort oben."

„Und?"

„Das heißt nix." Er suchte mit der Zunge etwas zwischen seinen wackeligen Zähnen. „Ich bin zu Fuß in die Stadt gekommen."

„Zu Fuß?"

„Oja, du weißt nicht, was du dir damit ersparst."

Der Kleine lauschte gespannt.

„Kaum, dass ich da war, heuerten sie in einer abtrünnigen Ecke illegale Abtrittanbieter an. Etwas mit Zukunft, dachte ich, denn die Notdurft würde nie aussterben."

Der Kleine verzog das Gesicht.

„Und wisst Ihr, wer meine erste Kundschaft war?"

„Pas du tout."

„Niemand Geringerer als der junge Chevrier."

„Chevrier, Chevrier … Ich glaube, ich habe den Namen schon einmal gehört."

„Heute ist er ein fetter Schwan, irgendwo bei der Polizei."

Der Kleine dachte sichtlich nach.

„Um Himmels willen, doch nicht der von der Sicherheitsbehörde?"

„Exakt, der Nämliche. Er entleerte sich als übermütiger Schüler in einen meiner Eimer."

„Ich kann es nicht glauben", der Kleine staunte nicht schlecht.

„Als würden wir den Reiz übertretenden Auskostens nicht selbst zur Genüge kennen. Übrigens, hast du noch einen Schöpfer für mich?"

„So großen Hunger heute?"

„Ich muss mich stärken. Ich habe noch Großes vor heute. Den Montmartre zu erobern. Jetzt bin ich schon so lange hier, die Jahre nicht gezählt, und ich kenne es nicht, das ach so vergnügliche Paris."

„Als hättest du dich hier je zu Tod gelangweilt."

„Lieber würd' ich mich zu Tod amüsieren."

Der Kleine wusste nicht, ob lachen oder weinen. Er benetzte die Schüssel. „Bon appetit!"

„Merci beaucoup!"

N°6: Ein zugereister Student / N°7: Ein junger Soldat

„Entschuldigt vielmals, ist hier noch ein Platz frei?" Zaghaft öffnete er die Tür zum Abteil. Uniformen schüchterten ihn stets ein.

„Nur herein!"

Von oben bis unten wurde er eingänglich gemustert. Er machte ein leeres Gesicht der Höflichkeit und hob seinen alten Koffer neben die Kiste. Es sah aus, als käme er gerade von einem Abenteuer. Oft träumte er davon, aus seiner Haut heraus ein Held zu sein. Sich endlich einmal etwas zu getrauen, wie der Vater ständig insistierte. Nun saß er im Zug, seine Studien zu beenden an der nouvelle Université. Noch viel mehr als die Bücher und seine Hemden mit sich.

„Oh, Genève. Wahrlich schönes Fleckchen. Von daher kannte ich einmal ein Mädchen. Sehr hübsch war sie, aber zu gut erzogen."

Sie ratterten an einem leerstehenden, halb verfallenen Gebäude vorbei. „Maçonnage M. & Fils", las er brav, alles aufsaugend, was ihm neu unter die Augen kam.

„Die alte Maurerei braucht niemand mehr. Es häufen sich Schauermärchen darum. Die Runde macht, dass die beiden Söhne die Eltern mit dem Spatel um die Ecke brachten, ausraubten und in Paris ein neues Leben begannen."

Er wandte den Blick ab. „Um Himmels willen!"

„Jaja, so allsegentlich ist es da auch nicht. Ich sage immer, wenn etwas vom Sündenfall übrig geblieben, dann findet man es dort. Abgesehen von der Schlange, bestimmt auch ein Stück Apfel. Aber Angst machen möchte ich bei Gott nicht."

„Mir ist nicht bang. Meine Beharrlichkeit hat mich schon höhere Berge bezwingen lassen." Er bemühte sich, gelassen zu klingen, des Vaters Stimme im Ohr, die Standhaftigkeit zum Exzess predigte. Die Landschaft trug Wiesen und Kühe vorbei.

„Euer Koffer sieht schwer aus."

„Ich komme aus den Kolonien."

Seine Wangen fingen an zu glühen. Einem echten Helden saß er gegenüber.

„Aber wo. Hauptsächlich habe ich gestempelt, Papiere sortiert und Unterricht organisiert, damit auch dort der Klang schönsten Französisches von Mund zu Ohr fliegen kann."

„Sind es wirklich Wilde? Ich meine, man hört so allerlei. Von Menschenfressern …"

Der Uniformierte krempelte die Ärmel in die Höhe und schaute prüfend an sich herab.

„Also, an mir ist noch, wie ich sehe, alles dran", zwinkerte er dem Bücherwurm zu. Letzterer schluckte verlegen.

„Wo seid Ihr eigentlich untergebracht?"

„Irgendwo im Quartier Latin, bei Mademoiselle Claudette, wenn ich mich recht entsinne."

„Soso, bei Claudette. Bei ihr würde ich mir keine falschen Hoffnungen machen. Aber ich weiß da von einer koketten Minou. Sie soll fabelhaft sein."

N°8: Ein verwöhnter Sohn

„Ich bekomme alles, was ich möchte."

„Bist du dir ganz sicher?" Der Blonde setzte seine widerlichste süßliche Grimasse auf.

„Mein Vater ist …"

„Jaja, ich weiß. Aber, Freundchen – ich bin der Oberesel von diesem Kabuff hier, und ohne mich bekommst du hier gar nichts."

„Das wollen wir doch mal sehen. Ich möchte die kokette Minou."

Der Blonde hielt die Hand auf.

„Wieviel?"

„Zähl er nur hinein, ich sag' ihm dann schon, wann es genug ist."

Schein um Schein wanderte. Zögern.

„Eine Bessere findest du in ganz Paris nicht."
Er verbarg das Bündel in seiner Faust.
„Es ist dein erstes Mal, nicht wahr?"
Dem verwöhnten Sohn schoss Farbe ins Gesicht. „Halt's Maul, gezahlt hab' ich, über Gebühr. So soll's genügen."
Der Blonde legte sich das Bündel an die Nase. „Wenn man etwas nicht kaufen kann, dann ist es Charme. Doch lass es dir gesagt sein: Mit einem Hauch Benimm hat man bereits zu geringeren Damen Zugang gefunden."
„Sagt, stimmt es, dass Ihr sie aus dem Meer gefischt habt?"
Der Blonde warf sein Haar zurück. „Sie ist weit mehr als eine Meerjungfrau."
„Ich habe doch Euer Wort, dass sie Jungfrau ist?"
„Gewiss, Freundchen. Du wirst damit prahlen können."
Der verwöhnte Sohn kam sich plötzlich mächtig vor. „Wird sie auch tun, was ich von ihr verlange?"
„Sofern du sie davon überzeugen kannst."
„Ich werde ihr schon klarmachen, dass ich unwiderstehlich bin."
„Aber sicher."
Der Blonde sprang von der Mauer und verschwand in Richtung Île de la Cité. Je näher der Abend kam, desto aufgeregter wurde der verwöhnte Sohn. Vor der Féline übermannte ihn die unheimliche Schwärze.
„Bonsoir, Freundchen. Da bist du ja, auf die Sekunde pünktlich."
„Zeit ist Geld."
„Wie wahr, also wollen wir nichts vergeuden."
Die spitzige Visage quengelte schon durch das Maul.
Aber erlaube mir, dass ich dir zum Entrée ein Gläschen Perlwein empfehle."
„Das soll erquicklich sein."
„Na komm, Freundchen."
Und sie gingen hinein.

N°9: Ein tüchtiger Bauarbeiter
„Eine neue Kirche braucht's am Montmartre." Also hat der Pfarrer gesprochen. Unaufhaltsam fraßen die langen Schatten Pierres Knochen. Kaum aus der Taufe, war es Jean. Unbeugsamer sollte er stehen. Kräftigeres sollte seine Erscheinung tragen. Stark genug sein Inneres für das verspielte Rundherum. Wie jeden Morgen strich er zur Begrüßung über die Ziegel. Sie gaben ihm das Gefühl, selbst Schöpfer zu sein.
„Guten Morgen, Herr Pfarrer."

„Guten Morgen, mein Sohn." Er befühlte das kleine Bunte. „Das muss noch hinauf, Tor und Fenster Zier zu geben." Splitterbunt im Morgenlichte, der Spiegel flitternder Rundherums.

„Solch ein Rückgrat", freute sich der Pfarrer.

„Ein Haufen unwiderstehlicher Bonbons", freute sich sein Kollege, mit dem er bereits Zentner von Steinen angeschleppt, über das kleine, zuckersüße Blendwerk. Über ihm die Unschuldsmiene, der die Schlange in den Ärmel kroch. Er stützte sich auf das große, nackte, runde Kreuz.

„Das wird auch noch gefüttert werden."

Wie geduldig beobachtende Katzen saßen die schmiedeeisernen Zaunpfähle und warfen in der emporwandernden Sonne lange, schmale Schatten.

„Wo sind denn die anderen?"

Jeden Tag hoffte er, dass die Arbeiten weitergingen, dem butte endlich einen Hauch von würdiger Krone zu geben. Gib Acht, Johannes, sie kriecht in dein Gewand, die Gewissenlose! Sein Kollege ließ die Schultern sinken.

„Noch hemmt das Neue, alle Glauben an das Weiter."

„Lächerlich. Welch ein Hohn für den alten Meister."

„Es ist das Material, das den Prozess in Gang hält."

„Weißt du noch, dass dort unten einer eine église bauen wollte?"

Sein Kollege nickte.

„Auf dem verfluchten Platz, der keine Kirche haben wollte."

„Als mich Monsieur Archimède die Grundsteine für sein Kabinett schleppen sah, hat er mir meinen persönlichen Automaten zum Dank versprochen."

„Aber du hast ihn nie bekommen."

„Nein. Jetzt ist dort unten das schwarze Haus."

Er seufzte und ließ die fröhlichen Keramikplätzchen fallen.

„Mit denen sehet Ihr aus wie ein Zuckerbäcker", amüsierte sich der Pfarrer. Er ließ das Kreuz Kreuz sein.

„Vielleicht ist es an der Zeit, mich anderwärtig zu amüsieren."

N°10: Ein unerbittlicher Richter

„Das letzte Urteil ist womöglich noch wichtiger als das erste."

„Man nimmt es mit. An ihm wird man immer gemessen werden."

„Was meint Ihr?"

„Ich glaube, er hat es getan."

Es hallte im Gedärm von La Santé. Reuige, leere Augen flehten von der Anklagebank herauf.

„Frau und Kind starben unter seinem Beil."

„Nichts sollte Gnade erfahren, das selbst keine Gnade kennt."

„Von unerbittlicher Härte wird man häufiger sprechen als von unbegründeter Milde."

„Mein Denkmal wird ein unauslöschlicher Fleck auf dem scheinheiligen Gesicht von Lutèce sein."

„Davon bin ich überzeugt, Monsieur le Juge."

Er legte sich den großen Orden an, der für diesen Anlass seine Würdigkeit ebenso unterstreichen soll wie seine unumstrittene Autorität.

„Macht Eurem Namen alle Ehre."

Selbst das Kruzifix hatte Ehrfurcht. Majestätischen Schrittes kostete er jede Sekunde der bewundernden, hassenden und flehenden Blicke aus, die ihn beseligt ebenso wünschten wie ins Jenseits.

„Pfarrer bin ich keiner."

„Gewiss nicht."

Er steckte sich die Ringe an und erschien wie ein König.

„Ihr wisst, wessen ich meinen Ruf zu verdanken habe?"

„Jeder weiß das."

„Helft mir in meine Robe."

„Sehrwohl, Monsieur le Juge."

„Heute kommt sie mir besonders groß vor."

Er schaute durchs Flehen hindurch und überhörte jedes Beteuern.

„Wisst Ihr schon, wie Ihr Euch entscheidet?"

Während er den Kragen gerichtet bekam, schaute er sich im Engelsmiroir, verlieh seiner Bosheit unmissverständlichen Ausdruck und reckte den Daumen nach unten. Er kostete die erwartungsgeladene Verschwiegenheit aus, die seines Urteils harrte. Eine elende Ratte aus einer Maurerei in der Provinz. Trotzdem hieß er, seinem gern betriebenen Hang zur Theatralik folgend, „Ruhe im Gerichtssaal" ausrufen. Viele waren gekommen zu schauen, wie man mit dem Schlächter verfahren werde. Auch eine kleine Gruppe von Studenten der Jurisprudenz nutzte die Gelegenheit, noch einmal den Großen urteilen zu hören. Er spitzte die Lippen, woraufhin aufkeimendes Gemurmel sogleich einhielt.

„Schuldig!", durchfuhr es den Raum wie die Klinge einer Guillotine. Aus den hinteren Reihen erhob sich ein blonder Schönling und teilte enthusiastischen Applaus.

Noch einmal ließ der Préfet seinen Blick über die festgehaltenen Gesichter gleiten und schluckte seine hemmende Berührtheit.

„Woher hast du diese Galerie des Grauens?"

„Mit der Post kam sie an."

„Mit der Post?"

„So ist es. Ein junger Mann hatte sich damit beworben. Als Tatortzeichner."

„Nur her mit den Würfeln!"
„Oh nein, nicht dieses Spiel." Nathalie schlug enerviert die Hände zusammen, doch Motte gefiel sich im Täuscheln und Blenden.

„Ich finde keinen Gefallen an seinen extravaganten Methoden", so der Tenor.
„Er ist ein Spieler. Das wissen wir. Doch wer passte besser als seinesgleichen zu einem derartig verworrenen Casus, Monsieur le Préfet?"
„Zur Genüge sind wir ohne jedwede weiterführende Erkenntnis gewesen. Lassen wir ihn versuchen, Chevrier. Tiefer können wir nicht ins Dunkel stürzen und, wie mir zugetragen, hatte er seine Erfolge."

François war dieser Brocken auf gewisse Weise unsympathisch. Anatole bemerkte es nicht. Er hatte sich mit ganzer Aufmerksamkeit der Amélie zugewendet, die jedes zweite seiner Worte mit Glucksen an sich band, mit duftenden Schleifchen zu verzieren.

„Entspann dich doch, Kleiner. Du bist hier nicht im Nonnenkloster." Nathalies Versuch amikaler Beschwichtigung verglimmte mit der Asche ihrer abgetöteten Zigarette.

„Ich wette, auch ihr seid wegen der geilen Katze hier", zwinkerte Motte herüber. Er drehte den undurchsichtigen Becher vor sich auf dem Tisch um. Zwei Würfel kullerten heraus, die er, kurz nachdem sie sich gegenseitig über die Kante hinaus gedrängt, mit der Hand aufgefangen.

„Erstaunlich schwungvoll sind sie heute, diese beiden Filous."
„Wenn ich denn einmal Glück im Spiel hätte", suchte François skeptische Distanz zu Fortunas Wankelmut, der ihm gerne Mulmiges in die Magengrube drehte.

„Ach was, mach dir doch kein Pfützchen unter 'n Stuhl."
„Ja komm, getrau dich doch einmal was." Oja, die Jeux, sie brachten Anatole in sein Element.

„Was für eine reizende Idee. Lasst uns doch etwas spielen." Amélie war Feuer und Flamme.

„Es ist ganz einfach", erklärte Motte.
„Einer hast du und Zehner. Hoch die Zehner, klein die Einer. Mit drei Augen hast du das Höchste. Dazwischen liegen die Pasch. Wir schütteln reihum, gänzlich im Geheimen. Einer hat höher als der

andere zu sein oder weiß überzeugend zu flunkern. Glauben oder nicht glauben, heißt's."

„Und wenn du ein Zweifler bist, Kleiner, ist es an dir, dich zu überzeugen", warf Nathalie ein.

„Entweder die kleinen Punkte hüpfen für dich, oder du tischst es uns auf."

„Anfangen! Anfangen", Amélie rutschte ungeduldig auf dem Stuhle herum.

„Seht her, sie kann es gar nicht erwarten auszupacken."

„Auspacken? Wie auspacken?"

„Na, Süße, wirst du beim Lügen ertappt oder hast du dich in deinem Vorderen getäuscht, muss die Wahrheit auf den Tisch." Nathalie reckte ihr schmales Kinn auf Amélies entblößte Schulter.

„Oh nein."

„Oh doch."

„Na klar!", Anatole war begeistert.

„Ungute Würfel", dachte François an die wie durch Azur Verschwimmenden, um letzte Würde Hämenden. Blind schlugen sie aneinander, sich gegenseitig darin zu belauen, was sie ausrufen möchten. Wild wirbelten sie, von Motte gelenkt, im ekstatischen Veitstanz.

„Einmal hin, einmal her, rundherum das ist nicht schwer. Einmal noch und ... Halt!"

Ein Ruck noch, dann der Bockshufe endgültiger Stillstand.

„Sagt mal, habt ihr auch von der Geschichte mit dem Richter gehört?"

Motte servierte es, friss oder stirb, wie lau gewärmte Vorspeisensuppe. „Zweiunddreißig." Und der Becher wanderte.

Der Stift schmierte über das glatte Creme des verkehrten Überraschungspapiers. Eine Wiese mit unzähligen Blumenhäuptern. Alles Schöne, von dem die Tante erzählte, wenn sie nicht, wie dieser Tage häufiger „In der Zeit zergeht alles" murmelte.

„Laaangweeeilig", dehnte Anatole, der es vorzog, ungebändigten Bewegungsdrang in sich, dem aufgezogenen gestiefelten Automaten hinterherzujagen. Die Tante schmunzelte seinem Wuschelkopf hinterdrein und legte sich daraufhin in das bunte Blumenfeld.

„Ich ... weiß nicht, was ich sagen soll ..."

Noch selten hatte François seine Tante nach Worten ringen hören. Neugierig schaute er auf, den Stift fest umklammert, die Zunge beflissentlich unter die Nase geschoben.

„Jaja ...", urteilte die Tante, „du hast Talent."

Und das war der Zeitpunkt, an dem es das Tageslicht erblickte, dieses Wort, und in das Leben von François kam. Talent war der Geist, der über Gedeih und Verderb entschied.

„Nein", bestimmte die Tante, getrieben von der Abneigung gegen die gestalterischen Fesseln. Nichts sollte ihm je vorschreiben, wonach ihm aufs Papier zu setzen war. Nicht ein verziehendes Internat.

„Ich werde wohl nicht umhin kommen, dich mit jemandem bekannt zu machen, mein lieber François."

„Jaja, ich habe schon davon gehört", plapperte Anatole mit lockerer Zunge.

„Das eherne Gewissen der Stadt, eingebrochen in einer Kloake, ich habe geglaubt, mich tritt die dicke Rosinante."

„Nicht wahr? Ich finde es besonders aufregend, dass es kaum einen Deut von hier war", kröchelte Motte wie ein alter Hobel. Amélie lief es eiskalt über den Rücken.

„Arrête ..."

„Findest du es nicht auch, mein Freund?" Er stichelte in Richtung François weiter und schob ihm „Vierundsechzig" hin.

Aus Nathalies Ecke kam der Ruf einer alten, erwartungsfreudigen Eule. François verfluchte seine Leichtgläubigkeit, nahm den Becher entgegen und begann Fortunas Boten unstet wandern zu lassen. Jedes Klirren erzitterte sich durch seinen Ballen. Als die Reise zu Ende war, erhoffte er sich zu viel.

„Einundzwanzig!", brach seine Stimme und verfing sich in Mottes gesponnenem, klebrigem Netz. Er verdrängte das aufkommende Gesicht, des wie aus Wachs daliegenden Monsieur le Juge. Niemals mochte er ihn nur gesehen haben. Niemals mochte er ihn in sich wie eine festgestempelte Briefmarke. Unmerklich spuckte er es aus und bemühte ein Siegerlächeln.

„Lügner!"

„Wie heißt er?"

„Broschenberg, Ferdinand. Fürst. Ein sehr fähiger Mann mit wachem Geist. Wir haben gemeinsam diniert, und ich habe ihm den Fall im Groben dargelegt."

„Meiner Meinung könnte es nicht schaden, einen Spectateur von außen hinzuzuziehen. Ein echtes Chamäleon eben. Da würde ich auch von der Tatsache absehen, dass er Österreicher ist. Motte, so überraschend effektiv seine außergewöhnlichen Methoden auch sein mögen, er ist ein ordinärer, bunter Hund."

Trotz geöffnetem Fenster stand die Luft, wurde dick und drückte in das Studio herein. Débrouillard stellte eine Karaffe kühlen Wassers und zwei Gläser hin.
„Hast du nichts anderes?"
Der Gutachter stellte eine andere, grüne Flasche hin, schenkte die Gläser halbvoll ein.
„Lass es uns versuchen."
„Ich bin es dir schuldig."
Der Richter schwieg zurück, während sich der Geschmack von Eiche, Cassis und vielsagendem Vergangenem in ihm zu Unvergesslichem vereinte.

Er zog sein Wams aus und zählte leise die Punkte, die ihm vor den Augen zu hüpfen begannen, wenn kein Licht war. Er wusste, dass sie nicht schlief. Wams und Hose warf er von sich, stieg über den Hemdkragen, hinüber zu der hellgrauen Scheibe, die der Mond auf dem Vorhang hinterließ. Er wurde diese verdammte Melodie nicht los. Nocturne.

„Oja, Débrouillard, wir werden es versuchen! Womöglich ist er ja eine Fügung, dieser Broschenberg", dachte er bei sich und überlegte, wie es wohl am einfachsten wäre, sich der ihm schon immer unerträglichen Art dieses räudigen Motte zu entledigen, ohne Chevrier großes Kopfzerbrechen zu bereiten.

Der leise Jammer wurde unerträglich. Über seinen Hut stolperte er ins Bett. Lange lag er und war mit seinem Atem alleine. Dann bekam er Lust, die Decke von sich zu werfen und der Nacht ausgeliefert zu sein.
„Nyx, du elendige Hexe!"
Er drehte sich auf ihre Seite und war ihr Augenblicke schweigend gewahr, wie sie dalag, die Arme über ihrer Brust, die sich gemächlich hob und senkte. Die Dunkelheit zeichnete ihre Schönheit wie ein überirdisches Relief. Entblößt lag er an ihrer Seite und umfasste sie sanft, ohne sie zu wecken. Er mochte in ihren Träumen sein. Schwach blies er ihr Haar: „Je t'aime."
Sie lächelte. Er auch.

„Hast du schon einmal jemanden sterben sehen?"
François schüttelte den Kopf.
„Du siehst mir nicht wie jemand aus, der noch nie Roméo et Juliette gesehen hat."
„Aber das ist doch kein richtiger Tod."

Motte spitzte die Lippen.
„Aberglaube, mein Freund. Nichts als Aberglaube. Der Bühnentod ist um Welten besser."
François schluckte.

Der Pantomime schälte sich in einen eleganten, glattgewirkten Frack. Ein kastanienschimmerndes piano à queue, darauf ein Luster von fünf dicken, wachstränenden Chandellen, wussten ihn näher zu locken als wohlknisternde, linkische Zungen in einem schnellkühlenden Ofen. Einmal rundherum, setzte er sich auf eine blütenfarbene Chaiselongue und begann mit seinen Fingern zu spielen, tat so wie ein virtuoser Pianist. Aus der Decke kam ein riesiges Perpendikel, das vor seinem Antlitze hin und her zu schwingen begann. Links, rechts, links, rechts, äugelte er. Er hob den Zeigefinger und zog an einer langen, feingliedrigen Kette seinen Zeitmesser heraus. Ihm gefiel sein Schwingen. Links, rechts, links, rechts. Er gebot ihm Einhalt, suchte das Ziffernblatt, ließ es vor Schreck fallen und machte einen runden Mund. Es war höchste Zeit. Er tat so, als würde er jemanden im unterhaltenen Publikum suchen. Nach einer Weile, eingeschnappt die Wangen zwischen Fäustchen, ging es wieder nach links, nach rechts, nach links, nach rechts. Weiße Handschuhe kletterten seine Arme hinauf, über die Schultern, die Ohren und hielten ihm die Augen zu. Ein Kopf, hochgezogene, spitz zulaufende Mundwinkel, wuchs aus der Lehne. Ein clin d'œil vor dem neuerlichen Verschwinden. An den kleinen Fingern war es ein Leichtes, die Hände auseinanderzuzupfen, sich neue Sicht zu verschaffen. Er blinzelte und drehte sich überrascht. Hinter seiner Chaise wuchs eine reichbehangene Dame von Welt, in narzissengelben Draperien und mit seidigem, dunklem Haar. Sie faltete die Hände vor ihrem Schoß und flatterte unschuldig mit den langen Wimpern. Schau an, schau an. Er warf die Hand vor seinen O-Mund, richtete sich den Kragen – und patsch – hatte er einen schicken Chapeau – blitzgeschwind zurechtgeschnippt – aufgesetzt. Auf sein steifes Verneigen reichte sie ihm die Hand zum Kusse. Charmeur. Setze sich nur, oder noch besser, lege sich die Dame. Dass sie sich bequeme, bügelte er, über der Chaise, die von feinen Staubkörnern, Rauch und parfümierten Unanständigkeiten getragene Bühnenluft. Sie trippelte nach vorne, rümpfte die Nase, hob ihr Kleid an und fächelte den Übelgeruch beiseite. Dem Publikum zurück. Sie schnupperte zufrieden und legte sich auf das bequeme Möbel. Wie von Geisterhand öffnete sich der Deckel des antiken Flügels. Von irgendwoher schlich wogendes Flehen, wehmütiges Erinnern, sanftes Sehnen. Nocturne. Er wurde zu den Wogen, die sie umspielten, die an ihrem Gewand leckten, von ihr Besitz ergreifen zu wollen. Sie wurde zum blitzenden Licht in ihnen, zur greifbaren Verlockung, zur falschen Hoffnung. Jede Umarmung war vergebens. Er hob den Zeigefinger, während er mit der anderen Hand weiterspielte. Ideen waren seine Spezialität. Zwei Gläser bereitete er vor. Edle, manuell geschliffene Kostbarkeiten. Was sollte man auch anderes zu einem Anlass wie diesem trinken als Champagner. Plopp – so fiel der Korken und – sch – zischte und prickelte das perlende Gold. Ans Herz griff er sich und schickte ihr einen Kuss. Sie fing ihn auf und warf ihn fort, ins Publikum hinein. Er lächelte schwach und holte ein Fläschchen heraus. Das einzig wahre Liebeselixier. Heimlich die Tropfen in die Gläser, dann fischte er in Richtung des Publikums umher. Sein Grimm war verflogen. Er hatte ihn gefunden, seinen Liebesbeweis. Betrachtete ihn freudig nach allen Seiten, befreite ihn von jeglichem Unrat und hielt es ins Licht. Oja, das war es. Er steckte es an ihr Herz, und sie wurde offen und warm. Ans Herz griff sie sich und schickte ihm einen Kuss. Er fing ihn auf und steckte ihn ein, damit er ihn niemals verliere. Ihre Mundwinkel wurden spitzer, seine Züge gingen auf. Er formte ein Herz für sie. Sie formte ein Herz für ihn. Es war möglich, sie zu berühren. Es war möglich, ihn zu berühren. Nichts wie mit Champagner es besiegeln. Die Gläser klangen fein. Gleichzeitig tranken sie. Ihre Augen wurden groß, an die Hälse griffen sie sich und starrten erschrocken auf ihre steifen Glieder. Die Münder rissen sie auf, vergeblich Luft hinein zu bekommen in ihre gelähmten Leiber. In aller Anstrengung zitternd, formte er ein Herz für sie. In aller Anstrengung zitternd, formte sie ein Herz für ihn. Dann sanken sie ineinander. Mund an Mund. Ausgehaucht.

Mottes Klatschen erstickte im umgreifenden Gelächter. François wandte sich ab.
 „Habe ich es dir nicht gesagt? Nichts geht über das Sterben dort oben." Motte leerte sein Glas in einem Zug.
 „Mir ist schlecht." Amélie hatte alle Farbe aus ihrem Gesicht verloren.
 „Möchtest du an die Luft?", Anatole bot sich an, ihr das Unwohlsein vertreiben zu wollen.
 „Oder auf die Toilette", ätzte Nathalie, die es genoss, Öl in Mottes Funken zu gießen. Prompt fuhr seine Faust auf den Tisch hernieder.
 „Hier geht jetzt sicher niemand!" Er griff nach François' Glas und leerte auch dieses.
 „Danke, mein Freund. Das nenne ich Großzügigkeit. Übrigens, habt ihr auch davon gehört, dass letztens, hier in der Umgebung, haufenweise Totes angeschwemmt wurde? Dreiundvierzig."
 Der Schicksalsbecher wanderte.

Abgeglimmt wurden die Leuchten, bis sie alles bläulich machten. Ein leiser Trommelwirbel ließ die letzten Quatschbolzen verstummen. Das erwartungsvolle Schweigen vermengte sich mit dem unbewegten Nebel der Szenerie. Ein Magier kam herbei. Er breitete seinen langen, schwarzen Umhang aus. Dreimal klopfte er mit seinem Holzbein auf die Bretter. Dann kam die Kulisse, der rosarote Raum, den François vom Plakat her kannte. Noch dreimal klopfte er. Und – puff – sie tauchte auf. Kaum, dass ihre Konturen auszumachen waren, hub der Applaus an.

„Ana."
Als öffnete sich unter ihrer Haut ein Tor für unzähliges Krabbelgetier, glitt ihr Name in ihr hinab. Agnes war der einzige Mensch, der ihn kannte und wie sie ihn aussprach, stach er durch die kokette Minou hindurch. Noch leicht außer Atem vom qualvollen Ersticken half sie ihr beim Aufsetzen der Katzenohren. Sie spürte ihr Zittern.
„Daran kann ich mich einfach nicht gewöhnen."
„Ich weiß. Das musst du auch nicht."
„Wie voll ist es?"
„Gerammelt. Kein Platz ist frei, die Leute stehen sogar bis an die Tür. Die meisten nur für dich."
„Am liebsten würde ich sie alle …"
Anas Hände begannen zu krampfen. Agnes nahm sie von hinten in die Arme.
„Ich weiß. Das musst du aber auch nicht."
Agnes band ihr die Panthermaske unter den Haaren zusammen.
„Sag mir, wie ich heiße."
„Ana."
Sie keilte sich in Agnes' Stoff. Von draußen hörte sie bereits das Pochen des Magiers.
„Stimmt es, dass sie es heute spielen?"
„Ja …"
„Hoffmann, der Teufel!"
Und sie machte sich bereit.

Er sah die Gänsehaut über ihre nackten, glatten Beine gleiten und die kleinen, feinen Äderchen an ihren Füßen pulsieren. Sie räkelte sich auf ihrer Decke und fauchte scheu in die tobende Menge.
„Zeig mir deine Krallen, Kleine!", brüllte Motte vor Begeisterung zum aufkeimenden Cancan stampfend.
„Das ist sie, die kokette Minou!"
„Na, hab' ich dir zuviel versprochen?"

Anatole stieß seinen Freund an. Der schüttelte hypnotisiert den Kopf. Zwei ehrliche Augen nahmen ihn gefangen.

„Komm mit mir mit."
„Wohin?"
„Wohin auch immer, hier gehörst du nicht her."
„Wohin gehör' ich denn?"
„Ins Leben."
Minous kleine, kalte Hände krochen in François Ärmel.
„Lass uns laufen!"
„Wohin?"
„Weit fort. Weshalb so betrübt?"
„Ungetrennt?"
„Ungetrennt!"
„Bitte umarme mich."
„Ich lasse dich nicht los."
„Ewig, wo es Gnade gibt, für das, was wir fühlen."

„Wackel deine Schenkel!", äußerte sich die Ungeduld der Weibshungrigen. Der Schweiß tropfte unter der Maske heraus auf ihr Kinn. Ihre Brust hob und senkte sich unter der Schwere ihres Atems. Unbewegt stand sie.
„Hältst du auch dein Versprechen?"
„Alles halte ich, unsichtbare Vertraute, nichts kann geschehen."
„Umarmst du mich noch?"
„Ja, ich tue es. Und ich bemerke ihn, diesen trübnassen Glanz in deinen Augen."
„Katzenaugen weinen nicht."

Da sie stand und nichts tat, erhob sich unstimmiges Gemurmel unter den Zylindern. Auch Motte rutschte unruhig auf seinem Sitz hin und her.
„Was sie nun wieder vorhat?!"
Nach zwei Minuten verstummte jedes Raunen. Alle starrten sie gespannt auf dieses Wesen, das Männerköpfe noch versponnener machte. Sie hielt die Luft an, so lange, bis sie gänzlich von ihr voll war. Dann warf sie Krallen nach vor und erschütterte den ganzen Saal mit dem herzzerreißendsten, in lautem Kreischen endenden Ruf, den die Félin Taquin noch nie gehört hatte. Motte war so erschrocken, dass er den Schicksalsbecher auf den Boden stieß, wo er in zahlreiche, mosaikartige Scherben brach.
„Sapperlot, jetzt hat die wahnsinnige Göttin uns auch noch mit ihrem unheilvollen Fluch belegt!"

Noch einmal zerriss sie alles bisher Bekannte mit ihren Krallen und der Schneide aus ihrem Rachen. François hielt sich die Ohren zu. Dreimal pochte es. Die Kulisse verschwand. Dreimal pochte es. Der Rauch stieg auf und – puff – verschluckte sie. Aus einem verunsicherten Claqueur schwoll ein Bravo, wie es sich nicht einmal die Oper je zuvor erträumen durfte.

„Ach, fragt mich nicht", seufzte die Baronesse. „Ich weiß nicht, was mit der Zeit wird. Nicht, dass sie jetzt schon aus den bescheidensten Zimmern einer Unbescholtenen stehlen. Es müssen schauderlichste, primitivste Bacchanale sein, als fiele die Welt morgen in Schutt und Asche." Sie rückte das Kissen zurecht.

„Wohl ist's", schwichtigte Broschenberg. „Gewiss hat die Stadt ihre preislichen Seiten. Allein, unsereins hat es zuhauf mit dem Finstern zu tun, werte Baronesse."

„Ihr habt mich gefragt, was ich glaube."

Broschenberg nickte leicht. „Ich habe geglaubt, dass es besser wird. Aber nun lasse ich Euch, spät ist's geworden, und Ihr seht müde aus."

„Das bin ich." Sie empfahl sich und knarzte zur Tür hinaus. Broschenberg setzte sich auf das skurrile Bett. Noch nie hatte er auf Schwanenfüßen geschlafen. Als ob er noch nicht zu alt wäre für diese aberwitzigen Spielereien. Er versuchte sich zu ordnen und leerte, wie allabendlich, sorgfältig seine Taschen. Er belächelte sich selbst, dass auch er einem Aberglauben anheim gefallen, wonach Dinge, die über Nacht in den Hosen blieben, ihre Glück bringende Eigenschaft verlören.

Verstört war er in Wien aus dem Zug geklettert, den Casus um die Kurarzttochter streng in seinem Grimm verschnürt. Graffendorn wartete am Bahnsteig, winkte ihm schon von weitem mit dem Tüchlein.

„Manchmal ein zu herzlicher Kolleg", wie sich Broschenberg dachte.

„Es stimmt etwas nicht."

Auf dem Weg in die Dienstzimmer löcherte ihn der beflissene Pragmatisierte.

„Zuviel Ungereimtes, auf dem die formulierte Gewissheit ruht", antwortete er knapp. Er packte den Bericht, der ihn alles andere als zufriedenstellte, aus seinem Aktenträger und legte den Zettel der Giuseppina oben auf. Er richtete den Stapel, und ein heftiger Schmerz durchfuhr ihn. Ein schmaler, blutender Streifen zwischen Daumen und Zeigefinger bewies ihm, dass ungeduldiges Papier messerscharf war. Er versah die Wunde mit seinem Speichel.

„Ich habe den Bericht gelesen", unterstrich der brave Graffendorn.

„Ich komme nicht umhin, mich dabei an die eigenartige Serie jenes Frühjahrs zu erinnern. Verdammt, es waren Damen. Aber auch hier fehlte eine jede Spur. Der Engelsgesichtige war nichts anderes als ein Phantom. Keine Spur, keine Zeugen, keine Einsichten. Es war da wie eine Seuche, und ausgesehen haben sie alle, als wären sie im Schlaf. Dass es auf einmal mir nichts, dir nichts aufgehört hat, so habe ich mir überlegt, könnte genauso gut damit zusammenhängen, dass wir ihm bereits näher als lieb gekommen. Ich befürchte, wir haben ihn einfach nicht gesehen."

Zwar mochte es Broschenberg nicht, in alten Blessuren herumzuwühlen, die sich anschickten, endlich zu verkrusten, doch kam ihm nun, aus der Ferne, die Bestärkung dieser Sicht plausibler vor als aus der Nähe. Er holte eine kleine Holzschatulle aus seiner Tasche, öffnete sie und fütterte sie mit dem Inhalt seiner Taschen. Er griff die Serviette und rieb mit dem Daumen über die eingetrockneten Spritzer.

„Nein, du bleibst, wo du bist."

Er steckte sie zurück, richtete sich das Nackenpölsterchen und streckte sich auf der viel zu kleinen Liegestatt aus.

„Sie sollten nicht wegfahren", war Graffendorn besorgt. „Sie sehen ausgezehrt aus."

„Wir werden alle nicht jünger."

„Seit sie aus dem Süden zurückgekehrt, machen Sie mir Sorgen. Sie sollten einen Arzt aufsuchen."

„Papperlapapp. Was soll ich bei solchem? Der schlechten Nachrichten habe ich sowieso zur Genüge. Und glauben Sie mir, Graffendorn, nichts stärkt mich mehr, als Einladungen zu kulturgenüsslicher Kontaktpflege."

Beide wussten sie, dass es nicht stimmte. Beide wussten sie, dass mehr dahintersteckte und er nicht eher würde ruhen können, bis der letzte Funken Gewissheit Stärkung erfahren. Er glaubte nicht an den Zufall, dass ihn nun das Mädchen mit der Möwe wieder begegnet war und sie sich, einmal mehr, zu Ungreifbarkeit aufgelöst hatte.

„Eine Botschaft ist's", war er überzeugt.

„Und grüßen Sie mir den Lusthügel! Dort soll es besonders heiß hergehen."

Es war ein Versprechen, das ihm klärte, was zu tun war.

„Komm, un dernier verre!" Motte grinste breit, Nathalie im linken, Amélie im rechten Arm.

„Nein, wirklich nicht", winkte Anatole ab, der mit Mühe seinen Kumpel aus der Taquin gebracht.

„Ich muss zu ihr!"

„Gar nichts musst du!"

„Sie braucht mich!"
„Bilde dir doch nichts ein!"
„Sie liebt mich!"
„Du spinnst doch!"
„Sie hat es mir gesagt!"
„Dir spielt die Fantasie einen Streich! Was mache ich nur mit dir, du Künstler!"
„Wenn ich es dir doch sage! Sie hat Angst!"
„Angst? Wovor denn?"
„Das weiß ich doch nicht!"
„Jetzt komm, wir müssen heim!"
„Ich liebe sie!"
„Das ist nicht Liebe, du ewiger Fantast! Du hast dich nur in eine verguckt, die dich partout nichts angeht!"
„Aber…"
„Sie ist eine Tänzerin. Sie gehört der Félin. Sie ist tabu! Du stürzt dich nur ins Unglück! Wenn sich jeder, der jemals im Publikum war, in sie verschaut hätte, dann hätte sie einen Harem, der nicht mit zwei Händen abgezählt wäre!"
„Aber…"
„Komm zur Vernunft, Guter!"
„Und die Toten?! Was ist mit denen?!"
François biss sich auf die Lippe, bis sie bleich wurde. Anatole blieb stehen, zerrte seinen Freund um den nächsten Vorhang und drückte ihn mit beiden Händen an die schwarze Wand.
„Was soll mit ihnen sein, mit den Toten?!"
François spürte seine ganze Härte. „Sie waren alle hier oder in der Näh, und ich habe sie gesehen…"
„Du hast was?!" Anatoles Stimme überschlug sich im aufgeregten Krisch.
„Ich habe alle gesehen, die sich ins Unglück stürzten…"

François blies den letzten Rest abgestandener Nachtluft in den modrigen Gang hinein und ließ sein Kratzen zu einem Klopfen werden. Zuerst zaghaft, dann immer lauter. Es hallte, paranoiden Absätzen gleich. Jetzt gab es kein Zurück mehr. Was die Tante nur wieder ausgeheckt hat. Die Tür ächzte ihm entgegen. Einen Spalt breit fiel sie auf und beugte sich dem Zug durch das undichte Fenster. Vorsichtig öffnete er sie Ruck um Ruck. Der Mond glotzte ihn an, und ein rätselhafter Geruch schwoll ihm entgegen. Etwas Süßliches, wie Zimt. Welch ein Spuk! War sie also auch eine Hexe? Schneller als erwartet, gewöhnten sich seine Augen an das Zwielicht.
„Hallo? Ist hier jemand?"

Das heruntergekommene Loch harrte in schweigsamer Ignoranz. Ein, zwei Schritte tat er herein. Im silbrigen Schimmer stand sie da, fast lebensgroß, in grünlichem Kleid und fixierte ihn mit ihren kecken Katzenaugen.

„Nun, wie findet Ihr es?"

Er fuhr herum. Hinter dem Regal kam sie hervor, in ihrem Oliv, das Gesicht im Schatten der Balken verborgen.

„Verzeiht, bei Comtessa Giuseppina, ist das hier?"

„Ich habe Euch bereits erwartet."

„Die Baronesse …"

„Vergesst die Baronesse. Wie findet Ihr das hier? Ich merke, es nimmt Euch gefangen."

„Oja, das tut es … Es lässt mich nach Worten klauben … Ich weiß nicht, wie ich es finden soll … Un chat noir im Körper einer Frau … Es … Es verzehrt mich …"

„Mein erstes Selbstportrait", nölte sie.

„Bin ich nicht ausgezeichnet getroffen?"

Sie beugte sich vor und hielt François die Kusshand hin, die frischleuchtenden Kratzer auf ihrer Wange im Mondlicht.

„Wie meinst du, du hast sie gesehen?!"

„Ich habe mich unter die Leute gemischt, die nichts Besseres zu tun haben, als zu ihrem Vergnügen die Unglücklichen zu beglubschen. Und ich brachte sie aufs Papier, mit jeder Faser ihres Ausdrucks. Den letzten Moment ihres Daseins einzufangen."

„Du hast die Toten gezeichnet?" Anatole war völlig aus dem Häuschen.

„Irgendwann hatte ich es satt, dieses stets betätschelte, liebliche Talent. Diese Heuchler, die stets meine nicht vorhandene Fantasie lobten, die stets meinten, ich wäre ohnehin gut genug. Nur sie hat mich verstanden und sie hat mir gesagt: Im Tod liegt das ganze Leben, im Körper die ganze Wahrheit."

„So hast du deine études auf den Montmartre verlegt? Ich glaube es nicht!"

„Alle Männer, die hier gestorben sind. Ich habe sie ergründet, die abgelegten Masken ihrer Seelen. Jedes Fältchen ihres letzten Moments und, glaube mir, mein Anatole, alle, die zu ihr wollten, sind umgekommen."

„Du meinst …?"

„Nein, Freund, ich meine nicht. Ich weiß!"

„Nun denn, unser Abend, meine Damen!"

Motte schleppte seine „Engelchen", wie er sie nannte, in die Bar gegenüber der Félin, von wo aus er die Schundhöhle am besten im Blick hatte.

„Sag einmal, spinnst du?!", rügte Nathalie.
„Das weißt du doch", häkelte Motte.
„Aber nur auf einen Kleinen."

Bosse spitzelte missmutig hinter dem Vorhang.
„Es riecht verdammt nach Polyp."
„Bist du dir sicher?"
„Ich kann doch Veilchenduft von Schweineschweiß unterscheiden."
„Ach, die kommen doch alle heiligen Zeiten. Meinst du nicht, dass du übertreibst, Bruderherz?"
„Siehst du den Pummel dort an dem Tisch?"
„Oh ja."
„Der schaut mir verdammt noch einmal gleicher aus als alle anderen."
„Gleicher als gleich, da könnte ich dir zustimmen."
„Mein Riecher hat mich noch nie getäuscht."
„Soll ich dich daran erinnern?", schmitzte der Blonde.
„Klappe! Ich fress' deinen Degenstock, wenn der nicht etwas vorhat."
„Bon appetit."
„Im Ernst, so wie er der Kleinen geifert …"
„Das tun doch alle."
„Ich möchte nur, dass du Obacht hältst."
„Aber ja doch, Bruderherz."
„Auf dich ist Verlass."
„Ihr Hintern wackelt."
Dem Blonden gefror ein Lächeln.

Er riss an ihren Haaren. „Was glaubst du eigentlich, was du bist?!" Er riss fester. „Antworte gefälligst, wenn ich mit dir spreche!"
Sie zuckte unter dem Schmerz. „Ich …"
„Ein Miststück bist du! Was fällt dir ein, das Publikum anzukreischen wie eine Verrückte?!" Er ließ sie wieder los und biss sanft in ihren Nacken. „Das nächste Mal verrätst du mir davon, sonst brauchst du deine Maske überhaupt nicht mehr abzusetzen!" Er zog seine Klinge und setzte sie sanft an ihre Nasenspitze. „Wäre doch schade um dein hübsches Näschen. Und eine Nutte ohne Visage, die möchte man selbst im dunkelsten Winkel von Montmartre nicht."

Motte zog ein letztes Mal an seinem Glimmstängel. Er sollte aufhören mit diesem Laster. Seine Lippen brannten, und seine Zunge war schon ganz taub. Das erste Auge der Katze war erloschen. Er legte die Münzen neben das Glas und erhob sich auf sein Signal. Bald wird's angerichtet. Er stolperte auf die Straße hinaus und schlich zum Maul. Durch das Gedärm der Neckischen fand er bald die Tür. Unabgeschlossen. Da lag sie, in den Laken, die heimtückische Hexe in Gestalt einer schaumgeborenen Meerjungfrau.

„Jetzt hab' ich dich", zischelte Motte, „mir einen Fluch anzuhängen!"

Er fühlte, wie sein Glied sich regte beim Betrachten ihrer im Traum wogenden, von keinem Stoff verhüllten fülligen Brüste.

„Ja, ich will dich haben und ich werde dich haben! Du wirst niemanden mehr verzaubern, und morden wirst du auch nicht mehr, du Falsche!" Ungehemmt machte er sich an seinem Gürtel zu schaffen und ließ seine Pantalon zu Boden sinken. „Dich verwehrt mir keiner!" Ihm rann das Wasser im Munde zusammen, und eine brennende Glut durchfuhr seinen Leib. Einmal noch „Nou, Nou", ehe er für immer auf den Boden fiel. Völlig unspektakulär.

VIII

Aber wer liebt schon den Frühling, der mit einem Hauch daherkommt, der noch von der Kühle des langen Winters in sich trägt und diejenigen noch einsamer macht, die schon einsam sind. Klopfen wollte ich und dann wieder nicht. Es schien mir so banal. So blieb ich stehen vor der Melodie, die keine Türen kannte und mir auf der hallenden Treppe Gesellschaft leistete. Jeden einzelnen dieser Töne wollte ich berühren.

„*Wen sucht Ihr denn, junger Mann?*"

Die Alte war von oben gekommen. Ich konnte mein Erschrecken nicht verbergen. Wie Sie sich wahrscheinlich vorstellen können, war sie darüber sichtlich amüsiert, schaute mich aber weiter fest insistierend an. Ich klaubte meine paar Brocken Französisch zusammen: „Bei Monsieur Chopin, ist das hier?"

Jede einzelne ihrer Falten trug plötzlich vollstes Mitgefühl, als sie mir deutlich zu machen versuchte, dass sie nicht wisse, wen oder was ich hier suche, aber dass ich bei dieser Tür kein Glück haben würde. Sie würde nicht aufgehen, weil es da drinnen seit Monaten bereits leer stünde. Es hätte einen bedauerlichen Todesfall gegeben. Sie bekreuzigte sich, bekreuzigte mich und kondolierte mir im Glauben, ich wäre ein Angehöriger. Noch einmal bekreuzigte sie sich und ging fort.

Chevrier tigerte unstet, von ohngemeiner Dienstwut getrieben, um den Leichnam herum.

„Motte, Motte, warum zum Teufel Motte!" Er zupfte das Stück Papier aus seinem Kragen. „Elendige Melodie!"

Wenn auch früh am Morgen, die Leute hatten Gier nach dieser vor Unheil triefenden Nouveauté. Keine Zeitung konnte Ähnliches pikanter schildern. Sie stießen sich gegenseitig die Ellenbogen in die Gesichter, die Nasen gegen die unbeugsamen Stecken der Uniformierten, die ihrer Order nachkamen, den Drang, den Erkalteten zu betatschen, unnachgiebig zu unterbinden.

„Was hast du nur angestellt, du dummer Esel?!"

Der wunderliche Mirac, in sicherer Entfernung, zumal ihm der Polizistenstoff nicht ganz geheuer war, die Hüfte einer jungen Einkäuferin an der Seite, die Pranke einer stämmigen Type an der Wange, wisperte: „Es war doch Fluch!"

Der Mann von der Sûreté stellte sich in den Schatten, den die allmählich über die Dächer findende Sonne um Mottes Kopf zog, einer

verglühten Gloriole gleich. Ein sanfter Stoß mit der Schuhspitze sollte ihm wohl Gewissheit verschaffen, doch Motte rührte sich nicht.
„Jetzt hast du ausgeschnüffelt, mein verrückter Treuer." Er zerknäulte, ohne es eines Blickes zu würdigen, das Notenblatt.

Es war ein kleines Wagnis, als er seine Schritte über das vom jüngsten Regen speckig gewordene Pflaster setzte. Das zitternde Schwarz und der matte Glanz der flackernden Straßenleuchten, die einer Allee gleich die ausladende Rue säumten, dämpften seine Gehgeräusche. Gemächlich schwebte er im Schatten der Häuserreihen. Prächtige Häuser, die, obgleich sie zu schlafen schienen, so unpassend wirkten vor der Fragilität der nächtlichen Einsamkeit. Wie die Anmut und die Würde von Madame, die ihrer südländischen Attraktivität viele Handküsse verdankte. Und diese Hände, so wie sie die Tasten berührten, jeder noch so banalen Passage eigentümliches Leben einzuhauchen verstanden. Der Schimmer aus dem Fenster lud ihn ein. Heimlich. Er hielt inne. Für eine Sekunde lang hätte er geglaubt, sie würde ihm erzählen von ihrer verbotenen Sehnsucht. Für eine Sekunde lang hätte er daran gedacht, ihr zu erwidern. Aber da war nichts. Und nach einer hoffnungsvollen Weile erlosch alles.
„Maître de la Nuit, wie hätte Euch das gefallen?"
Der kleine Begleiter war voller Erwartung. Er wusste keine Antwort. Die Nachtluft brannte ihm schärfer als Feuer. Über der Place mit den vielen verborgenen Beobachtern beschleunigte er seinen Schritt. Ich empfing ihn, schwach wie er war, trug ihn über die Schwelle. Er hatte nicht zugenommen.
„Wisst Ihr noch?"
Ich wusste. Sehr gut sogar. Lange, nachdem sie gegangen, setzte er sich hin und kritzelte die ersten Takte auf ein Papier.
„So, so habt Ihr es gespielt."
Eine Träne wuchs in seinem Auge, aber wollte nicht heraus. Er steckte das Papier links in seinen neuen Mantel und vergaß es.
„Kommt, setzen wir uns doch."
„Seid Ihr immer noch hier?"
„Wie Ihr seht. Ewig seid Ihr mein."
Mit seinem Zierstocke zeichnete er einen Kreis in den Kies.
„Mein Name neben dem Euren weist mir, wie viel mir noch fehlt."
Der Pascha war entzückt, und seine Finger konnten nicht ruhig bleiben. Wie ein enfant, das danach drängelte, auch zu wollen, auch zu monstrieren. Zu sagen, schau, das habe ich gemacht, dieses wunderbare Nachtstück. Fremde Kleider, nachgeschneidert und mit eigenen Flecken versehen, machen auch Gefallen, und er genoss das

Wohlwollen des mehr als gewöhnlichen Frühsommerabends unter kitschig aufgeklebtem, lauschendem Gestirn. Trotzdem, oder vielleicht sogar gerade deshalb, machte sie den Kleinen ungeheuer stolz, diese „Ehrerbietung", wie sie der Pascha nannte.
  „Der Kleine, Ihr erinnert Euch?", stammelte er. Ich richtete ihm die Kissen zurecht, damit er nicht zu hart liegen müsse. Schwach lächelte er: „Nun hat er recht behalten. Un talent de chambre de malade."
  Und ob ich mich erinnerte. So frech wie er dasaß und stolz auf seinen Kreis deutete. Auf das wiederholte „Ewig, ewig", war Chopin aufgesprungen, sich die Erregtheit von den Wangen wischend.
  „Du vent!"
  Eine junge Dame spazierte vorüber, den Sonnenschirm wie ein Zepter in der Höhe, und himmelte ihn an.
  „Bonjour, Monsieur."
  In ihrem jugendlichen Ausdruck schmachtete: „Wie herzzerreißend Eure Nächte sind. Ich liebe sie."
  „Hübsch war sie", sagte ich ihm.
  „Sehr", sagte er und schloss die Augen. Er bemerkte den Jungen, der sich hinter einem Stamm noch kleiner zu machen versuchte. Chopin tat so, als würde er ihn nicht sehen, und ging seines Weges. Wie ein Eichhörnchen kam er aus seinem mehr schlechten als rechten Versteck hervorgesprungen und lief dorthin, wo wir verweilt. Er sei reich, hätten sie zu ihm gesagt. Ein Musikus sei immer reich. Sie bekämen haufenweise Geld in den Salons der begeisterten Komtessen, die noch einmal so viel gaben, um ja bei ihnen Schülerinnen zu werden. Oja, ein Musiker müsste man sein.
  „Hast du wohl auch nichts gestohlen?", zog ich ihm die Ohren lang.
  „Oh nein, Monsieur." Er schaute betreten.

„Los, Junge, beeil dich! Ich habe meine Zeit nicht gestohlen!"
  „Ja, ich mache schon, Monsieur."
Der Drahtige, für die Gegend Adrette mit gepflegtem südländischem Vollbarte, stellte den Fuß auf die Kiste. Mirac, von kaum acht Jahren, sah sich dem selbsternannten „Dandy de Boulevard du Temple" die staubigen Schuhe glattpolieren. Dabei vollzog er seinen Ritus zu pfeifen, was die lachenden Menschen aus dem Théâtre de la Gaité auf die Straße trug, während er seinen Putzlappen, als schwänge er einen Taktstab, in die Luft warf, um ihn, geladen mit dieser Energie, über das einfach aussehende, von Tritten gefalzte Leder zu reiben.

„Ich bin dreizehn", log er auf den skeptischen Blick des Dandy. Der schien es schlicht überhört zu haben.

„Wie viel macht's, dein Wunderwerk?"

„Nach Eurer Zufriedenheit, Monsieur."

Dieser grummelte Unverständliches, was nach einer Zustimmung klang.

„Musikus müsste man sein. So wie dieser Polonais mit der schiefen Nase. Angeblich ist er der teuerste Musiklehrer der Stadt, und seine Konzerte, so er denn welche gibt, sollen auch mindestens um das Zehnfache den teuersten Eintritt im Gaité übertreffen, aus dem du so trefflich zwitscherst. Aber was spreche ich mit dir darüber, davon verstehst du ja doch nichts."

„Monsieur Chopin, meint Ihr?"

Wieder grummelte er Unverständliches und betrachtete seine Schuhe.

„Das hast du gut gemacht, Junge."

Mit einer Hand fing Mirac die Münzen auf, und sein „Merci" schlich dem Dandy auf dem menschenverwaisten Trottoir hinterher.

„Du bist geschickt, Junge."

„Meuchlings. Eine Klinge von hinten durch das Herz." Chevrier war fassungslos. Er beugte sich hinunter, um aus der nächsten Nähe zu sehen, diesen schmalen Einstich, der Mottes Gilet durchdrungen und mit weichselfarbenem Blut besprenkelt hatte.

„Und du mochtest auch Augen da hinten gehabt haben." Sich nach allen Richtungen umwendend, fühlte er sich unter Beobachtung der schlafenden Félin.

„Wäre der Platz doch eine Kirche geworden."

Einmal nach Osten, bis fünfzig zählend, für nichts. Einmal nach Norden, bis fünfzig zählend, für nichts. Einmal nach Westen, bis fünfzig zählend für einen kleinen schwarzen Würfel mit weißen Punkten in der Pflasterrinne, die Sechserkante von Fuhrwerkseisen abgeschlagen. Er wusste zu gut, dass es kein Kinderspielzeug war. In aller Vorsicht nahm er ihn auf und wickelte ihn in das Beuteltuch.

„Hast du wohl wieder dein verfluchtes Spiel durchgezogen."

Noch einmal zurück, wo der ihm Assistierende dem grobschrötigen, doch stets getreuen Agent wie zum Symbole die Lider schloss, das letzte verzerrte Angeschau von der Welt in den tiefsten Schlummer zu beugen.

„Er hat es wohl ganz aus der Reserve gelockt, unser Schreckgespenst. Diesmal war es ungewohnt stümperhaft."

„Und blond", notierte der Assistent, der mit einer überhandgroßen Pinzette ein langes Haar, von Mottes Schulter gezupft, prüfend gegen das Morgenlicht hielt.

Bedrohlich ragten die Schornsteine kalt und ohne jegliches Gewissen. Wie die Läufe der Höllenmaschine, die derorten den Bürgerkönig hätte fetzen sollen. So schnell ihn seine Beine trugen, rannte er darunter hinweg. Ja, er kannte den Herrn Chopin. Er wusste auch, wo er umging, und er mochte seine Musik.

„Warum?", hätte man ihn einmal gefragt. Und er hätte geantwortet: „Weil ich es nicht sagen kann, warum."

Dem einen gefiel die Melodie, dem anderen die Verzierung. Dem einen, dass sie vor sich hinfließe, dem anderen, dass sie so aufrichtig und energisch tief war.

„Ich kann es wirklich nicht sagen. Ich spüre es nur."

Vor lauter Eifer war er beinahe in ihn hineingerannt. Er trug das Taubenblau. Was ihm aus der Tasche gefallen, im Anflug einer Erregung, könnte einer dieser vom Dandy beschworenen Geldscheine sein. Nein, o nein, es war kein Geld. Er faltete es auf. Es waren die rätselhaften Hieroglyphen, aus denen man, besäße man ein Instrument, die wunderlichsten Töne herausbekäme. Er freute sich darüber, dass es im Grund doch kein Mammon: „Jetzt werde ich ein Musikus."

Als er von dem Umstande erfuhr, knallte die Faust auf einen Stapel liegengelassener Akten.

„Nein, nein, nein!"

Kurz hielt er inne, vergeblich hoffend, es könnte sich um einen Irrtum handeln. „Ausgerechnet dieser kleine, schnöde ...! Weshalb habe ich mich nur von Euch zu diesem Tun überreden lassen! Jetzt haben wir nicht nur einen Toten mehr! Wäre das allein nicht schon schlimm genug, es muss einer von uns sein!" Der Préfet öffnete den Kragen, ehe er ihm platzen konnte.

„Was gedenkt Ihr in dieser Angelegenheit weiter zu unternehmen?"

Allein die Tür gab Antwort.

„Entrez!", donnerte er.

„Verzeiht die Störung, Monsieur. Ein gewisser Fürst von Broschenbusch ist eingetroffen. Er spricht von unablässlicher dienstlicher échange und behauptet, Euer Gast zu sein."

„Berg!"

„Wie meinen, Monsieur?"

„Der Mann heißt Broschenberg und lasst ihn bitte nur herein!"

Von einem Polizeidiener geleitet, erschien der Angekündigte, dessen unerschütterbare Aufgeräumtheit den im Zimmer aufgetürmten Unmut ordentlich durcheinanderwirbelte.

Sie zog ihre Nachtstrümpfe aus. Wie es kitzelte. Sie kroch unter der Decke hervor und tappste so mit bloßen Füßen durch das Halbdunkel, bedacht auf keinen Mucks. Sie horchte. War da nicht etwas gewesen? Sie drückte gegen den Vogelknauf, so langsam, dass nichts knarzte. Es waren keine Farben mehr. Auf Zehenspitzen, das Liebkind, angezogen von einer vertrauten Stimme. Das Fenster im Couloir stand offen. Frisch, kräftig rüttelte ein Odem an den dünnen, seidenen Vorhängen und strich durch ihr Haar. Krudić? Die Möwe schwieg. Nur nicht die Eltern wecken, gerade nicht den Vater, der die Diagnose mit großen, blutigen Händen schrieb: Pavor Nocturnus. Seine Sorge war falsch.

„Was ist denn das?", hat der Didenko gefragt. Der Vater hat ihren Kopf umfasst und gesagt: „Irgendetwas da drinnen, das sie verwirrt und zur Mondesbraut macht."

„Aber das macht doch nichts", hat der Didenko gemeint und mit den Schneidezähnen in ihren Hals gebissen. Im Instinkte fuhr sie an die Stelle, aus der ein dünnes Rinnsal ihre Kehle herunterrann. Bange harrte sie. Alles still. Der Vater schnarchte, die Mutter schlief ohne Muckser. Da war es wieder. Breit gesungen. Was täuschte ihre Ohren? Plötzlich, langsam und bedächtig, umschmiegte sie das Klingen. Etwas eilend zunächst, dann wieder gemächlich schlich sie voran. Ein Echo-Ton schwebte über das Meer herauf. Fließend. Viele kleine Wellen. Zunächst wieder sehr ruhig und zurückhaltend, dann zart hervortretend. Fließend, aber ohne Hast. Mit großem Ton. Allein war sie. Zeit lassen. Sie zählte das Klocken der nussholzernen Standuhr. Immer bei dreizehn drehte sich das Ziffernblatt und wurde ein runder, schnauzbärtiger Mond, der, wie der Armeni, wild durch die Gegend schaute. Sie schloss die Augen, damit auch er sie nicht sehen konnte. Geschwind, bis dreizehn ist es kurz. Danach wieder plötzlich langsam und bedächtig. Kribblig wurde es in ihr, als sie glaubte zu erkennen. Wieder gemächlich, im Zweifel. Die Wellen schlugen und nahmen alles ein. Eilend nur dem Tone entgegen. Kein Zweifel. Der Blüthner war's. Er sprach zu ihr. Mit Dämpfern, aber deutlich. Immer wieder schlich sie sich an, ruhig und immer ruhiger werdend. Allmählich zurückhaltend. Sehr langsam und etwas zögernd fasste sie in den Spalt der halboffenen Tür. Es war keine Täuschung. Es war Musik.

„Nun ist es an mir, Ihnen eine Geschichte zu erzählen."

„Mein lieber Broschenberg, bei allem höflichen Respekt, wir haben keine Zeit für irgendwelche Gespinste. Ein agent d'observation ist dem Unhold zum Opfer gefallen. Da hört sich wohl ein jeder Spaß auf."

„Sehrwohl, eben deshalb. Ich weiß innerst gut, was mit Serien dieserart zu tun hat, bei denen Menschen auf das Geheimnisvollste verscheiden, wie von Höherem spurlos gerichtet."

Broschenberg nahm seine Tasche auf den Schoß, holte ein von dünner Pappe umfasstes Bündel heraus und legte es dem Préfet auf den Schreibtisch. Er ließ seine Hand darauf hernieder, als leistete er einen Schwur.

„Hier drinnen trage ich zwei der Fälle mit mir herum, die mich aus zweierlei Gründen nicht mehr loslassen."

Es war nicht irgendeine Musik. Es war seine Musik. Seine. In gemächlicher Bewegung. Ohne Hast. Nicht eilen. Etwas gemächlicher. Sie schluckte das in ihrem Mund vor Bedacht Gesammelte. In der Dunkelheit fand sie sich schwer zurecht. Sie gewöhnte sich nur langsam. Sehr kurz und gerissen. Wild umherklingend. Der Mondschein spiegelte sich verzerrt und tanzte auf den zitternden kleinen Wellen, brach sich darin zu vielen kleinen Perlen. Sie machten die Fische andächtig. Dazwischen. Klingen lassen. Etwas hervortretend. Ein adretter Schatten vor dem Klavier. Mahler war's, ihr Mahler. Er spielte, ohne die Tasten zu bewegen. Lustig. Tanzen mochte sie zur Fiedel. Eins, zwei, drei. Einen trägen Walzer. Mit ihm, nur mit ihm. Singen, das Lied, das Drava geduldig ertragen. Das Lied, das die Schwäne traurig machte und sie, im Garten, mit ihm zur Glücklichsten. Eins, zwei, drei. Nicht eilen. Wieder gemächlicher. Ihr Herz fühlte sich laut an. Singend. Lieber Krudić, siehst du auch, dass er da ist? Oder schweigst du in Eifersucht? Er ist da. Etwas hervortretend. Aus den schwarzen und grauen Punkten vor meinen Augen. Zart und ausdrucksvoll.

„Warum hast du mich verlassen? Weißt du nicht mehr? Dein Gustav?"

Deutlich.

„Aber Herr Hofoperndirektor."

Sich noch mehr ausbreitend.

„Nie habe ich mich gesunder gefühlt. Dein Vater ist ein Schneckendoktor. Was mich kuriert, ist das herrliche Wasser und, was noch tiefer als das, dein gutgläubiges, junges Herz."

Frech. Es blitzte aus ihm heraus. Nicht eilen.

„Und sie? Was ist mit ihr?"

„Hast du je geglaubt, es könnte hier etwas anderes als uns beide geben?" Hervortretend. Das Silber zeichnete seine Konturen. Zurücklächeln. Sie traute sich in den Raum hinein.

„Pssst", machte sie.

„Pssst", machte er. Zum ersten Mal begegneten sich ihre Blicke. Gehalten. Heimlich. Morendo. Ins vierfache Piano.

„Und was ist es, was Euch diesen Packen stets mit Euch herumtragen lässt?"

„Zum einen das unfassbare menschliche Unglück. Zum anderen die Bedauerlichkeit, dass es mir nie gelungen, hinter die Mysterien zu gelangen."

Der Préfet versuchte seine Ungeduld zu verbergen, als er fragte, was denn dieses Bündel althergebrachter, österreichischer Kriminalgeschichten mit der bittersten Gegenwart, die er jemals erlebt, zu tun hätten.

„Vor allem eines! Dass mir hier ein Licht aufging!"

Ruhevoll. Wie ein sanfter Schleier glitt es an ihr herab. So wenig braucht es zur Erlösung. Sie schwebte.

„Oja, Krudić, das Einfachste und Schönste ist's auf der Welt."

Keine Worte. Nur Musik, die sie berührte, an den Wangen.

„Mit ihren zarten Kuppen, so fein, wie nur Federn sein können, einem Schmetterlinge gleich, der auf mir die Farben seiner Flügel malt."

Sehr gesangvoll. Seine Hände zitterten. Nur nichts zerbrechen. Sie ging ihm an den Kragen. Zu gleichen Teilen. Ewig uns. Größere Hälfte. Die Gier wuchs. Im Ausdruck steigernd. Er hielt sie fest. Zurückhaltend. Tränen flossen aus seinen Augen. Schnurgerade Rinnsale. Er drückte. Sie schüttelte den Kopf.

„Niemals. Nie. Niemals."

Er nahm den Kneifer von der Nase.

„Dafür wirst du mich hassen, Krudić. Schau her, ich kose ihn. Erleb nur meine Geburt. Schau nur, wie meine Lippen auf seine Wangen fahren, das Wasser zu trinken. Red doch nicht so. Leben werde ich. Leben. So wie ich es noch nie getan. So wünsch mir doch den Tod, wenn du es nicht erträgst, mein Glück. Ich trinke nicht. Ich saufe."

Sehr ausdrucksvoll.

„Es schmeckt mir."

Sein Hemd fiel auf den Boden. Nicht schleppen. Ruhig, Fließend.

„Na und, Krudić? Dann ist es halt der. Gut, dann flieg doch fort. Für immer. Soll's mir recht sein."

Sie zog ihm die Hosen aus. Etwas drängend. Leidenschaftlich. Sie bestaunten die Schöpfung. Etwas zurückhaltend, wieder langsam. Immer noch zurückhaltender. Und dann bliebe die Zeit stehen. Leise tönend. Lass uns weiter träumen. Er hob sie auf und trug sie unter das Klavier. Anmutig bewegt. Großer Ton. Er knabberte an ihren Brustwarzen. Hervortretend. Langsam. Im Anfange sehr gemäßigt, im Verlaufe der Variation etwas bewegter. Zurückhaltend. Nur nicht aufhören, mein Lieber. Hör nicht auf.

„Mach weiter. Immer weiter. Dein bin ich und nur dein. Mach, was du willst mit mir."

Leidenschaftlich und etwas drängend.

„Die Herzen binden uns in Gut und Böse."

Zurückhaltend. Ohne geringste Vermittlung plötzlich das neue Tempo.

„Eins sind wir. Endlich."

Streng im Tempo.

„Bleib bei mir, mein Guter, Lieber."

Er blieb. Zart ruhig. Vorwärts. Jeder Schmerz war verflogen. Er küsste sie. Sehr zart und innig. Nicht schleppend.

„Mahler, ich liebe dich."

Allmählich wieder zurückhaltend. Gänzlich ersterbend.

„Überall, wohin ich gehe, erscheint mir dieses Mädchen. Überall, wohin ich gehe, wachsen diese Untaten wie von Geisterhand aus dem Boden. Überall, wohin ich gehe, begegne ich dieser gottverdammten Musik."

„Soll das ein Geständnis sein?"

„Keine üblen Scherze, Monsieur!"

„Womöglich interpretiert Ihr zuviel in die Sache hinein, mein lieber Broschenberg."

„Wie himmlisch! Wie kann es nur anders werden. Nur anders sein." Sie kam unter dem Klavier hervor und drehte sich und ihre Verzücktheit. „Schwindlig ist mir, ich muss mich setzen."

„Guten Abend." Eine kahlköpfige Gestalt, auf einem Stuhl unter dem Bild, verschränkte die Beine und nippte an einem Glas rötlich schimmernden Weins.

„Um Himmels willen, haben Sie mich erschreckt! Aber warten Sie, ich kenne Sie doch."

„Möchtest du nicht ein Schlückchen von diesem wunderbaren Teran mit mir teilen?" Er schwenkte das Glas.

„Aber gerne, ich bin in Laune."

„Das weiß ich. Hier." Und hielt es ihr hin. „Für uns reicht eines."

Sie kniete vor ihm. Er goss ihr den Rebensaft in den Schlund.
- „Vielen Dank. Er mundet." Sie leckte ihre Lippen.
„Gustav, treibst du ein Spiel?"
„Nein, Gustav bin ich nicht."
„Wer dann?"
„Schon einmal hast du gegiert, herauszufinden, wer ich bin."
„Wirklich?"
„Oja. Gesucht hast du mich, aber verirrt, wie du warst, hast du mich nicht gefunden."
„Ich kann mich nicht erinnern."
„Schau mir ins Gesicht." Er fasste ihr Kinn, ihren Blick aufzurichten. Hinein in die unendliche Schwärze.
„Nun?"
„Ich … ich sehe nichts."
„Schau genauer."
„Ich sehe wirklich nichts, mein Herr."
Er stellte das Glas auf den Blüthner und faltete die Hände auf seinem Knie.
„Möchtest du nicht zumindest raten, wer ich bin?"
„Gustav, lass diese albernen Scherze!"
„Gustav bin ich nicht. Aber gut bekannt in diesem Haus."
Die Möwe lachte.
„Ich bin der Tod."

„Wir können nicht zuviel hineininterpretieren. Sehr viel mehr haben wir nicht als ein Haar und das war?"
„Blond", ergänzte Chevrier.
„Blond", bestätigte Broschenberg.
„Schön." Es gelang dem Préfet nicht, seinen Ärger über die ganze Flohklauberei zu unterdrücken. „Und was möchtet Ihr nun tun?"
„Ich möchte die kokette Minou kennenlernen."
„Wozu jetzt das?" Der Préfet kratzte sich verwirrt am Hinterhaupte.
„Weil ich glaube, nach dem, was man hört und Sie mir berichten, dass es kaum einen Mann gab, der nicht zu ihr wollte",
wandte sich der Broschenberg um die noch blasse Gewissheit.
„Ich pflichte bei, Monsieur", erhob sich Chevrier aus dem Hintergrund.
„Gewisslich kann sie eine wertvolle Zeugin sein."
„Ich halte es für Zeitverschwendung. Sie wurde ja bereits, auf mein Geheiß, vernommen. Ihr Name verspricht mehr, als er zu halten versteht. Ein kleines, dummes Ding, das nicht bis drei zählen kann", gebar der Préfet aus der Not eine Lüge.
„Erlauben Sie mir, dass ich mir selbst ein Bild davon mache."

„Ihr macht es doch sowieso."
„So ist es."
„Na gut, Broschenberg. Ich werde es Euch einrichten." Der Préfet klopfte mit dem Zeigefinger der Rechten auf seinem Philtrum herum.

„Schhhh", machte Agnes und hielt die von klebrigem Schweiß Durchnässte und beruhigte sie. Anas Augen hüpften unbändig hin und her.
„Du hast nur schlecht geträumt."
„Der Tod ... Der Tod ..."; wimmerte sie vor sich her.
„Nichts anderes, meine Gute, als ein böser Traum."
„Alle haben sie mich verlassen. Alle."
„Ich bin doch nicht alle."
Der kleine Körper in ihren Armen zitterte.
„Du musst hier weg."
Sie hörte es nicht. Vor lauter Erschöpfung.

„Seht Ihr das Bild? Es muss hinfort. Es macht mich krank."
„O dio!", entfuhr es der Giuseppina, als sie es sah.
„So finster. Ich verstehe es zu gut, Monsieur. Es frisst den ganzen Raum. Von wem habt Ihr Euch das hier andrehen lassen? Selbst ein Spukschloss wäre zu gut für diese grauenhafte Arbeit. Nur, was genau stellt Ihr Euch vor?"
„Das ist ganz einfach."
Der Préfet drehte den Lehnsessel um, darinnen eine Gestalt mit verhülltem Haupte.
„Porträtiert sie! Ihr habt genau eine Stunde für den Entwurf!"
„Eine Stunde", wiederholte er. Viel hatte sie in den Ohren von ihr. Wer hatte dies nicht von der Koketten. Die seltsamsten Zungen eilten ihr voraus. Eine Hexe wäre sie, die alle Männer verzaubere, beim ersten Blicke für sich vereinnähme und Grund für jegliches Übel, das über die Menschen der Stadt hereinbrach. Sie wäre eine Meerjungfrau, die sich im Netz eines Fischers bei Marseille verfangen. Dieser hätte keine Gnade gezeigt und sie, wider ihr Flehen und eindringliches Warnen, niemand würde mehr seine Frau erkennen, ans Ufer gezerrt. Verlacht hätte er sie, und kaum, dass sie den Boden berührt, sollen sämtliche Charmeure ihre Angetrauten von sich gestoßen haben, um sie zu beknien. Manche sprechen von Hunderten, andere von Tausenden. Über die Kaffeetassen hinweg flog gerne das Getuschel einer Werkatze, die eigentlich kein Wort sprach, die tanzte, als ob sie den Teufel im Leib hätte, und nur die leidige Brut dessolchen sein könnte. Die schweren Vorhänge mussten zur Seite, wollten sie die letzte Kraft spättaglichen Seins für ihre Zwecke nutzen. Warum in

aller Welt hatte sie sich nur darauf eingelassen? War sie schon so weit, dass bloßer Hinweis auf ihre Meisterschaft genug war?

„Noch bist du zu gewöhnlich und zu brav, mein Kind. Aber es wird schon, es wird schon", wie die Baronesse im Anfang oft genug trichterte. Im gleichen Augenblicke hatte sie Bedenken, die letzte Güte des Tages könnte die Kokette zu Staub zersetzen. Vermaledeiter Klatsch!

Durch einen unscheinbaren, von Schokoladenwein umrankten Torbogen führte mich Claudette in ein Kleinod, wonach mich in dieser Wüste schon so lange dürstete.

„Chopin ist von gestern", hatte sie mich unverblümt und direkt mitten ins Herz getroffen.

„Die Nacht in Paris ist eine Heuchlerin. Sie verspricht viel und hält doch nichts."

Doch hier, hier musste es etwas geben. Mitten im Grün, im Dufte farbenfroher Strahlenanemonen, in den zu Herzen geschwungenen Sesseln an den wenigen Tischen.

„Mein Lieblingscafé", verriet sie, von der Wunderbarkeit dieser Oase, hinter der Maske umgetriebener, automatischer Alltäglichkeit entzückt. „Hier, unter dieser Magnolie ist mein Platz."

Kaum, dass wir saßen, kam der Garçon und setzte mir eine mit Karamell überzogene Eisspezialität vor, als wüsste er von meinem Verlangen nach kalmierendem Genusse.

„Das hat er in der Nase", kicherte Claudette, und ihre Augen gingen auf vor der Schale Fraises au sucre. Sie stibitzte eine der Erdbeeren mit den Fingern heraus und leckte sich die Lippen.

„Er weiß wirklich alles, was wir wollen."

Nyx war nicht schwer. Die Giuseppina drehte sie um und lehnte sie an die Wand, damit sie nicht stets von der Gier der maßlosen Nacht zu Mulmigkeit gedrängt würde. Vorsichtig nahm sie die Jute herunter. Da saß sie nun. Zerfallen war sie nicht, die kokette Minou. Von den vielen Mären hätte auch noch keine Wunder gewirkt. Kleiner war sie, als sie sie sich vorgestellt hatte, alles mit ihrer Fatalität ausfüllend. Gewöhnlicher war ihre Larve und doch für ihren Kopf zu schwer, der, leicht nach vor gebeugt, wenig Raubtierhaftes an sich hatte. Ihre Beine, dünner als sie von überwältigten Mannsbildern boniert, als von eifernden Weibsbildern geneidet, glitterten seidenweiß in der müden Sonne, und überhaupt ging ein Beben durch ihre ganze Gestalt, das sie mehr an eine sich im Rausch befindliche Dirne erinnerte.

„Nun denn, mal los", trieb die Comtessa weg davon, in Mitleid zu zerfließen, richtete ihre Materialien her und stellte das Stundenglas auf.

„Nett, nett ist's hier", versuchte Broschenberg das Heraufstoßende nach Metall Schmeckende zu unterdrücken, was ihm bis dato erstaunlich gut gelungen.

„So viel Geblühe und kleinwüchsiger Charme. Das hätte ich ihnen gar nicht zugetraut."

Chevrier machte keinen Hehl daraus, wie sehr es ihn erbaute, gerade auch vom bejahrten österreichischen Fürsten höchstgradig unterschätzt zu werden.

„Ihr sprecht wie meine geschiedene Frau."

Der Fürst schluckte alles hinab und atmete dabei geräuschvoll durch die Nase.

„Aber bitte, wir nehmen diesen Table hier."

Vorbei an zwei verliebten Turteltäubchen, nahe an der mit Klematis bewachsenen, dahinter beinah gänzlich verschwundenen Hofmauer. Broschenberg legte gerade Hut und Handschuhe ab, da erschien der Garçon und stellte ihm eine große Tasse dampfender Honigmilch vor die Nase. Als wisse er, was ihm jetzt wohl täte. Chevrier freute sich über seine kleine Tasse schwarzen Kaffees, ein ebenso kleines Biskuit dazu. Penetrantes Kaffeehausgranteln gewohnt, staunte der Fürst nicht schlecht.

„Ein Näschen hat er dafür", tippte Chevrier an seinen linken Nasenflügel.

„Paris ist wirklich voller Überraschungen", schmunzelte Broschenberg. An der Milch genippt, war er endgültig davon überzeugt, als er die Nuance von Cognac alles Böse, seinen Hals hinunter, bekämpfen spürte.

„Es ist ein Platz, an dem Geheimnisse sicher sind, Herr Fürst. Von daher schien er mir ganz besonders geeignet."

Der Sand rieselte. Strich um Strich wurde sie echt. Strich um Strich wurde sie lebendig. Spitze Ohren schauten aus dem Käfig, und je mehr entstand, desto mehr hatte die das Gefühl, als entstehe sie selbst. Neu. Sie stellte das Flakon beiseite. Allein die Augen glühten von diesem matten Geschöpfe, leuchteten das schrecklich Diesseitige. Unter fauchendem Atem. Die Pranken mit den Krallen in den Fesseln.

„Dieser Rüpel! Komm her, mein Kätzchen. Komm doch her zu mir. Lass die anderen lachen, da draußen. Nichts anderes ist's als ein Versöhnen des Vergehens. Alle kriegt er sie. Alle. Allein, du wirst schön sein, aller Überheblichkeit erhaben, in deiner majestätischen Demut. Alle werden dich schauen, und sie werden sagen: Verzeih uns. Und du wirst verzeihen."

„Also, ich an Ihrer Stelle, würde diese Katze nicht aus den Augen lassen. Wenn wir etwas herausfinden können, dann über sie."
„Seid Ihr Euch sicher?"
„So wie das Amen im Gebet. Wollte nicht auch dieser Motte dorthin?"
„Es ist wahrscheinlich. Ich habe ihn nach Montmartre geschickt, entgegen den Willen der Vorgesetzten, weil er unvergleichlich die Kunst beherrschte, sich in die dunkelsten und obskursten Gestalten der Unterwelt hineinzuversetzen und sich unter sie zu mengen, als wäre er einer von ihnen. Er hat die Umgebung, um ihn beim Wort zu nehmen, besser gekannt als die übelsten Rinnsalpisser. Mein bester Mann für diese Aufgaben. Häufig hat er mir aus der Félin berichtet. Von den Absonderlichkeiten, wie sie dort zuhauf in den Schoß der Nacht gelegt werden. Immer wieder hat er sich in den Sumpf hineinbegeben. Sollte er aber an jenem Abend dort gewesen sein, hatte er, liegt die Vermutung nahe, gewissen Grund zum Verdacht."
„Wie denn das?"
Je mehr von dieser Zaubermilch ihre Wirkung nicht verfehlte, desto größer wurde Broschenbergs alte Spürlust.
„Ich habe auch einen Würfel in der Nähe des Leichnams gefunden. Gut, das will nicht viel heißen, auf dem ersten Blick. Gerade diese Art aber seines ungewöhnlichen Umfragens hat mich überzeugt: Er sei der Richtige für die Unterfangen in der ungewöhnlichen Welt des Montmartre."
Chevriers Kaffee wurde, obwohl er fleißig trank, nicht weniger.
„Was macht Sie stutzig, Chevrier?"
„Das Spiel hat er nur dann begonnen, wenn er untrügliche Gewissheit hatte, Informationen zu bekommen oder Übeltäter zu entlarven."
„Ich möchte mir vorstellen, dass er in etwas hineingetappt ist, das rascher zugeschnappt hat, als er hätte ‚zut!' sagen können."
„Non, das glaube ich nicht, Broschenberg. Er wäre nicht in eine plumpe Falle gegangen. Den Voyou witterte er hundert Fuß gegen den Wind. Vorher hätte er mir wohl berichtet."
„Was, wenn er nun nicht mehr dazu gekommen ist?"
„Das glaube ich nicht, auf ihn war Verlass."
„Ich möchte mir vorstellen, dass auch er sich der Koketterie dieser Minou nicht entziehen konnte, die seine Instinkte betäubte."
Chevrier schüttelte nachdenklich den Kopf.
„Liebe macht blind."

Broschenberg löffelte die Reste seiner Lait Magique.

„Zuzutrauen wär es ihr."

„Ich möchte mir vorstellen, dass nicht sie es war. Genauer gesagt, dass es etwas mit ihr zu tun hat. Ja, das glaube ich."

„A toi nuit!"

Jetzt wurde es doch ein Mond, aber eine friedliche Nacht.

„Lass sie nur lachen, da draußen. Niemand kennt das Gefühl, einzuschlafen und Angst zu haben vor der Welt. Na komm, du weißt doch, wie sie aussieht."

„Ich habe es vergessen."

„Nein, das hast du nicht."

„Doch!"

Die Giuseppina zog den Span des zerbrochenen Stiftes aus ihrer Haut und betrachtete ihn.

„Es tut nicht weh."

„Du willst doch wissen, wer es ist."

„Nein, das will ich nicht. Nein!"

Steter drängte der Sand ins Unten.

„Ich weiß, wer es ist!"

„Täuschen ist leicht."

„Ich täusche nicht!"

„Ich bin die kokette Minou", schnurrte es leer. Zeig dich, Neckische!

„Schau her, das bist du. Ich habe dich gesehen, mit alten Augen. Über den Wellen eine Möwe."

„Eine Möwe bin ich?"

„Eine Möwe!"

Die Giuseppina ließ alles fallen und torkelte, die Arme ausgestreckt, wie eine Schlafwandlerin, auf die kokette Minou zu. Der sich wach windenden Katze zog sie das Fell über die Ohren.

„O dio!"

Eine Stunde ist kurz.

Mit einiger Mühe konnte der Fürst den zuvorkommenden Garçon davon überzeugen, dass es zu einem „bien-être" keiner weiteren Lait mehr bedurfte.

„Pour service", belohnte ihn Chevrier dafür.

„Paris ist voller Überraschungen", grinste Broschenberg.

„Sagen Sie, Chevrier, wem gehört eigentlich diese närrische Félin?", versuchte der Fürst sein tüchtiges junges Gegenüber auf die richtige Fährte zu locken. „Alle Zungen der Stadt heißen ihn Bosse. Motte hatte stets ein besonderes Auge auf diesen linksfüßigen Aal, wie er ihn abschätzte. Gerüchten zufolge kommt er aus der Gegend von Mâcon. Sein Passeport allerdings verweist auf eine Herkunft in Saint-Malo."

„Weshalb linksfüßig?"

„In Kneipen erzählte er gerne, er hätte sein Bein in seinem Einsatz für Paris beim Ausfallversuch aus der Belagerung gegen die Deutschen verloren. Mit der angeblich so anerkennenden Rente hätte er die Félin gebaut und damit eine der attraktivsten Lusthöhlen der Stadt."

„Wenn das kein Verdienst ist. Wenn jede Liebe so halten könnte wie dieses Paar: Panem et Circenses."

„In der Tat. Schnellstens sprach sich herum, dass in der Félin die wohlgeformtesten und talentiertesten Mädchen zu sehen waren. Dass es dort die exquisitesten und ausgefallensten Nummern gab. Und die Männer ließen es sich gefallen, zahlten gut und gerne für dieses einzigartige Vergnügen. Wie eine Epidemie steckte sie an."

„Ja, das kenne ich von irgendwoher."

„Sogar der Richter und der Apotheker sollen dort gesehen worden sein."

„Wahrlich keine Überraschung."

„Aber seit die kokette Minou aufgetaucht ist, hat die Félin einen Olymp erklommen, wie keine andere Lokalität je zuvor."

„Ist denn Bosse alleine?"

„Wahrscheinlich nicht. Es gibt Gerüchte, die behaupten, er hätte einen Bruder. Des Öfteren hat Motte ihn in Begleitung mit einem anderen Mann gesehen. Hager, mit extravaganter Attitüde und eine Frisur wie sie Abbé Liszt getragen hat."

„In der Tat ein sehr guter Beobachter, dieser Motte", bemerkte der Fürst. Er drückte seine Fingerkuppen aneinander, so tuend, als wäre er in irgendetwas vertieft. Nur um darauf sein klares Auge zu heben und Chevrier mit naiv in die Höhe gezogenen Mundwinkeln zu fragen: „Und hat der gute Motte auch sagen können, welche Haarfarbe dieser vermeintliche Bruder hat?"

„Blond!", entfuhr es Chevrier, die flache Rechte an die Stirn schlagend.

Als ihre Lider auseinandergingen, wusste sie erst nicht, wo sie war.

„Da ist sie ja wieder", hallte es.

„Du meine Güte, Comtessa. Was macht Ihr denn für Sachen?"

Die Sanduhr in der Hand, beugte sich der Préfet über sie. Sie lächelte schwach, als wache sie aus einem bewegten Traume auf.

„Was ist denn passiert?"

„Nur ruhig bleiben", dumpfte es von der anderen Seite, und glitschig Feuchtes überzog ihre Schläfen. Sie versuchte sich aufzusetzen, aber das Ringsumher fing an zu schwingen und drängte sie zurück.

„Ich kann nicht aufstehen", bemühte sie vergebens ihre Bestimmtheit. Débrouillard beaugapfelte das Fläschchen.

„A toi nuit", entzifferte er, hob den Pfropfen und schnüffelte daran.

„Wo ... wo ist mein Bild?"

Der Préfet, die blutverschmierte Skizze im Sinn, sagte: „Hier, hier ist es. Und ich sage Euch, meine Liebe, es wird diesem Raum hier mehr als alle Ehre machen."

„Es ist doch noch nicht fertig. Wo ist sie?"

„Wer?"

„Bastet."

„Kein Zweifel, sie phantasiert", beurteilte Débrouillard.

„Wisst ihr denn nicht mehr, dass ich mir ein Porträt nach meiner entfernten Nichte wünschte?"

„Welche Nichte? Die arme Pantherin."

„Sie phantasiert in der Tat."

Der Préfet gab der Giuseppina, die danach verlangte, den Entwurf in die Hand.

„Seht Ihr, hier fehlt noch etwas. Es ist noch nicht ganz fertig."

Der Préfet, zutiefst angetan von dem, was sich hinter der aufreizenden Maske verbarg, was er niemals wirklich sehen wollte, die notwendige Distanz zu bewahren, um sein Gewissen jedesmal beschwichtigend zu beruhigen, nahm Débrouillard den Fetzen ab, tauchte ihn in frisches Wasser und benetzte ihre Stirn. Er betrachtete den Mond, die Wellen und das Mädchen mit der zarten Hand.

„Und was fehlt, meine Liebe?"

„Da. Die Möwe."

IX

Bosse durchfuhr den langen, grauweißen Ziegenhaarbart. Das letzte Mal, da er ihn getragen, vor Jahrzehnten, riss er befriedigt den Spatel aus der Kehle des Vaters. Wie weich so ein Hals doch war, der kräftens genug Nichtsnutze zu heißen alswie von Absinth zu brennen. Granatapfelhell sprudelte es, wo einst der Adamsapfel ragte.

„Los, hol das Geld!", befahl er dem Bruder, der über die Leiche der Mutter hüpfte, um an die geheime Lade mit all den Ersparnissen zu kommen, die nicht dem Gieral zum Opfer fallen konnten. Breit grinsend stellte er sich mit dem ärmlichen Reichtum vor ihn hin, noch immer die Viehkette um den Hals: „Du siehst albern aus." „Du auch", dachte er, während er dem Kleinen die chaîne abhieb, die zur Strafe an den aus Jochholze gefertigten Dachbodenpflock gebunden. Von der zu Stein erkalteten Wildheit unter den schlaffen Lidern, sagte der Kleine betreten, dass er nicht hätte heben können, was der Vater ihm aufgetragen.

„Die Kiste mit den Ziegeln ist viel zu schwer für mich."
„Das weiß ich doch."
„Gehen wir jetzt dorthin, wo du versprochen hast?"
„Ja, ich halte, was ich verspreche."
„Paris, hurra, Paris!"
„Beruhig dich doch."

Er nahm den Kleinen, dessen Freude ihn springen machte, als stünde er barfüßig auf weißglühenden Kohlen, in die Arme, drückte ihn durch seinen fortlaufenden Atem.

„Du bist der beste Bruder der Welt."

Warm und feucht wurde die Stelle auf seinem Hemd, wohin das Kompliment kam. Er packte den Kleinen bei den Schultern, schob ihn etwas zurück und betrachtete ihn eine Weile. „Du siehst wirklich wie ein Engel aus."

Aus dem Gesicht des Kleinen blitzte ein merkwürdiges Leuchten. Die Faust, welche die Mutter erschlagen, ward entmachtet. Der Bart war, scheint's, mit ihm gealtert. Etwas grauer und struppiger fühlte er sich an. Vor dem Spiegel klopfte er den Staub und die Spinnweben heraus.

„Wieder der Bart?", fragte der Blonde.
„Wieder der Bart."
„Du siehst albern aus", sagte er wie damals, und Bosse musste lachen.
„Jaja, es ist wieder an der Zeit."

Er lugte durch die verschlängelten Fäden der violettblühenden Klematis. Für ihn war es ein ständiges Rätsel, wie es zugehen konnte, dass es angeblich so etwas wie Liebe gab, die Menschlein auf innigste Weise zu verbinden verstand.

„Leichter ist es, einen Heiden davon zu überzeugen, dass es Gott gibt", hatte er sich einmal sagen lassen. So wie die dorten turtelten, diese viel zu anständige Claudette und dieser viel zu höfliche Dichter, so kann das auch nichts weiter werden. Schritte knirschten im Kies. Er verdrückte sich enger im Torbogenschatten. Der scharfe, geradlinige Polizistenschritt.

„Der letzte war ein Flic."

Bosse, in seiner Zaubererrobe, blähte seine Nasenflügel. Der Blonde rieb enerviert seine Faust. „Verdammte Scheiße, ja."

„Du weißt, was jetzt zu tun ist?"

„Der Oberlüstling möchte sie wieder sehen."

„Na und?"

„Heute ist nicht Donnerstag."

„Und wenn sein Verlangen größer ist denn je?"

„Das glaubst du doch selbst nicht. Grad bei ihm, der Ordnung in Person. Grad jetzt."

„Das Zauberwort heißt Schweigen."

Kennen Sie diese Beklemmung, die im Bauch flau macht, vor einer Gewissheit, dass es von irgendwoher starrt? Nun, wir Dichter sind im Grunde eher einsam. Nach außen. Nach innen sind wir voll von den Ideen, mit denen wir umgehen. Wir hassen sie, wir lieben sie, wir begleiten sie, wir verfolgen sie. Wir gehen mit ihnen trinken, essen und schlafen. Wir lassen uns von ihnen einnehmen, schlagen und vergewaltigen. Sie sind unsere Freunde. Sie sind unsere Feinde. Gut möglich, dass ich dieser Mulmigkeit deshalb keine größere Bedeutung beimaß, da ich sie gut kannte. Außerdem verschleierte mir Claudette mit der nicht zu beschreiben gemachten Süße ihrer Anwesenheit jegliche Zweifel, dass jeden Augenblick etwas Furchtbares geschehen könnte.

„Was hast du nur mit deinem Chopin? Nur von ihm sprichst du, dass ich eifersüchtig werden könnte."

„Ich kenne keinen Poeten wie ihn."

„Und was hoffst du von ihm zu finden?"

„Den Schlüssel zu der Nacht, die mir zu Hause stets verborgen."

Sie lachte hell auf.

„Du bist wirklich verrückt. Die Nächte sind doch überall gleich."

Schwer atmete sie durch rauen, modrigen Stoff, der ihr mehr im Hals kratzte als zuvor. Die Kutsche stolperte über das Pflaster, und ein Glühen durchblitzte ihren Rücken, als entzündete jemand abertausende Streichhölzer hinter ihren Rippen. Es gab keine Takte mehr. Seine langen Fingernägel bohrten sich in sie hinein.

„Hör auf zu wimmern!"

Der Kahlkopf schwenkte das Glas, spitzte die Lippen und nutschelte genüsslich an dem Rebenblute. Er verfiel in ohrenbetäubendes, schnatterndes Lachen, dass ihm das Wache aus den Augen schoss. Da sie bemerkte, wie nackt sie vor ihm stand, bekam sie es mit der Angst. Zunächst Schritt um Schritt, dann immer schneller stolpernd, ohne ihm den Rücken zu kehren, nichts wie weg. Das Klocken wurde lauter.

„Ich zähle bis dreizehn!"

Das Ziffernblatt begann sich zu drehen. Mit Zittern griff sie den Vogelknauf. Nichts wie zurück in den Käfig, du unheimlicher Mond. Schritt um Schritt zurück und aufwachen, alles in diesem Traume zurückzulassen. Große, grobe Hände umfingen ihre Hüften. Sie fuhr herum.

„Wo bist du gewesen?"

Armeni strich lustvoll ihre vollen Kurven entlang. „Ich habe dich vermisst, Weib! Du kannst mich doch nicht so ewig lange alleine lassen. Was glaubst du, würde ich zerspringen, all das hier in den Fingern eines anderen zu wissen." Er fasste ihre Brüste und drückte sich eng an sie, bis sie nichts mehr spürte. „Du gehörst mir. Mir ganz allein."

Eine Möwe schrie vor dem Fenster. Erschrocken fuhr Armeni herum. Kalter Schweiß klebte ihm die Haare auf die Stirn.

„Dreizehn!"

Wie von selbst hoben sich ihre Arme, folgten dem schwarzen Schal und fingen an, mit aller Kraft gezogen, die Luft wegzuschnüren. Bis der Ingenieur nicht mehr japste und rücklings auf die Erde fiel. Der Kahlkopf ließ ihre Gelenke los, dass sie in sich zusammensackte. Er setzte sie aufs Bett und sich daneben. Er gab ihr von dem Wein zu trinken.

„Ich habe mir geschworen, dir zu helfen."

Teilnahmslos trank sie, ohne dass das Glas leer wurde. Riesengroßen Durst hatte sie. „Es schmeckt gut", krächzte sie.

Er legte sein Kinn auf ihre Schultern. „Selbstverständlich. Es ist dein Blut."

Natürlich wissen Sie, was ich geantwortet hätte. Nämlich, dass es nichts Ungleicheres gibt als Nächte. Dass Chopin so viele Geheimnisse in die seinen gestreut hat, um darin zu versinken und ewiglich neues Blinken, Schmerzen und unendliches Lieben zu erfahren. Dass er so viele Schatten wirft, die Lust auf kleine Abenteuer und nach seiner Gesellschaft machen. Dass ich in tiefe Traurigkeit verfiel, als mir die Bewusstheit vorhielt, ihn niemals all das spielen zu hören. Auf seinem Pleyel. In seiner tiefherzigen Gereimtheit. Dass ich diese Nächte in diesem Paris vermisse, ohne an jene von zu Hause zu denken, die mir nur nachträgliche Leere aufbürdeten. Und natürlich wissen Sie auch, dass es sie traurig gemacht hätte. Dass ich ihre Hand genommen hätte, sie zu halten und ihr zu sagen mit meinen Augen, da mir – und das als Dichter! – die Worte dazu gefehlt, wie sehr ich sie ins Herz geschlossen habe. Sie hätte mir ihr Lächeln geschenkt, das allein mir jedwede Schuld, die zwischen meiner Brust lastete und mir ein Sentiment unangenehmer Kleinheit verlieh, auslöschen konnte. Doch dazu kam es nicht. Der alberne Kauz mit dem ungepflegten Barte, lange hatte er beim Tore geharrt, war zu unserem Tische gehinkt, ungeniert einen Stuhl hergezogen und zwischen uns hingeplatzt.

„Ihr erlaubt", sagte er platt und klopfte mit der Faust auf die Platte.

„Schön versteckt ist's hier. Da kann man gut flirten. Ach, einmal jung wieder sein, da könnte ich mir auch so etwas vorstellen wie die Kleine hier."

Er machte Anstalten, Claudette, die sich mit Entsetzen abwandte, einen Kuss auf die Wange zu pressen. Ich sprang entrüstet auf: „Mein Herr, ich muss doch wohl sehr bitten!"

Zuerst schien es so, als wolle er von ihr ablassen. Beschwichtigend hob er die Hände. „Ist ja schon gut, ist ja schon gut." Mit einem Male wurde er grimmig. „Setz dich wieder hin, Pasné!"

Woher kannte er meinen Namen?

„So heißt du dich?! Setz dich ganz ruhig und ganz langsam."
Dann bemerkte ich die blanke Klinge aus seinem Ärmel hervortreten, die er Claudette, die sich kaum zu rühren wagte, ganz nahe an die Wange hielt, die er küssen wollte. Ich stand wie angewurzelt und konnte mich beim besten Willen nicht setzen. Alles sperrte sich in mir gegen die kleinste Bewegung.

„Auch gut, egal ob du sitzt oder stehst. Hauptsache, deine Ohren sind ganz bei mir!" Er fuchtelte mit der Spitze unkontrolliert vor Claudettes Gesicht herum.

„Hörst du mir auch ganz genau zu?"

Ich weiß nicht mehr, ob ich Antwort gab, nickte oder nur paralysiert dastand und hilflos vor mich hinstarrte. Jedenfalls schien er soweit zufrieden.

„Ich möchte, dass du vergisst, was du im Salon der Hexe gesehen hast, und dein Maul darüber hältst. Hast du mich verstanden?!"
Wahrscheinlich nickte ich diesmal.
„Das ist sehr gut, denn sonst vergess ich mich! Und was mit deiner kleinen Freundin hier passiert, das kannst du dir dann nicht in deinen wildesten Vorstellungen ausmalen!"
Er hielt Claudette den Mund zu und bohrte ihr ein kleines Kreuz in die linke Wange.
„Damit du es dir auch ja merkst!"
Keinen Ton brachte ich heraus. Aschfahl saß sie da, die Fröhlichkeit in ihren Augen verglommen. Als der Garçon kam, lobte er das Wetter, die guten Freunde, küsste Claudette die Wunde und bestellte ihr auf diesen Schock einen steifen Absinth. Ein leichter Schwindel überkam mich, und dann wusste ich nichts mehr.

„Hör auf zu wimmern!" Der Blonde verlor die Geduld. Mit jedem Schritt schmerzte es mehr.
„Reiß dich zusammen! Noch einmal möchte er dich sehen!"
Welch eine Gnade. Noch einmal die Katze machen, dem alten Esel.
„Habe keine Angst", sagte der Kahlkopf, „ich bin bei dir", und ließ sie weitertrinken.
„Wie gut das tut."
„Komm, gemeinsam schaffen wir es."
„Ich weiß."
„Die Treppe ist nicht zu steil."
„Nein."
„Dein Gustav hätte dich getragen."
„Wer?"
Der Kahlkopf grinste zufrieden. Der Blonde klopfte das vereinbarte Zeichen gegen das Holz, und die geheime Tür öffnete sich beinah lautlos.

„Um Himmels willen! Das Mädchen mit der Möwe", riss es Broschenberg, als er das Bild in dem verborgenen Kämmerchen sah. „Gibt's denn das?"
„Eine echte Giuseppina", prahlte der Préfet.
„Wie angerichtet für ein diabolisches Finale", war der Fürst schnell wieder bei sich.

„Alles ist arrangiert, auch wenn mir noch nicht ganz klar ist, was Euch hier reitet."

„Ihr werde sehen", versuchte Broschenberg geheimnisvoll zu klingen. Und nach einer kurzen Weile des Grübelns: „Es wird wohl besser sein, wenn ich mit ihr alleine bin."

„Das kann ich durchaus verstehen!", zwinkerte der Préfet.

„Immer diese einfältigen Gedanken", bedauerte Broschenberg für sich und erwiderte laut: „Vielen Dank für das Verständnis, Ich werde mich bemerkbar machen, sobald ich fertig bin."

„Gut Ding braucht Weile", bemühte der Préfet weiter seinen witzlosen Schelm und fügte hinzu: „Aber gebt nur Acht, dass sie Euch nicht auch noch einen Fluch auferlegt, den Ihr nur mehr schwerlich loswerdet. Sie ist gerissen."

„Etwas nach Eurem Geschmack?"

„Ich bitte Euch, Broschenberg. Wir wollen doch nicht zu viel geheimnissen. Die Nächte sind tief. Das wissen wir."

Mit etwas schlechtem Gewissen ließ die Giuseppina den Cerberusring gegen die alte Tür schlagen. Einmal, zweimal. Wie von selbst fiel diese auf, als würde sie müde gähnen. Sie sah, wie staubig alles war, und hob ihr Kleid, damit nichts von den unsauberen Flunkeln an ihrem Saum haften blieb. Welk begrüßten sie die angehafteten Zeugnisse gestriger Liebe. Sie schmeckte Jahrzehnte müden Klavierfilz.

„Es tut mir leid!", rief sie von weitem. Die Baronesse saß in ihrem Ohrensessel, den Polster im Nacken und ihren Victor Hugo auf dem Schoß. Sie sagte nichts.

„Bitte verzeiht mir, Mathilde. Nicht zu arbeiten bin ich weg und auch nicht eines Mannes wegen. Überhaupt nicht wegen eines Mannes. Ihr kennt mich. Keiner wäre es wert, je zu gehen. Auch nicht Euretwegen war es, wie ich anfänglich bemeint. Oh, wie habe ich Euch gehasst in jenem Moment. Aber nur, weil ihr sagtet, was stimmt. Nein, oh nein. Ganz allein mein Stolz, mein Stolz trieb mich. Zu schade war ich mir vorgekommen, mein Talent mit etwas zu vergeuden, das mir nicht würdig schien. Ich habe Euren Saft getrunken und alles erfahren, was ich wissen musste von der Nacht. Als er dann in mein Studio kam, dieser François, erkannte ich mich wieder in seiner Kunst. Er hat die Toten gezeichnet vom Montmartre. Jeden einzelnen so wahr, dass ich Lust bekam, diese Gesichter zu berühren, zu trösten und aus ihrem Albtraum aufzuwecken. Oja, ich sah. Und wisst Ihr was? Das Mädchen mit der Möwe ist nicht verschwunden. Als die kokette Minou erschien es mir. Jetzt haltet Ihr mich bestimmt für verrückt. Genauso sah ich sie vor mir, wie der alte Miloš sie mir beschrieben. Ein kleines Häuflein Elend. Und ich wusste, ich malte es nicht für das geheime Büro der Polizei. Nein, Mathilde. Ich malte es für Euch. Ich malte es für mich. Ich malte es für uns alle. Damit wir Gewissheit haben. Damit das, was leben soll, nicht irgendwo verdirbt. Nie und nimmer. Damit das Gute bleibt, liebe Mathilde. Dass die Welt sieht, was sie auffrisst, ohne einen Gedanken darüber zu verschwenden. Damit es bleibt, Mathilde. Damit es bleibt. Das wunderbar Schöne zu sehen."

Sie harrte einen Moment, kniete sich vor ihr hin und legte ihre Stirn auf die Hände der Baronesse.

„Ich bitte Euch, verzeiht mir."

Es kam nichts. Der Blick der Baronesse ging ins Leere, und ihre Finger klammerten sich um die Zeile, wo die Glocken verstummen. Die Giuseppina brach in Tränen aus. Dann wurde ihr schwarz vor Augen.

Pfeifend entfernte sich der Blonde aus der Rue, die Hände tief in den Taschen. War ihm sein Kumpan zuvorgekommen, dachte er, als er die alte Hexe vor sich ruhen sah, gütig ins Nirgendwo schauend, als erwartete sie aus unerfahrbarer Ferne lieben Besuch. Es erinnerte ihn an seinen größten Coup, wie die junge Schönheit vor ihm lag mit dem letzten fröhlichsten Ausdruck ihres Lebens. Wiens Nacht war von der Betriebsamkeit des Tages aufgeheizt. Und schon war er berühmt, ließ er sich das Wörtchen Casanova auf der Zunge zergehen.

„Welch gut gewählter Platz", fühlte er sich immer sicherer, je tiefer er in das Verborgene trat. Er lehnte sich an eine alte Kiste. „Tobias Schmidt" stand, verblasst, auf einem daneben gelehnten, zermeckten Brett.

„Wahrscheinlich auch einer dieser alten kaiserlichen Hoflieferanten", trat es zur Seite und erschreckte eine struppige, graue Ratte, die mit zeterndem Gekreisch über seinen Schuh hinweg in den nächsten Kanal flitzte. Wo er nur blieb, der Gute? Wenn er etwas hasste, dann zu warten. Er zählte die kleinen, schwarzen Lichter an den oberen Fenstern des mehrstöckigen Hauses. Eines ging auf, und ein Eierkopf mit Oberlehrerzügen schaute nach den Sternen. Er machte sich schmal im Eck, damit der Fenstergucker ihn nicht merkte.

„Verschwinde schon, du Störer!"

Wie auf Geheiß ward die viel zu behauene Büste zurück ins Zimmer getragen. Verärgert putzte er sich den Mauerdreck vom Jackett. Jetzt sich schmutzig zu machen, das hatte er gerade noch Not. Hinter ihm ein leises Niesen. Er fuhr herum.

„Pssst. Verzeihung, ich bin's. Entschuldigen Sie die Verspätung, es wird ja stärker kontrolliert."

„Du meine Güte, Vaidić! Was erschreckst du mich so dermaßen? Und wie kann man sich, zum Henker, im höchsten Sommer eine derartige Erkältung einfangen?"

„Fragen Sie mich nicht", Vaidić putzte sich die Nase.

„Hast du Geld?"

„Wofür halten Sie mich? Für einen Halsabschneider?"

„Das stünde dir gar nicht schlecht, Alter."

Umständlich fummelte der Hofrat in der Innentasche seines Sakkos.

„Hier", er steckte es dem Blonden zu, und während er zählte, wisperte er fort: „Sie ist eine ganz besonders Gute, wenn auch eigenwillig. Mehrfach erprobt. Und musikalisch ist sie auch."

„Hoffentlich ist sie nicht nur halb so schön wie talentiert."

Vaidić nickte eifrig und wachtelte sich mit seinem Taschentuch etwas kühle Luft zu.

„So schön ist sie, wie der Mahler sagt, dass sie mehr als Gespür fürs Musizieren hätte."

„Gut, gut." Er zählte dem Hofrat ein paar Scheine heraus.

„Hier ist dein Anteil. Wenn alles glatt geht, so wie beim letzten Mal, gibt's wohlfeil den Rest."

„Auf mich können Sie sich verlassen."

„Aber nicht alles auf einmal verspielen."

„Nein, nein", haspelte Vaidić und verschwand so schnell wie er aufgetaucht.

Auch der Blonde ließ sich vom warmen Atem der nächtlichen Stunde so rasch wie möglich umfangen. Der leidigen Ausgangssperre war es zu verdanken, dass Graf Theodor von Sohnegg seinen Juliball ausnahmsweise bei sich zu Hause veranstaltete, damit sein Fräulein Tochter sich nicht bemühen musste, unkalkulierbaren Gefahren ausgesetzt zu werden. Ein hübsches, kleines Edelhäuschen mit einem großen Saal zum Tanze und einer wahrhaften Beauté im Haus. Überall hörte man von ihr sprechen, von der „schönen Elvi".

Wetten wurden darauf abgeschlossen, wer es schaffen würde, als Erster an ihrem Arm durch den Prater zu flanieren, gestritten wurde, wem sie, beim Vorbeigehen das Lächeln geschenkt, die Traumverlobte und Traumschwiegertochter. Kein Wunder, dass es der Vater mit der Vorsicht übertrieb und vom sonst üblichen blauen Salone, wo sich rundherum so viele Fremde bewegten, Abstand nahm und die Möglichkeit des vertrauten Heimes vorzog.

„Allein, es kann dir nichts nutzen, oberschlauer Mann", pfiff der Blonde weiter die Straße hinunter, bis er die vielen Wagen vor dem Sohnegg'schen Anwesen stehen sah.

„Nun denn, gib den Casanova."

Er beschleunigte seinen Schritt, schaute auf die Einladung, vom Hofratstöchterchen unterschrieben, und präsentierte sie dem altmodisch livrierten Türposten. Der Graf, im Sonntagsrocke und mit graumelierter Haydnperücke, verteilte, wie ein Zirkusdirektor, Ballspenden an die weiblichen Gäste. Einer korpulenten Dame stieß er vor Überraschtheit beinah den Obstschmuck vom Kopfe, als er ihn durch die marmornen Säulen auftauchen sah.

„Oh, oh, wie schön, Sie hier zu wissen. Mein Fräulein Tochter wird sich gewiss freuen."

„Wenn sie sich über meine Anwesenheit nur halb so freut, wie ich mich über ihre, dann kann ich mich schon sehr zufrieden schätzen."

Die Leute versprachen nicht zuviel. Schon von weitem himmelte ihm die schöne Elvi entgegen.

„Sie können es sich nicht vorstellen, wie Sie meinen Abend versüßen."

Sie nahm ihn bei der Hand, führte ihn durch die ganze Gesellschaft und genoss es, mit ihm gesehen zu werden.

„Ja, wen haben Sie denn da an der Angel, Fräu'n Sohnegg?" Die korpulente Dame war neugierig zu ihnen hergewalzt, um sie herum glänzten Juwelen.

„Das, meine liebe Frau von Schweifelbach, ist mein Verlobter."

„Verlo…?" Die Dame machte einen Mund wie ein laichender Kugelfisch. Dann schlug sie die Hand davor und lief rot an.

„Kommen Sie", zog die schöne Elvi ihn weiter, hinter dem Vater vorbei.

„Wir gehen wohin, wo es ruhiger und schöner ist. Ehrlich gesagt habe ich keine Lust auf einen Ball und viele Menschen. Aber auf Sie, mein Lieber. Auf Sie und nur auf Sie."

Langweilig war sie. Ungeheuer naiv. Ihrem Ruf jedoch wurde sie gerecht. Insgeheim freute er sich, in Bälde aufs Revers heften zu können, dass er es war, der die schöne Elvi entjungfert und damit jedwede der kursierenden Wetten gewonnen haben würde. Ihre Haut war weich wie frisch geschnittener Camembert. Keinen Rucker tat sie und keinen Laut. Sie ließ es geschehen, wie er in sie eindrang. Ein lustvolles Stöhnen war alles, das in den Sternen über der Stadt versiegte.

„Küss mich, bitte küss mich", hauchte das Küken, das mit gespreizten Beinen in der Wiese lag. Zu schwach. Kein Potenzial. Viel zu wenig schillernd und viel zu natürlich. Nein, das wäre wohl nichts für die Félin. Gelangweilt zog er sein Glied zurück und ignorierte ihre hoffnungsvolle Offenherzigkeit.

„Ich träume davon, dass du mich heiratest und dass wir gemeinsam machen, was uns zum Glück gereicht. Ich möchte, dass dieser Moment niemals endet. Dass wir auf ewig hier bleiben und uns lieben. Spürst du es nicht auch, dass wir füreinander bestimmt sind? Dort oben, da, der helle Punkt. Das ist Venus. Sie soll uns Zeugnis sein für all das, was uns verbindet. Mir ist's egal, woher du kommst und wer du bist. Lass die Leute reden. Das ist der schönste Abend meines Lebens. Überhaupt, dass du kommen konntest. Ach, ich könnte zerspringen vor Freude. Küss mich, bitte küss mich."

Er küsste sie, als wolle er sie auffressen, so lange, bis sie unter ihm zu wehren sich begann und zu strampeln. Dann drehte er ihr den Hals um und zog sich an.

„Schau du nur, Venus!"

Fort musste er. Der Graf würde Gleiches mit Gleichem vergelten. Er ließ das Geld von Vaidić durch die Finger gleiten. Unter die Nase hielt er es sich und saugte den speckigen Geruch ein. Dann schloss er die Augen und ließ sich von der Venus die Stirn beleuchten. „In Abbazia finde ich dich."

Er machte sich auf, bevor der Mond vollends das nackte Etwas ins Visier nahm. „Ach Wien, du weißt ja nicht, was du an mir verlierst." Er beschleunigte seinen Schritt, und durch den Park bei der Rue Foyatier nahm er die Abkürzung. Für einen Bildhauer gehalten hatte ihn die Alte.

„Tz!" Er lachte innerlich und fing wieder an zu pfeifen, als er schon die Ohren der Félin ragen sah.

Ich half ihm in sein geliebtes Perlgrau. Die ganze Nacht hatte er nicht geschlafen. Er verriet mir seine Träume nicht mehr. Er keuchte. Die gedunsenen Wangen flatterten vom kraftlosen Husten. Dass ich ihn so sehen müsse, bedauerte er. Die Nasenflügel blähten sich, liefen sich, beim Versuch ernst auszusehen, in dünnen Betten eingedrückten Kummers, längs über den Brauen aus, die in den tiefen abgrundschwarzen Höhlen verschwanden. Mit einem Male hatte ich nicht mehr das Gefühl, er könne ewig so vegetieren. Ich richtete ihm den Scheitel. Die hervortretenden Sehnen seiner Hände pulsierten, als er seine langen, schlanken Finger über die geschwollenen Tränensäcke führte, die unerträglichen Nasenfalten auseinanderzudrücken probierte. Er musste nicht sagen, was mir seine graublauen Augen aus dem Spiegel schickten.

„Ich habe Angst."

Auf das vereinbarte Zeichen und das nicht allzulaute, aber bestimmte „Herein!" des Broschenberg öffnete sich die geheime Tür. Die fragile

Frauengestalt wurde hereingestoßen, dass sie sich kaum auf den Beinen halten konnte. So rasch brachte er kein „Halt!" heraus, als die Wand sich wieder schloss und er Schritte sich eilig entfernen hörte. Er fing sie auf und nahm ihr die zu fest geschnürte Jute vom Kopf. Der Panther ließ ein leises Schnurren los.
„Ich bin die kokette Minou."

Abbazia, Tag des Abschieds.
Er stand da mit der Ankündigung, dass er fortmüsse. Zwischen seinen Koffern im Foyer, den Hut in der Hand und seine charmanten Grübchen um die Wangen.
Er: „Ich weiß nicht, wie ich Ihnen danken soll. Ich tu es einfach. Innigst."
Vater: „Ihr Wohl, Herr Direktor, ist mir des Dankes genug. Und wie ich sehe, Luft, Klima und Reiz unseres feinen Ortes haben Ihnen Sinn und neue Kraft verliehen. Ihr Händedruck ist außerordentlich."
Er: „Vor allem hat es mir etwas verliehen, wesohne ein Schaffen unmöglich wäre."
Vater: „Nennt mich einen Tölpel, aber beim besten Willen kann ich mir nicht vorstellen, wie so eine große Symphonie entstehen kann. Wie man da sitzt und schreibt und Punkt um Punkt setzt, übereinander, nebeneinander, untereinander. Sich hinzusetzen, zu denken, zu schreiben, was klingt, wie einen Roman. Es ist mir unfassbar, wie daraus so Ergreifendes wird, das mir Freude beim Spielen wird und äußerste Ergriffenheit beim Hören."
Er: „Nennen wir es einfach beim Namen, Herr Doktor. Es ist Musik. Und das Beste in der Musik steht nicht in den Noten."
Vater: „Da steckt was Wahres drin."
Ich: „Müssen Sie wirklich schon fort, Gustav?"
Er: „Ach, Fräu'n Ana, auch mir liegen Abschiede nicht. Doch denken Sie nur: Gäbe es keine Abschiede, dann auch kein Willkommen, und gäbe es nichts Trauriges, kennten wir nichts, das uns wohlstimmt."
Ich: „Ich wünschte, es gäbe keine Worte, um so etwas zu sagen."
Er: „Die gibt es auch nicht."
Vater: „Sie müssen meine Tochter entschuldigen. Manchmal setzt sie sich Dinge in den Kopf, da weiß ich nicht, wo sie die her hat."
Ich: „Ich möchte, dass Sie uns noch einmal etwas spielen."
Er: „Ana, wenn's denn ginge ..."
Ich: „Und wenn ich Sie ganz lieb darum bitte."
Vater: „Ana, ich bitte dich! Benimm dich! Der Herr Direktor hat es eilig!"

Er: „Unter einer Bedingung."
Ich: „Alles, was Sie wünschen."
Er: „Nur mit Ihnen. Vierhändig."
Er wählte die Walzer von Brahms. Fast berührten sich dabei unsere Hände. Ich träumte hinfort. Weit weg von den grauenvollen Schemen über dem Blüthner.
Mutter: „So lieblich. Spielt sie nicht wie ein Engel?"
Vater: „Meine Tochter eben."
Als wir geendigt hatten, bemerkte ich, dass die Tasten nass waren und mir Gustav ein Taschentuch reichte.
Ich: „Ich werde Sie vermissen."
Er: „Man braucht nicht dabei zu sein, wenn man unsterblich wird."
Warum nur müssen die Bühnenstücke, die ich mir erdenke, stets glücklosen Ausgang finden?

Broschenberg dachte sich auf dem Bild die Möwe dazu und hielt die am ganzen Leib zitternde Katze fest.

„Nein." Er schüttelte den Kopf. „Alles ist gut, Sie befinden sich in Sicherheit, Fräulein Ana Livadić."

Sowie er ihren Namen aussprach, ihren vollständigen Namen, war es ihr, als fiele jegliche Maske von ihr ab.

„Wollen Sie sich setzen?"

„Nein ... Wer sind Sie?"

„Gestatten, Broschenberg, Fürst. Ich kannte Ihre Eltern."

Der fürchterliche Schmerz durchzuckte sie erneut, und sie wurde schwer in Broschenbergs Armen.

„Reiß dich zusammen, Kind!", versuchte der Fürst sie wieder auf die Beine zu stellen und rief indes nach dem Préfet, dass er sich um Hilfe bemühe. Er spürte, wie die Hände, die sich an seinen Schultern krallten, von Atem zu Atem schwächer wurden, bis dass sie gänzlich in ihn hineinsank.

„Du wirst mir jetzt doch nicht so mir nichts, dir nichts wegsterben."

In ihr letztes Schnurren hinein, ehe die Welt um sie unterging, hauchte sie: „Es hätte mir niemand geglaubt."

Der Kahlkopf stand da und schmauchte eine Pfeife.

„Nun, was haben wir nun vor?"

„Ich weiß es nicht."

„Ich habe dir doch versprochen, dass ich dir helfe. Komm, gib mir deine Hand. Ich lasse dich nicht fallen."

Er fing sie auf, stellte sie wieder auf die Beine, klopfte sie ab und lächelte sie an.

„Gut siehst du aus."

Sie lächelte zurück.

„Kannst du dich noch erinnern, als wir uns das erste Mal begegnet sind? Da hast du dich schon nach mir gesehnt, aber wolltest mich noch nicht kennen."

„Das war einmal."

Broschenberg ließ den schmalen, reglosen Körper auf die Teppiche herab. An ihrem Rücken befühlte er die Wunde. Ein tiefer Einschnitt zwischen den Schulterblättern. Er wusste nicht, wohin mit dem Blut an seinen Kuppen und trocknete es, wider seiner Angewohnheit, so erschüttert von dem Passierten, in seine Hose.

„Jetzt ist sie mir entglitten."

Selten hatte der Graffendorn den Broschenberg solcherart wuselig gesehen. Gut, nach der Sohnegg war er, in seinem vollen gutgereiften Ehrgeize aufgebracht, dass er das Parkett der Kanzlei durch das ständige Gekreise, im Übertragen der Gedanken auf seine Füße, kläglich ächzen machte.

„Dass es nicht reicht, dass ich weiß, wer es war, ich musste sie auch mit diesem, im Gutglauben, fortschicken, ich Narr!"

Der Graf trauerte im Kleide des versagt habenden Beschützers. Alle zimtfarbenen Vorhänge seines Kleinpalastes tauschte er um in schwarze. Die Lust auf Bälle war ihm bis auf weiteres vergangen, was ihm nicht zu verdenken. Aber seit er aus Abbazia zurückgekehrt, hing der Fürst nur noch in der Vergangenheit. Mit einem Male war er ihr entrissen. Alles, was er erhofft, aber nicht erwartet hätte, alles, was ihn nicht zur Ruhe kommen ließ, alles, was ihn in Spannung durch die alten Tage getragen und bis zur krankhaften Selbstaufgabe getrieben, lag da, ohne jedes Leben, zu seinen Füßen. Er kniete sich hin und nahm ihr die Maske ab.

„Zu gut hat sie sie getroffen, die Giuseppina."

Wie er ihr durch die Haare streichelte, sanft, wie ein Vater seinem Kind zum Troste, konnte man bei genauem Hinsehen erkennen, wie ein Tröpfchen über sein Gesicht lief, über das sorgenvolle Bleich, für kaum einen Wimpernschlag an seinem Kinnbarte tanzte, nach dem Boden strebte und in den feinen Fasern des kunstvoll Geknüpften versickerte.

„Ich glaube dir."

„Ja, was ist denn hier passiert?!"

Der Préfet war auf Broschenbergs Alarm umlings hereingestürzt, die Pistole im Anschlag. Sofort nahm er sie wieder herunter, vor dem erschütterlichen Bilde, das sich ihm darbot. Wie die Pietà über den erschlaffenden Körper der koketten Minou gebeugt, hielt er den Kopf.

„Du meine Güte! Broschenberg, was macht Ihr da?!"
Der Fürst blickte zum Préfet empor, unterdrückte mit Müh den hochwachsenden Husten und schwieg. Einmal herum, mit Misstrauen, auf Abstand, wie ein Hund, der sich nicht sicher ist ob seiner Beute, sah er ein weißes Blatt unter dem Leichnam hervorragen. Mit Bedacht schnappte er es, zwischen zwei Fingern, an der Ecke und fächelte es auf.
„Die Nocturne!"
Langsam hob er seine Waffe gegen Broschenberg.
„Eine feine Sache ist's, nicht zu vergessen, was einem je Gutes geschah."

Mirac war es wie gestern, als er mit dem Wisch in der Hand davonlief, durch den Park hinaus, wo, um ein paar Ecken, seit ungezählter Zeit, der Clochard mit dem Akkordeon aus dem Umgetriebe nicht mehr wegzudenken war. Meistens müde unter seinem Hut dösend, unter fliegendem Geziefer, das, von dem Verderbnisduft angezogen, ihn, ständig umhersurrend, begleitete. Vorsichtig schaute er sich um, doch niemand nahm Notiz von dem kleinen, schmutzigen Jungen. Breit wurde seine Freude, als er das Akkordeon neben dem Clochard dösend ausmachte. Das war seine Chance. Mit Überzeugung, dass er jetzt ein Musikus war, trug er das Instrument fort. Der mirakulöse Mirac. Dandy sei Dank. Er tupfte die Punkte der Nocturne auf das Blatt. Sauber um sauber, Kopf um Kopf, Hals um Hals. Klein und fein, wie der Chopin. Wer hätte je gedacht, dass er mit Musik sein Geld machen würde. Er ließ die Tinte trocknen und war zufrieden mit diesem exquisiten Totenschein. Zweimal lang und viermal kurz. Mirac entriegelte die abgewetzte Verschlagtür. Ein kleiner Junge kam herein, fröhlich und etwas außer Atem. Er nahm ein Messer aus seinem Gürtel, frisches Blut daran, und legte es neben die frisch verfertigten Nocturnes. Mirac nahm ihn bei den Schultern:
„Das hast du gut gemacht, mein Junge."

Anatole glättete mit seinem Spazierstock das Eselsohr an dem abgerissenen Plakat. Nun war die kokette Minou nicht mehr enthauptet.
„Und? Liebst du sie noch?"
François seufzte: „Kann man je aufhören zu lieben?"
„Du hoffnungsloser Romantiker. Typisch Künstler."
„Sie ist etwas Besonderes. Ich weiß nicht, was es ist."
„Soso, der Herr weiß nicht", neckte Anatole.
„Und die lieben Verblichenen, die du so hübsch gezeichnet hast?"
„Ich glaube nicht, dass sie es getan hat."
„Und ihr Fluch? Hast du den schon vergessen?"

Als François nichts weiter äußerte, den in der kühlen Brise flatternden Katzenkopf beäugend, stichelte Anatole weiter: „Wollen wir es nochmal wagen?"

François schaute hinüber, wo sie stand, die Félin, und wie sie lauerte und darauf wartete, aus sich herauszukommen, sich auf ihre Beute zu stürzen, um sie nie wieder auszulassen. Genussvoll zu verspeisen und bis aufs Herz zu verzehren. Er seufzte wieder, senkte seinen Blick und schüttelte traurig den Kopf. Just zur selben Sekunde fingen ihre Augen an zu glühen. Sie schnaubte, in aller Schwärze, ihre letzte Angespanntheit aus der Nase, ehe übermannshohe Flammen aus ihren Ohren schossen, die Schnurrhaare erfassten. Als riesige Feuerkugel mahnte die neckische Raubkatze in die Nacht hinaus. Niemals wirst du mich besitzen können, Wankelmütige! Eher verbrennst du mit mir, als dass du mich anfasst! Ich verfluche dich, oja, ich verfluche dich! Doch Nyx schwieg eiskalt zurück, von ihrem Mantel geschützt, gewahr in aller Stille, wie das Tier noch einmal sich aufbäumte, um danach, von allem verschlungen, in sich zusammenzustürzen.

Paris, im Oktober 1849.
Das Geheimnis der Nocturne.

Nieder schlagen die Klänge,
bedächtig sinkt das Haupt.
Der Schwaden dunkle Fänge,
des Sonnenlichts beraubt,
umfehden mir die Sinne,
ich weiß nicht, wo ich bin.

Hinein fühl' ich mich gleiten,
der Schauer nimmt mich ein,
zu dir mich zu begleiten
mit jedem neuen Sein.
In tiefen drohend Nächten
umarm' ich dich aufs Neu.

Dort, wo es drängt ins Schweigen,
in seiner dumpfen Glimme,
wird dein Ton mir eigen,
ich höre deine Stimme,
die über mir herschwebt:
Chopin, er spricht. Er lebt!

EPILOG

„Habt Ihr schon gehört, was mit der Félin passiert ist?"
„Ja, furchtbar schrecklich. Bis auf die Mauern niedergebrannt."
„Angeblich haben sich dort, in den Trümmern, die Gebeine gefunden, die den Hut des Drolligen aus der Auvergne getragen haben."
„Monsieur Archimède? Du meine Güte."
Die Gesellschaft hatte bereits ihr Thema. Broschenberg mischte sich unter die Société. Einfach gute Miene machen. Von einem vorbeischwirrenden Tablett fischte er sich ein Gläschen perlenden Weins.
„Und die kokette Minou?"
Der andere schüttelte den Kopf. „Die ist hinüber."
„Wirklich ein Jammer."
Ein Signal wie von einem richterlichen Hammerpochen ertönte, und ein Bienvenu bahnte sich seinen Weg durch den Saal durch allmählich abebbendes Gemurmel.
„Meine sehr geehrten Damen und Herren", hub der Botschafter an. „Ich heiße Sie herzlich willkommen bei einem Novum! Mit uns gemeinsam wird niemand geringerer als Monsieur Georges Méliès eine wundersame Reise unternehmen, die bereits Jules Verne so trefflich erdacht. Manche von Ihnen werden den Stoff bereits aus der phantastischen opéra-féerie von Jacques Offenbach kennen. Nichts und niemand faszinierte je so sehr wie das Mysterium der fernen Schönheit der Gestirne. Solange, wie sie uns beobachten, hätten sie einiges zu erzählen. Unser aller Traum wird wahr. Wir erobern den Mond!"
Ein erstauntes Raunen ging durch die Menge, dann erloschen die Lichter, und schon bevor es losging, war es dem Broschenberg zuwider. Ein hektischer Wissenschaftler, der, einem Münchhausen ähnlich, einen Kanonenritt präparierte, um sich selbst auf den Mond zu schießen.
„Die Mysterien der Nacht anzutasten, nimmt den Menschen die letzte und wunderbarste Art der Phantasie. Es gibt Geheimnisse, die schlicht solche bleiben sollten."
„Wie ich sehe, gefällt es Ihnen auch nicht."
„Nicht wirklich. Aber, wie ich höre, sind Sie auch aus Wien?"
„Gestatten, Broschenberg."
„Sehr erfreut. Pasné."
„Was machen Sie in Paris?"
„Ach, ich war auf der Suche, und Sie?"
„Ich auch. Und vor lauter dessen habe ich so gut wie noch gar nichts von der Stadt gesehen."
„Erlauben Sie mir, dass ich Ihnen etwas zeige?"

„Mit Vergnügen."
Während sich der absurde Faustverschnitt mit seinem Geschoss in das rechte Auge des Mondmannes katapultierte, kurz vor dem Angriff der Selenen genannten Bewohner, schlichen sich Broschenberg und Pasné aus dem Saale.

Broschenberg stand unter dem Skelett des Eiffelturms und schaute hinauf, sah Fräulein Anas Finger über die Tasten tanzen wie kleine, verspielte Elfen. Die Abendröte brach herein, und er dachte: „So schön hätte es sein können."

Ein Auszug aus dem Verlagsprogramm

Das himmlische Banquet
Erzählung von B. Allmann
ISBN 978-3-902990-68-6

Bildstöcke, Kapellen und Wegkreuze in Velden am Wörthersee, A. Kleewein
ISBN 978-3-902990-79-2

Nur die bunten Steine ...
Lebenserinnerungen/E. Zawada
M. Burgstaller
ISBN 978-3-902990-81-5

Was man nicht hören will
Kriminalroman von U. M. Plotz
ISBN 978-3-902990-65-5

Neuer Wein gehört in neue Schläuche, Gedanken zum Jahreskreis B von K. Udermann
ISBN 978-3-902990-80-8

Südstaatenhausfrau
Erlebtes aus den USA von
Karin Lukas-Cox
ISBN 978-3-902990-24-2

Lost thoughts
Gedichte von F. Hinterhütner
ISBN 978-3-902990-71-6

Seiltanz auf sechs Saiten
Alltagsgeschichten eines Musikers von H.-C. Rollfinke
ISBN 978-3-902990-64-8

Ich, der Troll, und ein Koch
Mölltaler Geschichtsschreibung, R. Hausner
ISBN 978-3-902990-73-0

Der lange Weg
Ein Märchen für Kinder und Erwachsene von R. Freudl
ISBN 978-3-903303-05-8

Ich bin Selma, die Sau, ich bin rosa und nicht blau!
Tiergeschichten f. Kinder
von L. Doblich
ISBN 978-3-902990-70-9

Sommer der Poetinnen
Kurzgeschichten von
A. C. Schaub u. H. Kokarnig
ISBN 978-3-902990-76-1